Los sabores perdidos

Los sabores perdidos

RAQUEL MARTOS

Una novela con las recetas
de Gabriela Tassile

Papel certificado por el Forest Stewardship Council®

Primera edición: septiembre 2019

© 2019, por Raquel Martos y Gabriela Tassile
Los derechos de esta obra han sido cedidos
mediante acuerdo con International Editors' Co.
© 2019, Penguin Random House Grupo Editorial, S. A. U.
Travessera de Gràcia, 47-49. 08021 Barcelona
© 2019, iStock, por las ilustraciones

Printed in Spain – Impreso en España

ISBN: 978-84-666-6578-0
Depósito legal: B-15.143-2019

Compuesto en Infillibres S. L.

Impreso en Liberdúplex
Sant Llorenç d'Hortons (Barcelona)

BS 6 5 7 8 0

Penguin
Random House
Grupo Editorial

A Merche.
El sabor de nuestra historia nunca se perderá.

RAQUEL MARTOS

A todas las «almas cocineras» que habitan en mí
porque ellas me mostraron el verdadero camino.

GABRIELA TASSILE

1

En el lado izquierdo de la encimera de mármol esperan alineados, como bailarines a punto de iniciar su coreografía, un bol de cristal con sal marina y otro más pequeño con flor de sal; una pareja de recipientes, uno con azúcar blanca y otro con panela, y un trío de cuencos de cerámica *vitrese* que contienen harina de fuerza, blanda e integral.

En el centro, en postura de mujeres altivas con las manos en la cintura, cuatro jarras de porcelana con aceites de oliva puro extra de Jaén, Toledo, Córdoba y Trujillo, y otras cuatro de vinagre de Jerez, de manzana, cabernet de Tarragona y *aceto balsamico di Modena.*

Al otro lado de la encimera se despliegan las especias con todo su colorido, como la cola de un pavo real, el pimentón, el comino, el cardamomo, el azafrán, la pimienta negra, el cilantro, la albahaca, el orégano, el curri, la canela, el clavo, la nuez moscada y otros condimentos.

Y junto a la cesta de mimbre en la que reposan como abuelas tranquilas las cebollas rojas y las patatas nuevas, un ramillete verde intenso de perejil, otro de apio y un manojo de zanahorias, frescos y vigorosos los tres, como niños inquietos a punto de saltar a la piscina.

Mayte va colocando la materia prima con el esmero del pintor que ordena sus óleos y sus témperas antes de comenzar la obra.

A continuación dispone, metódicamente, sus armas de guerra en la encimera: cuchillos de distintos filos para cortar, para picar, para filetear; tenedores para trinchar; peladores; ralladores; coladores; almireces...

Los distribuye, minuciosamente, muy concentrada, parece una forense a punto de iniciar una autopsia, pero en la cara lleva dibujada media sonrisa. ¿Los forenses sonreirán también durante los preliminares? Quizá sea mejor vivir y morir sin saberlo.

El orden de la cocina de Mayte cabalga entre lo militar y lo poético; tan importante es la precisión, el lugar exacto para cada elemento, como el simbolismo y la armonía que se desprenden de su colocación.

Ordenar la encimera es, ante todo, un ejercicio de organización, pero tiene también algo de decoración y mucho de sensibilidad. Se trata de un bodegón estático, una naturaleza muerta que pronto cobrará vida y se llenará de emociones, será cuando lleguen ellos.

Un estruendo repentino saca a Mayte de su ensimismamiento en el ritual. Viene del exterior de la casa, del jardín.

—*Che diavolo hai fatto!* ¡Me has dado en todo el morro!

—¿Que te he dado yo? ¡Disculpa, pero ha sido justo al revés! ¡Me has dado tú a mí! —La que responde es la conductora de un lujoso coche gris metalizado. Una mujer rubia, alta y muy delgada, con estilo casual cuidado al detalle: americana de paño en color tostado, pantalón tejano, botín masculino de cordones y bolso de firma.

—*Ma cosa dici!* ¡Qué estás diciendo! —El que habla es un hombre de unos cuarenta años, larguirucho y atractivo a pesar de sus rasgos de cuervo, nariz prominente y ojos pequeños y movedizos.

—¡No hace falta que traduzcas, hablo italiano perfectamente! He dicho lo que has oído, yo estaba aparcando aquí y tú me has embestido.

—¡Yo no he *investido* a nadie! *Capisci?*

—«Embestido», *amore*, «investido» es lo de los

presidentes. —La que corrige con desgana es una mujer joven bellísima, con larga melena pelirroja y ojos verdes; lo hace asomada por la ventanilla, desde el asiento del copiloto del coche del hombre enfurecido.

—¡Mejor te callas! —le reprocha él.

—Sí, sí, yo me callo, tú no, tú nunca; si te relajaras un poquito, *amore* mío... —responde con retintín mientras sale del coche dando un portazo que acompaña con un altivo movimiento de melena y se dirige al maletero para sacar su equipaje.

—Y encima machista... —masculla entre dientes la conductora del auto gris plata—. Lo tiene todo, el *amore* este...

—¿Qué has dicho?

—¡He dicho que me has rayado la pintura. Míralo. Joder!

—¡Culpa tuya por haber dado marcha atrás!

—¿Perdona? ¡Estaba maniobrando!

—Claro, claro, maniobrando sin mirar si viene alguien por detrás. Como la *pijolis* tiene un A5, cree que puede ir arrasando. ¡Ya se apartarán los demás! *Porco cazzo...*

Mayte sale al jardín, donde un grupo de personas presencia la bronca entre los dos conductores. Ninguno interviene, cada uno de ellos se entrega afanosamente a descargar sus maletas, como si no repararan en la escena desagradable que se está produciendo a tan solo unos centímetros de ellos. Todos tratan de disimular su incomodidad.

Mayte repasa con una mirada rápida a los presentes. A un par de metros de los protagonistas del altercado, que, seguramente, son Loreto y Mikele, está la bella pelirroja, ella debe de ser Luz, la pareja del hombre italiano.

Un poco más alejado de ellos, un chico de unos veintitantos, alto, con cuerpo fibroso y cara aniñada, el pelo cortado al uno y la barba bien cuidada; debe de ser Rafa.

Junto a una gran jardinera, plagada de petunias, aguarda una joven treintañera morena y delgada, con rasgos árabes, seguro que es Amina. Y a su lado, apoyada en una pequeña maleta azul, a modo de bastón, una mujer que aparenta unos cuarenta años, no muy alta, regordeta, con pelo corto castaño y ojos tristes del mismo color. Por descarte, ella ha de ser Elvira.

Un taxista saca el equipaje del maletero y se lo entrega a un señor que ya ha pasado de los setenta. Es un abuelo alto, corpulento, con una brillante cabellera blanca y ojos azules de mirada inteligente; es Arturo, en su caso no hay duda.

Con él son siete; la anfitriona comprueba satisfecha que ya están todos.

—¡Hola, qué tal! —saluda Mayte con voz amable pero firme—, veo que algunos de vosotros os habéis tomado a rajatabla las indicaciones del curso, aquello de traer en el equipaje vuestras emociones...

Arturo, el señor mayor, ríe abiertamente con el comentario de Mayte, después de pagar al taxista que le ha traído y despedirlo con un gesto amable. Es el único que se atreve a romper el silencio gélido e incómodo que ha provocado el percance automovilístico en el jardín de entrada. Uno de los pocos privilegios que da la vejez es esa libertad para expresarse sin filtros.

—Soy Mayte, vuestra profesora de cocina emocional, nos esperan dos jornadas intensas entre fogones. Espero que vosotros dos podáis resolver este asunto antes de meteros en la cocina —dice, dirigiéndose a los contendientes—. Si no es así, avisadme y retiro los cuchillos de la encimera.

Ahora sí ríen, aunque tímidamente, todos los miembros del grupo, a excepción de los dos aludidos, que escuchan serios y enfurruñados a la anfitriona.

—Bienvenidos, espero que disfrutéis de esta experiencia. Seguidme y os muestro las habitaciones.

La casa de Mayte está en la sierra norte de Madrid. El suyo es uno de tantos pueblos que en los años setenta fueron invadidos por los veraneantes. Cada fin de semana y, sobre todo, en verano, los madrileños de clase media recorrían los cuarenta y tantos kilómetros que separaban la ciudad del campo, con la emoción de quien emprende un viaje de larga distancia. Eran otros tiempos, otros coches, otras carreteras, otros modelos de familia.

Después de una etapa dorada de pandillas de adultos, jóvenes y niños, de fiestas patronales, piscina en verano y búsqueda de níscalos en invierno, la segunda vivienda pasó a ser un lujo insostenible, la mayoría de ellos se vieron obligados a deshacerse de ese nido de días felices, al que los hijos mayores ya no querían ir. Muchos veraneantes descolgaron de las terrazas las toallas de piscina y en su lugar pusieron el cartel de «SE VENDE».

Aquellos pueblos serranos comenzaron entonces a ser poblados por gentes que los elegían para vivir durante todo el año. En su afán de reducir gastos y aumentar la calidad de vida, muchos cambiaron la contaminación de Madrid por un rincón cerca del campo, con sitio para aparcar y chimenea, a poder ser, aunque el peaje para dormir en el paraíso los obligue a pasar horas en la carretera. La vida diaria se consume en kilómetros.

A Mayte no le costó desprenderse de la adrenalina urbanita en su exilio voluntario, no sintió morriña de asfalto. En aquel momento, cuando decidió trasladarse a vivir al campo, en la ciudad que tanto había amado desde niña, solo le quedaba dolor.

Casi por casualidad, contrariando su idea inicial de buscar un apartamento —«total, para dar refugio a mi soledad no necesito muchos metros»—, se encontró con la oportunidad de adquirir a un precio irrisorio un chalet ruinoso que antaño había sido una vivienda señorial.

Del esplendor perdido de aquella casa de piedra, ahora tan deteriorada, únicamente se conservaba una enorme jaula en el centro del jardín, vacía y oxidada, que en otro tiempo acogió a un buen número de aves que entusiasmaban a los curiosos que paseaban por allí. Era habitual ver a niños y mayores asomarse entre los arbustos de aligustre para intentar un avistamiento furtivo de «la casa de los pájaros», así la llamaban en el pueblo.

Mayte rehabilitó el chalet con sus propias manos y dio rienda suelta a múltiples habilidades que nunca antes había desarrollado. Fue todo un descubrimiento personal; ella, que jamás había clavado un clavo, ahora, por exigencias del guion de la vida, sola como estaba, era capaz de llevar a cabo empresas antes impensables, como pintar paredes, lijar puertas o restaurar muebles.

Para las tareas más complejas contó con la ayuda

de un señor del pueblo, jubilado, albañil de profesión y manitas de vocación. Lo mismo te arreglaba un grifo que te reparaba un enchufe o te soldaba y te alicataba un cuarto de baño.

Entre los dos devolvieron la dignidad a la vieja casa de los pájaros, consiguieron adecentarla y convertirla en habitable en poco menos de un año.

La inmensa jaula está hoy pintada de blanco, llena de plantas y vacía de aves exóticas. Los trinos que ahora suenan en el jardín son de gorriones y mirlos en libertad; la nueva banda sonora a la que desde hace unos meses se han sumado los gruñidos y los ladridos de Nora, la perra que Mayte encontró en un contenedor del pueblo y que hoy es su compañera de vida. No hay un modo más valioso de reciclar lo que alguien, sin alma, tiró un día a la basura.

Mayte y su experto ayudante arreglaron las habitaciones existentes y además reconvirtieron para el mismo uso una salita de estar. La casa tiene ahora dos dormitorios dobles y cuatro sencillos, incluido el de la dueña de la casa. La distribución es lo bastante cómoda y acogedora como para dar alojamiento a los alumnos de los cursos que quieran pasar allí una o varias noches.

—Os he adjudicado los dormitorios en función de las necesidades que me planteasteis en vuestros correos. Mikele y Luz estáis en la habitación azul; Elvira y Amina, en la verde; Loreto y Rafa ocuparéis esas dos pequeñas, la naranja y la de color lavanda, elegid la que queráis cada uno...

—¿Y yo... duermo con usted?

El que pregunta es Arturo y esboza una sonrisa picarona mientras le guiña un ojo a la profesora.

—No, conmigo duerme Nora, es muy comprensiva, nunca se queja de mis ronquidos...

Arturo ríe la respuesta de Mayte, se nota que le gusta que ella le siga el código con tanta rapidez. Las conexiones que establece el humor entre dos personas contienen más química que una anfetamina.

—Su habitación es aquella que está al fondo, Arturo —le aclara Mayte—, venga conmigo. Cuando habitaban la casa los anteriores dueños, era una salita de lectura, por eso, supongo, tiene la mejor vista a la montaña. Levantar la mirada del papel tiene que ser compensado con alguna muestra de belleza equiparable a la literatura, digo yo...

Arturo asiente con la cabeza y se dirige a la habitación asignada. Al entrar, deja la maleta en el suelo y la recorre con la mirada. Es una estancia amplia, luminosa y acogedora, con paredes pintadas en ocre y cortinas semitransparentes en color hueso que dejan ver la montaña con un acabado de *sfumato*, como si el paisaje se escondiera detrás de un velo.

En su transformación para convertirla en dormitorio, Mayte incluyó una cama que vistió con una colcha de algodón color verde hoja seca, comprada durante una escapada a Italia. Junto a ella, colocó una sencilla mesilla de noche de madera que encontró en la basura y que restauró con pintura a la tiza, sobre la que reposa una lamparita antigua de bronce patinado y con tulipa de vidrio en forma de flor, esa que siempre estuvo en la casa de su abuela Juliana.

Sin embargo, en la remodelación, no se desprendió de dos elementos que habían pertenecido a la antigua casa: la inmensa librería que cubría la pared principal, de lado a lado, y un sillón retro de estilo francés, que ella misma tapizó en lino blanco, junto a la ventana. Ambas eran las pruebas inequívocas de la función que había desempeñado ese rincón como refugio de lectores.

Arturo siente que la adjudicación de su alojamiento no puede ser más adecuada. La elección de Mayte es casi mágica; los libros son imprescindibles para él, analfabeto hasta los dieciséis años; desde que aprendió el secreto para conocer lo que otros habían escrito, se abrió una puerta para él que nunca volvió a cerrarse. Desde que aprendió a descifrar el negro sobre el blanco, ni un solo día ha dejado de leer.

Mientras los asistentes van acomodando sus equipajes en las habitaciones, Mayte disfruta del último momento de soledad en la cocina. Repasa los elementos en la encimera para cerciorarse de que no falta nada, coloca en el alféizar de la ventana un florero de cristal con dos rosas de té recién cortadas y echa un vistazo al jardín en el que Nora disfruta de su habitual siesta mañanera. Todo está en el lugar adecuado.

Mayte tiene un pensamiento especial para él, como siempre que emprende algo importante, y eso le agita el ánimo, da un sorbo a una tisana que reposa casi fría junto al fregadero para tratar de calmar las mariposas que revolotean por su estómago, acaricia el corazón de plata de Tiffany&Co que cuelga de una fina cadena del mismo metal, ata con un lazo su delantal blanco y respira hondo. La aventura está a punto de comenzar.

2

La comida, un vínculo estrecho entre la madre y el cachorro, el fuerte hilo conductor de afecto que conecta ambas vidas. La leche materna en los mamíferos, los gusanos nutritivos que pasan del pico adulto al recién estrenado de los polluelos en el nido, los dermápteros, esos insectos a los que llamamos «tijeretas», capaces de alimentar con partes de su propio cuerpo a las crías, si no hay otra cosa... La comida, el alimento del cuerpo y del alma, un fuerte nexo de unión entre seres vivos que en el mundo de los humanos se llena de matices y de creatividad a través de la gastronomía.

Desde que alguien se pregunta: «¿Qué voy a darte de comer?», hasta que el plato llega a la mesa, se construye un camino lleno de buenas intenciones que pasa por decidir el menú, elegir y comprar la materia prima, llevarla a casa y seguir, uno por uno, los distintos pasos de la preparación que se integran en una variadísima carta de buenos verbos: cortar, picar, amasar, rebozar, dorar, sofreír, remover, probar, rectificar, reposar, dar el visto bueno, emplatar y servir.

Cocinar para los demás es más que un regalo, más que una atención. Cocinar para otros es conectar con una zona íntima de quien se sienta a la mesa, con sus recuerdos, con sus sentidos, con sus sensaciones, con sus emociones. En un plato de comida caben la alegría, el disfrute, la melancolía, el erotismo; en un plato de comida cabe la vida entera.

Mayte lleva días repasando estas notas, un compendio de reflexiones propias y ajenas vertebran el relato que quiere transmitir a sus alumnos. Su propósito no es enseñarles a cocinar, únicamente. «Eso ya lo hacen otros y, probablemente, mejor que yo —se dice a sí misma con modestia—. Yo quisiera ofrecerles algo más que una buena técnica.»

En el fondo, Mayte es consciente de que lo que pretende es ambicioso y no está segura de que sus discípulos estén dispuestos a acompañarla en la aventura, le toca poner en práctica algo en lo que tiene experiencia: tirar la caña para tratar de pescarlos emocionalmente con un sedal invisible... y esperar.

Los siete aguardan el inicio de la clase con las manos recién lavadas y el pelo encerrado en unos gorros blancos de algodón que cada uno de los asistentes ha encontrado encima de su cama, como regalo de bienvenida, junto a un delantal personalizado con su nombre escrito a mano. Mayte los rotuló, uno por uno, con pintura para tejidos. Le gustó la idea de que el uniforme con el que iban a trabajar se transformara en un recuerdo de lo vivido en esta cocina, un regalo que se llevarían consigo una vez que abandonaran el curso.

Mayte carraspea e inicia su presentación:

—Bienvenidos a mi cocina, que en estos dos días también será vuestra. Es mi sala de máquinas, probablemente, el lugar de la casa en el que más horas paso al día; espero que os resulte tan agradable como a mí.

»Ante todo, os doy las gracias por elegir esta propuesta. Sé que en el mercado ahora hay más opciones que nunca, por esa fiebre culinaria que se ha propagado en los últimos tiempos, supongo... —Los alumnos sonríen con complicidad, seguramente han entendido que Mayte se refiere a la proliferación de programas de cocina en la tele—. Sin embargo, mucho antes de que las cadenas de televisión comenzaran a programar esos concursos tan exitosos, la cocina ya era un asunto esencial, uno de los grandes contenidos de la vida. Y cuando esta moda mediática deje paso a otra, ella seguirá existiendo.

»Porque la cocina —continúa Mayte cargada de emoción— no solo hierve en los restaurantes, o en las tabernas, o en los platós de televisión, la cocina vive, sobre todo, en los hogares, en las familias, en los grupos de amigos, en las parejas. La cocina es el fuego lento que reúne a la tribu, la que le da calor desde el principio de los tiempos...

—Qué bonito, sí, señora —apostilla el viejo Arturo.

Mayte se siente un poco turbada ante el comentario, quizá se ha dejado llevar por el influjo pasional que ejerce en ella la cocina y se ha excedido en el entusiasmo al expresarse. Decide rebajar y enfriar un poco el tono.

—Como os decía, ahora hay más oferta que nunca en este campo de aprendizaje, pero vosotros habéis elegido venir aquí, os habéis decantado por un curso de «cocina emocional». ¿Puedo saber por qué?

Los asistentes guardan silencio, ninguno se anima a responder. Amina desvía su vista hacia el suelo; Elvira se frota, nerviosa, las manos en los pantalones vaqueros; Mikele mordisquea una ramita de hierba hurtada, presuntamente, del jardín, Luz juega con la uña del pulgar a dar vueltas al anillo que lleva en su dedo anular, y cuando el experto en romper muros de hielo, el viejo Arturo, abre la boca para intervenir, interrumpe impertinente un teléfono móvil.

—Disculpad, es urgente.

Loreto se levanta a atender el teléfono y Mayte la sigue con mirada seria. El resto del grupo vuelve a su posición inicial, mostrando cierto alivio al ver que la atención se centra en otra persona del grupo. Como cuando en el colegio te tocaba responder a una pregunta que no te sabías y en ese momento embarazoso alguna visita entraba en el aula para salvarte del trance...

Dos minutos de tensión silenciosa más tarde, Loreto regresa a su sitio con caminar rotundo. Cierra tranquilamente la funda de libro de su *smartphone* ante la mirada atenta de Mayte, que espera a que se siente para dirigirse a ella.

—Loreto.

—Sí, dime. —Loreto responde en un tono decidido y resuelto, propio de aquellos acostumbrados a mandar.

—Voy a pedirte que silencies el móvil, por favor.

—Era un asunto urgente, como he dicho...

—Ya..., pero estoy segura de que podría haber esperado un par de horas, casi todo puede esperar.

—Bueno..., todo...

—Si en lugar de estar en un curso de cocina estuvieras en un vuelo, con el móvil configurado en modo avión, esperarías a aterrizar para atender la llamada, ¿verdad?

—Mmm, bueno, esto es distinto... —responde Loreto visiblemente molesta por el comentario de Mayte—, estoy en tierra y han sido dos minutos...

—En realidad, no es tan distinto. Esta es una de tantas situaciones en la vida que requiere de una buena desconexión. Se trata de que te olvides durante un tiempo de todo aquello que no sucede en la cocina, solo eso.

Loreto desconecta su *smartphone* con gesto contrariado. Es más bien feúcha, pero proyecta esa seguridad que imprime pertenecer a una familia bien.

Mayte asiente con la cabeza en señal de aprobación y continúa con el aviso para navegantes cocineros...

—Muchas gracias, Loreto. Aprovecho para pediros lo mismo a todos los demás: durante los tiempos de clase os ruego que silenciéis vuestros teléfonos, que os olvidéis de lo que está pasando fuera de aquí. No solo por respeto al resto del grupo, que no merece ser interrumpido, sino porque las distracciones son incompatibles con la cocina.

»Cocinar es ante todo concentración y entrega, cuando nos empleamos en esta tarea estamos jugando con fuego, literalmente, pero también con la creatividad, y cualquier ejercicio creativo, como sabéis, exige una implicación máxima del autor. —Hace una pausa y prosigue—. Pero hay algo importante, además del respeto por el grupo y la concentración que requiere la cocina: silenciar lo que sucede fuera de ella es un regalo que os hacéis a vosotros mismos. Un alto en el camino habitual lleno de ruido, de interferencias, de problemas, de preocupaciones...

»Habéis venido a cocinar con las emociones, y para que eso suceda debéis ser plenamente conscientes de vuestra estancia aquí, de todo lo que vais a vivir, a sentir y a hacer sentir a otros durante estos días.

»Cuando el curso acabe, aterrizaréis —dice mirando a Loreto— y conectaréis de nuevo con vuestra cotidianidad, con vuestros chats, con vuestros muros y vuestras redes virtuales. Entretanto, disfrutad de este valiosísimo tiempo libre de ruido que es enteramente para vosotros.

—*Belle parole!* Voy a ponerle un *like*, profesora... Ah, no, que he apagado el móvil...

Mayte sonríe un poco desconcertada no es difícil leer la ironía en las palabras de Mikele. Por si quedara algún espacio para la duda, el codazo breve que el hombre recibe de su pareja, Luz, afeando su conducta, confirma la clara intención de este de burlarse del rapapolvo de la profe.

Mayte continúa con su reflexión:

—Os preguntaba por qué habéis elegido un curso de cocina emocional. Por ejemplo, tú, Elvira.

Elvira enrojece, nunca le gustó hablar en público, en el colegio solía esconderse detrás de la niña más corpulenta de la clase para evitar que le hicieran leer en voz alta. Siempre fue la calladita del cole, de la casa, de la pandilla. El silencio es el muro detrás del que Elvira parapeta su inseguridad desde niña.

Cuando Amina le propuso apuntarse al curso pensó que para cocinar no era necesario hablar, ella siempre lo hace en silencio, seguramente por eso se animó a probar. Y ahora le están pidiendo que se manifieste. «¡La primera en la frente! ¿Y qué digo?», piensa, agobiada.

—Esto, yo... he venido por Amina, somos amigas, me convenció de que la acompañara. Yo sé cocinar; a ver... sé, no soy una experta, claro, pero siempre me ha gustado. Pensé que aquí podría aprender trucos prácticos para mejorar..., claro..., mejorar en el sentido de hacerlo mejor, por mí, porque... yo no trabajo en un restaurante ni nada, pero me gusta cocinar, claro..., pero lo de emocional, no sé, ni lo había visto en el folleto que me enseñó Amina. Solo me fijé en lo de «cocina» y..., pues... he venido para mejorar, claro...

Elvira se aturulla, más y más, a medida que se adentra en su propio jardín de explicaciones y muletillas, le tiembla la voz y le suda la frente. Mayte, consciente de su incomodidad, corre a rescatarla:

—Bravo, Elvira ¡Has dicho la palabra clave: «mejorar»! Has comprendido perfectamente de qué va esto. Muchas gracias.

Elvira se siente aún más azorada tras el inesperado elogio de la profesora, que continúa explicándose.

—Efectivamente, esa es mi intención: me gustaría ayudaros a mejorar en el más amplio sentido de la palabra. No solo en lo que se refiere a vuestra técnica culinaria, eso se da por hecho, yo quisiera llegar un poco más lejos, quisiera ayudaros a mejorar en el ser y en el estar, ayudaros a que seáis mejores y a que estéis mejor, a que os sintáis mejor.

—*Mamma mía!* ¡Esto parece un *reality, tesorino!* —susurra Mikele al oído de Luz, que le sisea con desaprobación y se aparta un poco de él.

—En fin, no quisiera aburriros con más declaración de intenciones —concluye Mayte, visiblemente incómoda por la actitud burlona del alumno italiano—, el movimiento se demuestra cocinando, así que lo mejor es empezar de una vez. ¿Habéis traído lo que os pedí?

En los correos que cruzó con los asistentes, en los días previos al curso, Mayte les explicó que no era necesario que trajeran consigo ningún ingrediente, utensilio o uniforme de cocina, lo único que les pedía para poder acudir era «un plato especial», así se lo explicaba en el mensaje:

Todos tenemos un plato que nos conecta con una vivencia importante; estoy segura de que tú también. Es esa comida que te transporta a la infancia o a un pasado más cercano. Ese que te lleva a revivir un momento feliz o uno desgraciado. Ese alimento que, apenas lo pruebas, te hace viajar a un instante concreto de tu vida y, por un momento, vuelves a sentir lo que sentiste entonces.

Eso es lo que te pido, que traigas ese recuerdo culinario emocional en tu pensamiento. No me importa si sabes hacerlo o si no lo hiciste nunca, me da igual que conozcas la receta o no, solo quiero que traigas ese plato especial en tu cabeza, no lo olvides, es imprescindible para asistir al curso.

Por lo demás, solo serán necesarias tu presencia, tus ganas y tus emociones.

Un saludo,

MAYTE

Todos asienten para confirmar que han seguido sus indicaciones, y Mayte les pide que vayan diciendo el nombre en voz alta.

—Esta vez voy a empezar por Amina. ¿Cuál es tu plato?

—Un plato marroquí, como yo: tajín de cordero.

—Riquísimo. ¿El tuyo, Luz?

—Un plato vegano, como yo: solomillo de tomate. —Luz repite con picardía la fórmula de Amina y ríe ante su propia ocurrencia.

—¿Elvira?

—Croquetas de trufa y jerez —responde en voz baja.

—¿Con qué tipo de vino?

—Un fino seco.

—Suena delicioso. —Mayte insiste en reforzar la autoestima de la tímida del grupo—. ¿Rafa?

—Pues mira, Elvira trae el fino y yo «la berza gitana», la berza jerezana, el plato que mejor hacía mi abuela Dolores. ¡No ni *ná*! —exclama con gracia.

—La berza es un plato muy tradicional, en mil ochocientos ya aparecía en citas históricas...

Rafa se encoge de hombros con una sonrisa encantadora y evidencia que desconoce el dato cultural que aporta Mayte.

—¿Loreto?

—*Sarmale* rumano —responde lacónica.

—¡Qué rico! Es de procedencia turca y un imprescindible en Rumanía. ¿Tienes familia rumana, Loreto?

—No, pero dentro de poco la tendré. Familia política, quiero decir, voy a casarme con un rumano.

Mayte trata de disimular la sorpresa que le ha provocado la explicación de Loreto. Seguramente condicionada por algún tipo de prejuicio, no imaginaba a esa mujer con aspecto de ejecutiva agresiva haciendo planes de boda.

Mayte se dirige ahora al que comienza a erigirse en su discípulo pesadilla.

—Mikele, ¿cuál es tu elección?

—¡¿Mi erección?! Mmm. No se enfade, profe, es broma... Apuesto a que mi plato es el mejor de todos: *pasta alla Norma*, una delicia siciliana. —Mikele se lleva el dedo índice a la mejilla y lo hace girar, es ese gesto italiano que describe la buena comida—. Tendría que haber patentado yo el nombre de «Ya te como» que han puesto a esos fideos chinos que venden en vasos de papel, porque ¡a mí sí quieren comerme las mujeres cuando me ven haciendo pasta!

Luz suspira y se muerde los labios mientras mira hacia arriba, con gesto de «Dios, dame paciencia». La fanfarronería de su novio debe de resultarle cómica... Mayte no hace comentario alguno al respecto y termina su ronda con el abuelo.

—¿Qué plato ha elegido usted, Arturo?

—Tarta de cumpleaños.

Desconcertada ante una respuesta tan genérica, la profesora trata de concretar.

—Tartas de cumpleaños hay muchas...

—Para mí solo hay una, la de mi mujer, la tarta de Amelina.

—¡Qué lindo! —exclama Luz, entusiasmada por esa declaración de amor de Arturo en apenas doce palabras.

—Es una tarta de chocolate —aclara.

Mayte sonríe al descubrir que tiene otro punto en común con él.

—¡Vaya! Es una de mis tartas preferidas, tarta de chocolate... un clásico.

—¡Sí, como yo, un clásico que va camino de la

antigüedad...! —dice entre risas. Cuesta creer que haya alguien más feliz que él en esta sala.

—Bien —retoma Mayte—, muchas gracias, habéis cumplido todos con el encargo que os hice, ya estamos listos para trabajar. Lo que vamos a hacer en estos dos días es preparar todas y cada una de vuestras recetas. Todos vosotros vais a aprender a cocinar ese menú tan interesante, variado e internacional que habéis construido con vuestras aportaciones. Y hay algo más...

—¡Nos lo vamos a comer! —interrumpe Mikele, incapaz de permanecer en silencio más de treinta segundos.

—Sí, claro, eso también —responde Mayte un poco harta ya—, nos lo vamos a comer, pero antes vamos a conocer el porqué de vuestra elección. Quiero que cada uno de vosotros explique al resto del grupo la historia de su plato. Por qué es especial, por qué lo habéis escogido, qué significado tiene en vuestra vida, más allá de lo puramente gastronómico. A qué momento pasado os lleva, a quién os recuerda, qué lazo emocional anudáis con ese sabor, con ese aroma, con esa textura.

El silencio en la cocina es absoluto, probablemente ninguno esperaba lo que Mayte les ha pedido: un desnudo emocional ante un grupo de desconocidos a través de un plato de comida.

—Después procederemos a elaborar cada receta. Y, como conviene ordenar las ideas antes de exponer un relato, os dejo un rato libre para que penséis en ello. Podéis hacerlo en el rincón de la casa o del exterior que elijáis. Nos vemos aquí en quince minutos.

Mayte abandona la cocina. Los alumnos, todavía alrededor de la encimera, se miran entre ellos un poco desconcertados ante el nuevo encargo.

Arturo, por fin, se decide a tomar la iniciativa y se dirige a su dormitorio. Los demás siguen su ejemplo y abandonan la cocina, todos menos Mikele, que permanece en la cocina, masticando su ramita de hierba con gesto escéptico.

—Esto es de locos, ahora a reflexionar, menuda clase rara de cocina...; la profe esta está como una cabra, *è fuori di testa... ja, ja, ja!*

3

Elvira ha elegido para armar su relato un banco de piedra en el jardín, junto a la gran jaula, todo un símbolo para ella, que vive dentro de una...

«¿Cómo voy a contarles a unos desconocidos la razón para haber elegido las croquetas de trufa y jerez? —se pregunta preocupada—. Tengo que pensar algo rápidamente, solo faltan diez minutos.»

Intentando inventar una historia para poder justificar la importancia de su receta, sin desvelar la íntima verdad, Elvira vuelve a recordar el día, mejor dicho, la noche en que volvió a hacerlas...

HISTORIA DE UNAS CROQUETAS

Son las tres de la mañana y estoy haciendo croquetas. Desde que sucedió, no duermo por las noches. Únicamente logro echar una cabezada cuando empieza a clarear, un par de horas antes de que suene el despertador.

Hace seis meses que vivo como un hámster. Por la noche me monto en una rueda mental donde le doy innumerables vueltas a la cabeza, sin avanzar hacia ninguna parte. Durante el día me muevo, medio dormida, por una jaula vital que ha perdido cualquier interés. Bebo agua, ingiero verdura, cumplo con las necesidades fisiológicas imprescindibles, resuelvo lo cotidiano y ya.

En ese estado de duermevela, cada mañana me ducho, tomo un café, salgo a la calle, bajo las escaleras del metro, llego a mi puesto en el mercado, abro el cierre, vendo pan y bollos a mis clientes, les cobro, sonrío mientras les devuelvo el cambio y los miro a los ojos como si los viera. A eso de las ocho recojo y limpio las vitrinas, friego el suelo del local con amoniaco perfumado, echo el cierre, me despido de mis compañeros de los puestos cercanos, como si me importaran, y hago el camino de vuelta a casa para subirme de nuevo a la rueda nocturna.

Así, desafiando a la abulia, cumplo con mi jornada de trabajo y consumo mi vida. Voy tachando días sin una fecha como meta a la que desee llegar. Cada tachón solo sirve para recordarme que sigo aquí; para qué, no sé.

Supongo que preparar croquetas a las tres de la mañana debe de significar algo. Hasta hace unas semanas no podía soportar la visión del pan rallado, el olor del aceite en la sartén, el tacto de la masa en mis manos. Quizá esta vuelta al «croqueting», como lo llama mi sobrino Mario, sea una señal débil que indica un mínimo avance, una leve pista de que voy remontando, una luz tenue al final de este oscuro y silencioso estado de mierda en el que vivo.

Desde que sucedió, no he vuelto a probarlas. Pero hace unos días, en plena pelea con el insomnio, hui a la cocina, un poco aturdida, en busca de un vaso de agua, melatonina y consuelo. Unos minutos después, estaba dándole vueltas a la bechamel con una cuchara vieja de madera que heredé de la abuela Sofía y llorando a mares. Fue tan aliviadora la descarga emocional que a la noche siguiente hice más croquetas, y a la siguiente, más aún.

Aquella experiencia se ha convertido en adicción, me voy a la cama con intención de dormir y, al cabo de un rato, excitada y nerviosa, como si me levantara a encontrarme con un amante, comienza mi aventura. Me meto en la cocina, me pongo el delantal, saco los trastos de matar el tiempo y elaboro decenas de croquetas hasta que acabo con la masa.

Al día siguiente, llamo al timbre de mi vecina Noelia y se las entrego en una bandeja. Ella es una mujer comprometida, le obsesiona el reparto de la riqueza, así que las empaqueta en recipientes de plástico que le vende Juan —así llamamos a Huang, nuestro tendero chino de confianza— y después las distribuye con diligencia.

No sé adónde ni a quién llegan mis croquetas, pero confío plenamente en Noelia. Estoy segura de que acabarán en el estómago de alguna persona que las necesita y a mí me las quita de encima, para que no sufra más de lo debido al verlas expuestas en mi encimera. Doble acción de auxilio social por parte de mi querida activista del piso de arriba.

En porcentajes, yo diría que las croquetas tienen el cincuenta por ciento de culpa de mi dolor, el otro cincuenta es responsabilidad de la vida, esa hija de puta que te regala y te arrebata lo importante con la misma ligereza.

Recuerdo aquella mañana en la panadería como si la estuviera viviendo ahora. Andaba yo muy entretenida colocando en el expositor una bandeja con seis docenas bien doradas, recién hechas, el cristal estaba todavía caliente, casi me quemo las yemas de los dedos al posar la bandeja en la vitrina. Toda la tienda olía a croquetas.

Hacía mucho frío, el invierno nos azotaba sin compasión con una sucesión de temporales con nombres de hombres y mujeres que parecían habernos declarado la guerra. En este contexto inclemente, el calor de la comida recién cocinada era, más que nunca, un bálsamo para los sentidos.

—¿De qué son?

El que preguntaba era un señor de unos sesenta y muchos años, alto y delgado. Vestía abrigo caro, de Ermenegildo Zegna o alguna firma de esas... En la mano derecha llevaba un maletín de piel, color café, desgastado por el uso pero de buena marca, uno de Hermès o Ferragamo.

La elegancia de aquel hombre sobresalía entre los sencillos jubilados que pululaban por el mercado a primera hora de la mañana, uniformados con chaquetones impermeables acolchados y zapatos de suela de goma.

El señor del maletín llevaba un rato recorriendo de este a oeste, con mirada de depredador, la vitrina expositora. Casi sin mirarme, se dirigió a mí:

—Buenos días. ¿De qué son, por favor?

—Buenos días —respondí, y comencé a señalar croquetas con las pinzas de servir—. Estas son de pavo a baja temperatura con boletus y ajos tiernos; las redonditas, de bacalao confitado y estas otras, de trufa y jerez.

—Lo pone muy difícil.

—¿Perdón?

—Todas las opciones suenan francamente bien.

—Ah.

Me ruboricé sin control, ese calor interno es inconfundible. Lo he sentido mil veces desde niña, me avergüenza no entender algo a la primera. Supongo que son los daños colaterales de haber crecido a la sombra de un hermano brillantísimo y ser «la más normalita» de los dos, dice mi padre.

—Las he hecho yo —declaré orgullosa.

—Ajá —respondió el señor del maletín, con nulo entusiasmo, sin dejar de recorrer con la mirada el expositor.

Claro, supongo que yo esperaba mucho más que un «ajá», en realidad me hubiera conformado con algo del tipo:

«¿De verdad las ha hecho usted? ¡Eso es extraordinario, no debe de resultar nada fácil hacerlas tan perfectas, tan uniformemente doradas, tan idénticas todas entre sí, oh, Dios mío, estoy impactado!»

Pero no, el tipo del abrigo caro se despachó con un «ajá» que equivalía a «no me interesa en absoluto la autoría de unas croquetas».

Quizá fue una reafirmación un poco infantil por mi parte, eso de confesar henchida de orgullo que aquellas piezas comestibles eran obra mía... Pero me sentí impelida a hacerlo para compensar mi exhibición de cortedad mental al no haber reaccionado con soltura ante ese «lo pone muy difícil».

Supongo que necesitaba demostrarle a mi cliente potencial que yo no era tan tonta como podía parecer en una primera impresión, que soy capaz de hacer algunas cosas muy bien, cocinar, por ejemplo.

Sí, siempre fui la estrella de la cocina en mi familia, la única que heredó ese don casi mágico de mi abuela materna, Sofía, para elaborar platos ricos. Disfruto tanto como ella cocinando. Fuera, en la vida, no brillo nada, pero dentro de la cocina soy maga, una alquimista del fuego lento, una taumaturga del macerado y el sofrito.

La afición por comer, en cambio, me viene por parte de padre. Los Zaragoza somos adoradores del hecho en sí, nos encanta degustar, probar sabores distintos, mojar pan en las salsas. Todos disfrutamos hablando de comida, lo hacemos, incluso, mientras comemos o cenamos. Cuando un Zaragoza pierde el gusto por la comida, es la señal inequívoca de que algo va mal; el abuelo Tomás se dejó ir cuando perdió el interés en los sabores de la vida.

Así estoy yo ahora, sin apetito, me limito a alimentarme y poco más. Desde que sucedió, me nutro por supervivencia y sin pasión. Comer se ha convertido en un mero trámite, como recargar la tarjeta de transporte o bajar la basura.

Otro de los rasgos que heredé de la familia paterna es la permeabilidad a la contención, así que, a pesar de que era evidente que a mi cliente le daba igual mi habilidad como experta «croquetera», persistí. Saqué la ametralladora de explicaciones y disparé a discreción, casi sin dejar pausas entre frase y frase:

—En realidad no debería traerlas, en esta tienda solo se vende pan y bollería, claro, yo no sé si al dueño del establecimiento le parecerá bien, claro..., quizá él no tenga la autorización necesaria para vender comida preparada, pero esta mañana hacía tanto frío que he pensado que, claro, la gente anda un poco desconsolada y agradece tomar algo caliente. Es una manera de sentirse abrigado por dentro y, claro, como hay una cocina en la trastienda pues...

—¿Me pone dos de cada y me las envuelve para llevar, por favor?

El predador de croquetas cortó en seco y con exquisita educación mi exhaustiva exposición de motivos para esquivar las normas de la tienda con valentía. Y se quedó tan ancho. ¡Ese señorón de barrio caro puso fin, sin el menor remordimiento, a mi declaración! ¡Le importó una mierda mi compromiso, el que me empujaba a jugarme una bronca con el jefe por el bien de los demás! Insensible. Arrogante ser carente de empatía. Psicópata. Así va el puto mundo...

—Tengo un poco de prisa —añadió.

Como si fuera necesario hacerme entender que le estaba robando su valioso tiempo, que me estaba extendiendo demasiado en mi charla TED sobre croquetas. Imbécil.

Me encendí por dentro, me cuesta mucho reaccionar con frialdad cuando algo me contraría, pero me contuve. En un trabajo como el mío, cara al público, no puedo permitirme ser transparente, así que me volví de espaldas para coger una bandeja y aproveché para respirar hondo. Salir de plano me ayudó a que me bajara un poco el sofocón y a disimular mi sonrojo.

Muy seria, coloqué una a una las seis croquetas en la bandeja de cartón, con tanta precisión como indiferencia, mientras él miraba atentamente mis movimientos.

—¿Qué le debo?

—Me debe una disculpa, por antipático, por desconsiderado, por no escucharme, por interrumpirme, por no valorar que lo que yo digo también es importante. Que usted lleve un maletín de dos mil euros a mí me importa un huevo, eso no le hace mejor persona ni superior a mí.

»¿Sabe?, yo podría haber llegado más lejos, pero la vida a veces no da tregua, no todos podemos elegir. Y, sí, vendo pan cada día, un oficio tan digno como el suyo, que no sé cuál es; por cierto, igual usted es un asesino a sueldo y se permite cortar mi discurso así, como si tuviera autoridad moral para cualquier cosa que no sea entrar en la cárcel y pagar su culpa por haber matado a gente...»

—Perdón... ¿Qué le debo?

Estaba tan inmersa en mis pensamientos que no le había oído a la primera. No, evidentemente, la perorata sobre su grosería, el precio de su maletín y su presunto oficio de asesino a sueldo no la pronuncié en voz alta, solo la pensé.

—Dos euros, a cuarenta céntimos la croqueta, la sexta se la regalo yo.

Este último movimiento no fue una muestra de generosidad, sino una exhibición de superioridad moral. Me encanta practicar esa pequeña crueldad con los enemigos: tú me tratas con desprecio, yo te regalo algo bueno de mí para que te sientas mal, para que detectes la diferencia entre tú y yo, para que seas consciente de tu inferioridad en materia de sentimientos.

En realidad nunca funciona, quien no te quiere no le da ningún valor a ese gesto ni a ningún otro, pero es un hábito adquirido, una especie de tic emocional que a estas alturas de la vida no soy capaz de corregir, como lo de decir «claro» todo el rato o frotarme las manos en las piernas cuando estoy inquieta.

—¡Muchas gracias! ¡Qué amable!

¡El presunto asesino a sueldo me sonrió! Por primera vez apartó la mirada de la vitrina y taladró mis ojos con los suyos, unos ojos verde pardo, de mirada profunda, como los del abuelo Alberto...

Aparté rápidamente la mirada y la fijé en el billete de cinco euros que me entregaba, metí el dinero en la caja registradora y le entregué el tiquet con la vuelta. Ahí acabó la historia.

Al día siguiente, estaba yo atendiendo a la madre pusilánime de un niño indeciso que llevaba diez minutos cambiando de idea sobre el bollo que le apetecía y me tenía loca, moviendo las pinzas por el aire como un dron sobrevolando del cruasán a la palmera y de la palmera a la napolitana, cuando llegó él, el señorón del abrigo y el maletín. ¡El que me faltaba para complicarme el día!

Cuando conseguí acabar —metafóricamente— con el niño indeciso y la madre que lo trajo al mundo para amargarle la vida a una pobre panadera, saludé con educación y frialdad al asesino a sueldo aniquilador de discursos ajenos.

—Buenos días. ¿Qué desea?

—Deseo felicitarla. —Lo dijo sonriendo y mirándome a los ojos con un gesto entre emocionado y agradecido que me sorprendió—. Las croquetas que me llevé ayer estaban buenísimas —añadió sobrado de encanto—. Fue prácticamente lo único que comí en todo el día —remató moviendo la cabeza de arriba abajo para subrayar la importancia de lo que me estaba comunicando—. Gracias, es usted una espléndida cocinera. —Volvió a sonreírme y me miró con extrema bondad, sus ojos estaban vidriosos, o eso me pareció. Y me sentí de nuevo sofocada, esta vez a causa del reconocimiento inesperado.

Supongo que intentando disimular mi perplejidad y lo gratamente que me había sorprendido su comentario, respondí con más parquedad de la necesaria y en un tono que, en absoluto, expresaba la intensa satisfacción que me recorría por dentro:

—Me alegro mucho. ¿Y qué le pongo?

—Dos, dos y dos —dijo, señalando las tres bandejas.

—Pero hoy son de otros sabores —le advertí.

—Es igual, confío plenamente en que estarán riquísimas. Dos, dos y dos, por favor.

Me pagó, esta vez la cantidad justa, no hubo cambio en monedas, tan solo un cruce de miradas amables. Se despidió con cordialidad y se perdió entre el resto de los habitantes del mercado.

Esta situación se repitió al día siguiente y al otro, así hasta que llegó a convertirse en una escena cotidiana. Para mí suponía un reto y un estímulo probar con nuevas recetas, necesitaba estar a la altura de las expectativas de mi cliente más entregado.

Y, mientras él iba probando todas las nuevas modalidades «croquetiles» que yo llevaba a la tienda, nuestras conversaciones fueron alargándose en el tiempo y profundizando en el contenido.

Día tras día, entre croqueta y croqueta, nos contamos varios capítulos de nuestras respectivas vidas. Fue así como descubrí que el señor del maletín no era asesino de profesión, sino un exejecutivo de cuentas de publicidad, jubilado a la fuerza tras la quiebra de la última agencia de la que era socio.

De su pasado refulgente apenas le quedaban algunos ahorros; un apartamento diminuto pero coqueto en un buen barrio, Chamberí; un abrigo de firma viejo pero muy bien cuidado y un maletín caro, regalo de un anunciante tras una campaña exitosa.

Por lo demás, lo había perdido casi todo, incluida su esposa, que había pasado a la categoría de ex tras un divorcio tormentoso, y sus hijos, que habían pasado a la categoría de seres de rasgos físicos parecidos a los tuyos que te envían un wasap cada 19 de marzo por el día del Padre y te invitan a comer en su casa por Navidad, siempre que no tengan planes más interesantes.

Para corresponder a su confianza, yo también le dejé ver mi álbum de vivencias, mucho menos vistoso que el suyo, desde luego. Así supe que mi madre había muerto cuando yo tenía doce años, hecho que me había obligado a madurar a marchas forzadas. Y que esa madurez precipitada se escapaba, siempre que podía, por una rendija que me conectaba con aquella niña de la que me obligaron a desprenderme demasiado pronto. Por eso soy tan infantil en algunas de mis reacciones, supongo...

Le conté también que la panadería nunca fue mi vocación, pero como había obtenido nulo éxito en la búsqueda de un trabajo relacionado con esa carrera que estudié sin vocación pero por indicación de mi padre, Sociología, acabé recalando en una panadería de un mercado de barrio gracias a mi vecina Noe, que vio un anuncio en el tablón de anuncios de la Junta Municipal.

Después de tres o cuatro meses de charlas con el mostrador de por medio, un día, Eduardo —así se llamaba mi cliente asiduo— propuso que tomáramos algo fuera del mercado, y me pareció buena idea.

—¿Paso a buscarte a las ocho, cuando cierres la tienda?

—Es que... tendré que ir primero a casa a dejar las croquetas que sobren...

—Te propongo algo mejor: traes las croquetas sobrantes a mi casa, compro una botella de vino, hago una ensalada rica y cenamos allí...

—Pues...

Mientras yo dudaba sobre su propuesta, él apuntaba con determinación irrevocable su dirección en una servilleta de la panadería.

—Tengo que marcharme, he quedado con el fontanero para que me arregle el grifo de la cocina, está goteando.

Fue una noche deliciosa: cenamos, conversamos, nos reímos, escuchamos música... A las tantas de la madrugada de un martes allí seguíamos, charlando con una copa de Ribera del Duero en la mano y rodeados de un montón de discos y libros que Eduardo había ido esparciendo por la mesita baja del salón para ilustrar cada una de las historias fascinantes que me iba contando.

Eduardo era una mina de vivencias, uno de esos personajes que podrían protagonizar varias biografías y todas serían apasionantes. En él convivían muchos hombres distintos: el hijo del fontanero, que, después de una jornada como recadero de una tienda de ultramarinos, empollaba por la noche, bajo un flexo, en una casa modestísima del barrio de Argüelles; el joven estudiante de Económicas, soñador impenitente, que tocaba la guitarra y amaba el cine francés; el guapo treintañero que se casó con la mujer del jefe de una central de cuentas y escaló tanto hacia el éxito que olvidó de dónde venía; el tiburón de agencia que lo quería todo hasta que voló tan lejos que dejó de querer a nadie; el kamikaze que todo lo podía hasta que todo pudo con él.

Eduardo era un ser fascinante, todo lo contrario a mí, mi vida ha sido tan poco interesante como yo. «Eres más simple que el mecanismo de un chupete, peque», solía decir Hilario, mi primer novio. Yo siempre ponía mala cara cuando me lo soltaba, pero él defendía que era una broma que solía acompañar de un beso y un azotito en el culo. A él le parecía cariño, supongo; a mí, una puñalada en la autoestima.

Resulta agotador arrastrar el caparazón de «la insustancial» Elvira, la que pasa inadvertida, la mediocridad hecha persona, la que nunca destacó por nada, la que solo se crece ante el fogón.

El contacto con aquel hombre tan cautivador y la idea de que me hubiera elegido a mí para compartir una velada eran toda una inyección de moral. La confianza con la que se dirigía a mí, el interés que mostraba ante mis asuntos, sus discretos halagos hacia mi eficacia en la panadería... me hicieron sentir importante; muy pocas veces a lo largo de mi vida había experimentado una sensación similar.

Supongo que fue la combinación del refuerzo en mi autoestima, la música de Cohen y el vino lo que me empujó a fantasear, durante un instante, con la idea de que en algún momento de la noche nos besaríamos. El señor que me sacaba veinte años y yo, la mujer joven que siempre había parecido mayor; el triunfador acabado y yo, la que nunca inició nada importante; el cliente que me visitaba a diario en el mercado y yo, la que consiguió con la magia de sus manos que a un señor tan deslumbrante le resultara admirable algo hecho por alguien insignificante como yo.

Entonces pronunció la frase que me sacó de aquel delirio absurdo con el que mi mente andaba jugueteando:

«Cocinas como una abuela.» Lo dijo taladrándome con sus ojos intensos, y un rayo me atravesó desde la planta del pie hasta el cráneo.

—¿Cómo has dicho? —dije, visiblemente contrariada; disimular es otra de mis virtudes ausentes.

—Cocinas como una abuela, es maravilloso.

—Ah, sí, maravilloso. —Sonreí, tratando de evitar que Eduardo percibiera mi malestar, no quería que descubriera a través de mis gestos que su comentario era el peor modo de concluir una noche tan especial. Así que miré el móvil, con la clara intención de poner fin a la velada, y creo que sobreactué al ver la hora.

—¡Dios mío, son las dos de la mañana! Me voy corriendo.

—Mujer, no te vayas así, te queda media copa, con lo a gusto que estamos.

—No, no, me voy, me voy. —Lo dije en un tono de urgencia que rayaba con la antipatía y rematé—: Algunas trabajamos mañana.

—Tienes razón, no hagas caso a un jubilado aburrido que está loco porque le den carrete.

Me sentí mal, había sido una grosería recordarle a Eduardo que estaba fuera del mercado profesional. Le había respondido con un veneno que no había sido capaz de controlar; era la respuesta en diferido a su frase anterior, la que me había herido tanto: «Cocinas como una abuela.» No era eso lo que necesitaba oír, ya andaba sobrada de halagos de tinte familiar y muy escasa de reconocimiento a mi presencia en el mundo como mujer, como ser humano.

Desde que recuerdo, siempre me valoraron en función de la bondad y en relación con el resto de los miembros de mi familia: la buena hija, la buena hermana, la nieta que más se preocupaba por los abuelos. Incluso fuera de los lazos familiares: qué buena amiga Elvira, qué buena empleada Elvira, que buena vecina Elvira, pero en sí, o en mí misma, mejor dicho, ¿quién era yo?

Probablemente pagué con Eduardo muchos años de resquemor acumulado, concentré en una sola frase, «Cocinas como una abuela», toda la frustración vital que arrastraba. Y él no se lo merecía, claro que yo tampoco merecía la vida gris que me había tocado; eso me consoló y me ayudó a no sentirme un ser malvado y cruel cuando me despedí de él en el recibidor.

—Muchas gracias, Eduardo, ha sido un placer.

—No, gracias a ti, Elvira, por las croquetas, por la visita y, sobre todo, por compartir tu tiempo con un viejo carente de interés. Conocerte ha sido un regalo.

Muchas croquetas después, Eduardo y yo amasamos una curiosa historia de amor. No se parecía a ninguna de las que yo había vivido antes de conocerlo, pocas, para ser honesta. Él afirmaba lo mismo, nunca había sentido algo parecido a lo nuestro.

No vivíamos en medio de una loca pasión, no nos tocaba ese episodio a ninguno de los dos en aquel momento de nuestra existencia. Nuestro amor era otra cosa, era compañía, comprensión, calor, camaradería, generosidad, seguridad. Yo le daba todo lo que él necesitaba y él a mí también.

Yo sabía que en otro momento de su historia, cuando él era un triunfador joven y arrollador, jamás se hubiera fijado en mí. Y él seguramente era consciente de que ninguna mujer de mi edad, con una vida feliz, invertiría un minuto de su tiempo en una historia con un señor mayor que lo había perdido todo. En otras condiciones no nos hubiéramos cruzado, pero, a veces, la vida te da algo inesperado cuando has desesperado del todo.

Hoy hace seis meses de aquella pesadilla, el infarto en su casa que no me permitió despedirme de él, su muerte y mi vuelta a la sombra, mucho más oscura después de haber disfrutado de una aventura tan luminosa.

En el funeral de Eduardo, en la iglesia de Santa Teresa y Santa Isabel, cerca de su casa, ocupé un asiento en la última fila. A mi lado, tres mujeres mayores con apariencia de beatas que van a su misa diaria, ajenas a que aquel día una familia despedía a uno de sus miembros. Yo no pertenecía a esa familia, le pertenecía a él, pero ninguno de los que estaban allí lo sabía, solo nosotros dos, solo yo, ahora que él no estaba...

No he podido volver a probar las croquetas, saborearlas sería aumentar la conciencia de mi viudedad clandestina. Mi historia de amor, la única importante, la única real en toda mi vida, es inexistente para el resto del mundo, y yo siento que también he dejado de existir.

Este es mi plato, el que me he comprometido a compartir en esta extraña clase de cocina. Es el plato que me dio la felicidad y me la arrebató, mucho antes de que pudiera difuminarse en la rutina. Mis compañeros van a aprender a hacer croquetas de trufa y jerez, y las saborearán, yo no lo haré. Ya no.

4

Mientras los alumnos reflexionan por distintos rincones de la casa, Mayte aprovecha para salir al pequeño jardín trasero que comunica con la cocina, donde sestea Nora, que la recibe con una efusividad inusitada, como si acabara de volver de la guerra.

Siempre son así de intensos los encuentros, la misma emoción, la misma expresividad para recordarle lo importante que es, aunque se hayan visto hace cinco minutos.

Nadie le había demostrado el amor con tal devoción a Mayte, ni siquiera las personas más importantes de su vida, y ella tampoco hizo jamás su amor tan evidente. Los seres humanos damos demasiadas cosas por hechas, por dichas. Únicamente en la distancia, en las despedidas, o en algunas situaciones desesperadas, verbalizamos lo mucho que queremos o que necesitamos a los demás y, a veces, ni eso. ¡Cuántas cosas importantes nos quedamos sin decir a aquellos a los que amamos!

Los perros viven en el presente, para ellos el ahora es perpetuo, quizá por eso hacen una fiesta cada vez que se reencuentran con sus seres queridos, como si siempre fuera la primera vez. Desde el día en el que la rescató, Nora no se ha movido de su lado.

A decir verdad, Mayte no tenía la menor intención de asumir la obligación de cuidar de un animal; cuando la encontró, su único propósito era buscarle un hogar con alguna familia del pueblo. Ella no sentía la necesidad de recibir cariño de un ser de cuatro patas, ni fuerza emocional para darlo. Su vacío era tan enorme que había perdido incluso las ganas de llenarlo.

Recuerda esa primera noche como si fuera hoy. Estaba en plena remodelación de la casa, recién llegada al pueblo, fue a tirar unas maderas viejas a la basura y oyó unos gemidos que provenían del interior del contenedor.

Intentó ver el fondo, pero la tapadera le quedaba demasiado alta como para asomarse, así que decidió subirse a una silla desvencijada que alguien había dejado abandonada, confiando en que pudiera aguantar su peso durante unos minutos.

Alumbró con la linterna del móvil el interior y allí, junto a una garrafa vacía de detergente y unos botes de gel y champú medio aplastados, vio algo peludo que se movía... Por su aspecto, podía ser una de esas enormes ratas que había visto en alguno de sus viajes a Manhattan.

Un escalofrío recorrió su cuerpo, pero un nuevo gemido del animal la sacó de toda duda: era un perro, un perro pequeño. Tan solo tenía cuatro meses, lo supo al día siguiente, cuando lo examinó Ángeles, una de las veterinarias del pueblo.

El pequeño no se resistió cuando Mayte tiró de él tratando de sacarlo del contenedor, al contrario, desde el primer momento pareció tener claro que esa mano no era maltratadora como otras que había conocido, esa mano estaba allí para salvarla.

Cuando consiguió engancharlo, perdió el equilibrio y estuvo a punto de caerse de la silla con el cachorro en brazos, pero al final logró mantenerse. Después, con mucho cuidado, bajó un pie y a continuación el otro, sin desprenderse del animalito, que se aferraba como una lapa a su regazo.

Lo depositó con delicadeza en el suelo y allí pudo verlo mejor, estaba sucio y aparentemente desnutrido. El pelo pobre y despeluchado, la mirada entre triste y asustada, señales inequívocas de que en su corta vida no había recibido los cuidados básicos de comida y limpieza, ni la mínima dosis recomendada de cariño para un ser vivo.

Después de tirar las maderas, al fin y al cabo, para eso había ido allí, Mayte lo cogió en brazos y regresó a casa, lo dejó un momento en el jardín y entró en la cocina. Lo más urgente era encontrar algo para darle de comer, eran más de las nueve y ya estaría todo cerrado, no podía comprar pienso o una de esas latas de comida para perros, tendría que apañarse con lo que había en casa.

Echó un vistazo a lo que tenía en la nevera y decidió sacrificar el filete de pollo que iba a cenar para donárselo a su pequeño refugiado... Recordó que la abuela Pepa siempre preparaba la comida de sus tres gatos y de algún otro visitante felino que se le colaba en el patio: «Arroz con higaditos, hija, eso les gusta a todos», así que hirvió el filete con un puñado de arroz, una patata y una zanahoria, después picó el pollo en trocitos y lo mezcló todo en un cuenco que colocó en el suelo, junto a la puerta del porche de la cocina.

El cachorrillo acudió rápidamente a la llamada olfativa, Mayte se apartó un poco del recipiente de la comida para que no se asustara, pero nada más lejos: el inesperado comensal devoraba con ansia y, de vez en cuando, le dedicaba una mirada que parecía de agradecimiento.

Cuando terminó con el contenido del cuenco, Mayte lo cogió en brazos de nuevo y lo llevó al cuarto de baño. Olía muy mal, era una mezcla entre hedor de animal poco aseado y basura del contenedor.

Como no estaba segura de que conviniera bañarlo, quién sabe si lo habrían vacunado alguna vez, decidió limpiarlo cuidadosamente con una toalla empapada en agua templada en la que había echado unas gotitas de vinagre de manzana. En algún sitio había leído que el vinagre mataba todas las bacterias.

Durante la limpieza comprobó que se trataba de una hembra y también que era extremadamente sensible y cariñosa, se retorcía de gusto cuando le frotaba con suavidad con la toalla y respondía con constantes lametazos que a Mayte le provocaban una extraña mezcla de sentimientos: cierto rechazo, por la falta de asepsia, y mucha ternura.

Improvisó una cama con un cojín envuelto en una manta vieja y la situó cerca de la chimenea. La perrita identificó a la primera que ese era su sitio, se acomodó y cuando encontró la postura, en apenas unos minutos, cayó rendida en un profundo sueño.

Ella se preparó un sándwich de jamón y queso y se lo tomó en el sofá con una cerveza frente a la tele, que solo ejercía de banda sonora. En realidad, toda su atención estaba puesta en esa pequeña bella durmiente que, al otro día, con un poco de suerte, partiría hacia su hogar definitivo.

A la mañana siguiente, Mayte se despertó antes de que sonara el despertador, como cada mañana. Salió de la habitación para ver qué tal seguía su invitada, pero al llegar al salón se encontró con el cojín vacío y la manta hecha un gurruño junto a la chimenea, en la que ya solo quedaban rescoldos fríos. La perrita no estaba.

La buscó por todas partes, temiéndose lo peor, seguro que había hecho algo terrible, como morder el diván de cuero que heredó de su padre o se había hecho pis en alguna alfombra. «¡No se habrá caído en el cubo del agua sucia con detergente que dejé en el cuarto de baño después de asearla...! ¿Se habrá ahogado?»

Después de recorrer cada rincón de la casa, de habitación en habitación, Mayte, angustiada, volvió a su dormitorio. Se arrodilló en el suelo para recuperar sus calcetines y allí, debajo de la cama, la encontró al fin, con los ojos abiertos de par en par y moviendo el rabito a la velocidad de un limpiaparabrisas.

La cachorrita se estiró en una postura perfecta, como la *asana* de un yogui, y se acercó a darle los buenos días a su rescatadora. Esta vez sus lametazos no provocaron en Mayte rechazo alguno, hacía demasiado tiempo que no recibía el primer cariño de la mañana...

La visitante había pasado la noche con ella, pero fue tan silenciosa que Mayte no reparó en su presencia. Tanta quietud era un comportamiento impropio de un cachorro, seguramente estaba tan rendida del estrés del maltrato y el abandono que al sentirse a salvo por primera vez, no encontró motivos para lloriquear.

Mayte se puso su vieja chaqueta larga de lana del Pirineo y con una taza de café en la mano salió al jardín. El día había comenzado precioso, parecía un cuadro pintado por Turner especialmente para ella, una de esas mañanas invernales de cielo azul despejado y sol deslumbrante. Al fondo se veían las montañas coronadas de chantillí, ya habían caído las primeras nieves del año. La hierba, de un verde intensísimo, estaba salpicada por ese rocío que los rayos del sol convierten en purpurina y, sobre ella, Nora, embebida mordisqueando un palo en su lugar favorito, junto al manzano, el mismo en el que ahora, un año después, Mayte la estaba acariciando.

Nunca llegó a buscar un hogar para ella con otra familia, Nora la había elegido desde el primer momento y ella, sin saberlo, también. Esa decisión compartida era inquebrantable. Esta era su casa, no cabía duda alguna, el nuevo hogar de las dos.

—Es preciosa. Nosotros tuvimos tres perros y las dos hembras fueron las más listas, con diferencia. —Es Arturo quien interrumpe amablemente el silencio de Mayte, mientras se agacha a acariciar a Nora, que se tumba sumisa, patas arriba, para facilitarle el gesto.

—Es muy cariñosa —responde Mayte—, como siga haciéndole mimos no se la quitará de encima.

—Mujer, puedes tutearme, ya sé que soy mayor que tú pero tú eres la maestra cocinera.

Mayte sonríe un poco sofocada, todavía no se cree del todo este nuevo papel que ha decidido interpretar. Cocinar fue su pasión desde muy joven, pero nunca soñó que acabaría enseñando a otros, mucho menos de esta manera tan peculiar...

—¿Ya tienes clara tu historia, Arturo? Apenas le has dedicado cinco minutos.

—Ni eso —responde Arturo mientras rasca la barriga de Nora—, en realidad he ido a la habitación a recoger las gafas de cerca, me las había dejado allí. *Na'*, yo no necesito reflexionar, esa tarta resume la historia de mi vida, no hay nada que refrescar, la llevo siempre aquí y aquí —dice, señalándose la cabeza y después el corazón.

Ante tal rotundidad, a Mayte no se le ocurre nada interesante que añadir. De nuevo es el viejo Arturo quien salva la situación de un posible silencio incómodo.

—¿Y cuántos cursos has impartido ya?

A Mayte le da apuro decir que este es el primero, teme dejar al descubierto una falta de experiencia que no le conviene reconocer ante sus alumnos, así que opta por decir una verdad a medias.

—Cursos he impartido muchos..., pero con las características de este, así, tal cual, sois mi primer grupo. Tengo grandes esperanzas puestas en este proyecto, ojalá resulte como creo.

—Seguro que sí, siempre hay una primera vez para todo. Son las que más miedo dan, pero también las más especiales, las verdaderamente mágicas, como cuando estrenas algo. A mí me pasa con los sombreros, guapo guapo, cuando me los pongo la primera vez, luego ya... me veo igual que siempre, del montón, del montón de los feos. —Ríe a carcajadas.

A Mayte le fascina la vitalidad de Arturo, y esa mezcla seductora irresistible entre galán y abuelo de cuento. Tiene toda la pinta de haber disfrutado y seguir disfrutando de una vida plena, verlo tan rebosante de buen humor a todas horas produce cierta envidia. «Quién pudiera ser así, sentirse así..., y eso que yo estoy en la mitad del camino —dice Mayte para sí—, pero, claro, a mí me pasó un ciclón por encima.»

—¿Te puedo preguntar una cosa, profesora?

—Por supuesto, para eso estoy aquí, para resolver vuestras dudas sobre la cocina...

—Bueno, no es exactamente sobre cocina. O sí...
A ver, que me lío. Es sobre la cocina, pero no es una
consulta culinaria. Tiene que ver con tu actitud.

—¿Mi actitud? —Mayte pregunta un tanto desconcertada.

—He observado algo muy curioso en ti.

—Tú dirás —responde con una sonrisa, intentando aparentar una tranquilidad ficticia; en realidad la inquieta lo que pueda decirle el alumno con
el que más ha conectado hasta el momento.

—Ya sabes, Mayte, que los viejos somos muy
observadores; como tenemos mucho tiempo libre
lo invertimos en fijarnos en detalles que con la urgencia y las interferencias propias de la juventud a
veces pasan inadvertidos. Ya conocerás el tópico ese
de que los hombres, cuando se jubilan, se entretie-
nen vigilando obras en la calle, yo desde luego me lo
paso mejor analizando a los seres humanos.

—Hombre, igual ver obras está bien, no lo he
probado, pero así, *a priori*, tu afición suena mucho
más interesante...

—Bueno, que me enrollo, y al final no te digo lo
que quiero decirte.

—Adelante.

—Me llama muchísimo la atención la emoción
con la que hablas del mundo de la cocina...

—Ah, ¿sí? —Mayte responde aliviada, la observación no parece tener mucha trascendencia—. Bueno, es mi profesión, me gusta...

—Claro, claro, ya imagino que te gusta, pero... no hablas como si te gustara.

—¡Huy! —Mayte recupera el asombro inicial—. Ahora sí que me he perdido, Arturo.

—No hablas como si fuera algo que simplemente te gustara, hablas como si estuvieras enamorada.

—Bueno, es casi lo mismo, ¿no?

—No, no. Estar enamorado de algo o de alguien es muy distinto de que te guste. Seguro que habrás experimentado la diferencia a lo largo de tu vida...

—Claro que sí...

Mayte empieza a sentirse intranquila, el encantador Arturo puede que esté rozando, sin saberlo, un terreno resbaladizo que ella en este momento no quiere pisar. Pero él continúa en un tono tan agradable que resulta imposible cortarle el discurso sin resultar hostil.

—Cuando hablas de todo lo relacionado con la cocina, Mayte, te cambia la mirada, se te iluminan los ojos, incluso tu léxico es distinto, más rico, más pasional, más exuberante... Es como si hubiera otra persona dentro de ti.

—¡No me digas! Pues..., no sé, yo no he notado ningún desdoblamiento de personalidad, ni posesión demoníaca, ni nada parecido... Pero preguntaré si hay algún médium o algún exorcista en el pueblo, aquí hay de todo, no creas...

Arturo estalla en carcajadas ante la ocurrencia de Mayte, que, hábilmente, ha tirado del recurso del humor para quitarle profundidad a una conversación que empezaba a resultarle incómoda. Es una muleta que utiliza a menudo en la vida.

—¿Demoníaca? ¡En todo caso angelical, alhaja! Da gusto oírte hablar de las emociones que hierven en la cocina y resulta contagioso... Yo antes solo lloraba picando cebolla, pero creo que después de estos días voy a encontrarle más sabor a esto de cocinar.

—¡Ja, ja, ja! Qué divertido eres, Arturo. Y qué positivo, ves en todo el lado bonito, el luminoso. Ojalá hubiera en el mundo más gente como tú.

—Bah, no te creas, yo también tengo mi lado oscuro, como todo hijo de vecino. Bueno, no me hagas mucho caso con mis preguntas y mis reflexiones, los abuelos nos convertimos en seres muy pesados...

—*Maestra di cucina!* ¡Arturo! *Andiamo!* ¡Ya están todos esperando!

El que grita es Mikele, quién si no, piensa Mayte. Está en la puerta que da al porche trasero, con un rodillo de amasar en la mano, que mueve estirando el brazo y apuntando al cielo, como si fuera la espada de un caballero andante.

Arturo ríe abiertamente al contemplar la imagen cómica del italiano. Mayte sonríe, tratando de fingir que a ella también le hace gracia la *performance* de Mikele. Lo hace por el bien del desarrollo del curso, es importante que no se le transparente que empieza a molestarla un poco el constante afán de protagonismo del alumno.

—¡Ya vamos! —Mayte emprende el camino de vuelta a la cocina, con la conversación reciente dando vueltas en su cabeza. Arturo abandona a la perrita en su rincón de relax y camina tras sus pasos. Nora los sigue unos segundos con la mirada y después deja caer la cabeza a plomo sobre la hierba para retomar su sueño.

5

De regreso en la cocina, los alumnos vuelven a ubicarse en los sitios que habían ocupado en torno a la encimera rodeando a Mayte, que se dispone a dar inicio a la primera clase práctica.

—Espero que hayáis aprovechado bien el tiempo para ordenar vuestros recuerdos, ha llegado el momento de que los compartáis con nosotros. Elvira, vamos a comenzar por tus croquetas de trufa y jerez. ¿Por qué has elegido ese plato?

Elvira se ruboriza apenas escucha su nombre en boca de Mayte: no contaba con ser la primera en tener que exponer sus razones.

La obsesión de la profesora por comenzar cada ronda de intervenciones con ella, la más tímida, la más resistente a expresarse en público, empieza a incomodarla.

Relatar su historia de amor con Eduardo no entra en sus planes, así que contará una mentira, lo cual no supone un problema para ella: no decir la verdad es una constante en su vida. Ha mentido tantas veces, con tal de no exponerse ante los demás, que carraspea y arranca con cierta naturalidad el relato inventado para esta ocasión.

—He elegido esta receta porque era la que hacía mi madre cuando celebrábamos algo en casa. —Con esta brevísima sentencia da por terminada su intervención, pero Mayte se resiste a que reduzca su explicación a un titular y trata de saber más.

—O sea, las croquetas de trufa y jerez te recuerdan a días felices, días de fiesta en la casa de tus padres, ¿no es así?

Tras la pregunta de la profesora, Elvira se ve obligada a continuar inventando.

—Sí, sí, claro, las croquetas de trufa y jerez me recuerdan a las tardes de cumpleaños, días felices, sí.

—¿Y... había mucha gente en esos cumpleaños? —Mayte persiste en el intento de que sea más explícita.

—Sí..., claro..., venían mis primos, mis tíos, mis abuelos y, claro, nos juntábamos tantos en casa que mis padres tenían que pedir prestadas sillas a los vecinos de al lado...

—Reconozco bien esa escena, Elvira, en mi casa hacíamos lo mismo en Navidad; como solo vivíamos en casa mamá y yo, cuando venía gente no teníamos asientos suficientes —apostilla Luz con una sonrisa cómplice.

—Es que antes los vecinos se conocían. —Arturo ríe—. Ahora llamas a la puerta de al lado a pedir una silla y, a lo mejor, te abre la puerta un alemán que ha venido a pasar dos días con el *Bianbí* ese...

Mayte sonríe a Arturo y vuelve a la carga para intentar que Elvira le cuente más detalles.

—Lo pasaríais muy bien, ¿verdad? Esas fiestas de la infancia nunca se olvidan.

—Claro... Sí, muy bien, jugábamos juntos todos los primos, mi tío Nicolás cantaba canciones de su época, nos acostábamos tarde..., todo era muy distinto a un día normal, claro.

—Y volviendo a la receta. ¿Recuerdas el recipiente en el que tu madre servía las croquetas?

—Mmm, sí, sí, las ponía en unos platos llanos de Duralex color caramelo, junto a la bandeja de medianoches de jamón de York con mantequilla. Y en unos boles de plástico de colores ponía ganchitos mezclados con estrellas de patata.

—¿Y qué bebíais en esas fiestas?

—Pues..., los mayores puede que cerveza o vino, no lo recuerdo bien ahora, los niños bebíamos Fanta, Pepsi...

—¡Bueno..., Fanta, Pepsi y *jeré*! —Mikele se ríe a

carcajadas de su intencionada maldad y la subraya—. Porque las croquetas que nos traes tienen vino, no me extraña que tu tío cantara y que tus primos y tú lo pasarais tan bien, *sinvergonsona*.

Elvira se queda bastante cortada tras la intervención del italiano. En la creación de su falso relato no había contado con ese detalle, poner croquetas cocinadas con vino en un cumpleaños infantil no es muy adecuado. Desde luego, en su casa, paradigma de la rectitud educativa, eso jamás ocurrió.

Las medianoches, los ganchitos, las patatas y las sillas del vecino sí formaban parte de las celebraciones caseras en su casa, incluso después de que muriera su madre, todos esos elementos componían la parte verídica del relato, pero las croquetas no. Aquella delicia entró en su historia muchos años después, cuando conoció al hombre más importante de su vida...

Elvira trata de salir del atolladero y salvar los muebles ante la profesora y sus compañeros de curso con una aclaración.

—Bueno, las croquetas solo las comían los mayores, lo que pasa es que un día mi abuela Sofía me dejó probar un trocito a escondidas, sin que se enteraran mis padres, claro. Y me encantaron. Y, claro, pensé que... cuando fuera mayor aprendería a hacerlas yo misma.

Elvira cuenta su historia de ficción con el rostro

a punto de estallar de calor y unas ganas inmensas de que concluya de una vez el interrogatorio de Mayte, que, consciente de la incomodidad de la alumna, le da una tregua y se dirige al grupo:

—Bien, he preguntado a Elvira por esos detalles, los platos, las bandejas... porque todo eso forma parte del universo de la cocina y, por tanto, de nuestros recuerdos.

»Cuando cocinamos, si tratamos de trascender el hecho mismo de la nutrición y nos proponemos subir un peldaño más, el que nos lleva a la emoción, todo adquiere un sentido.

»La cazuela, los cazos de servir, el menaje, los manteles, cada detalle forma parte de la historia que quedará en el recuerdo cuando la materia prima haya desaparecido entre el estómago de los comensales, el cubo de la basura y el lavavajillas.

»Seguro que todos vosotros recordáis alguno de estos elementos de vuestra infancia, un vaso, una jarra, una cuchara... Y, tal vez, hayáis sentido un pellizco al ver alguno idéntico o parecido en una película, en un rastrillo...

—¡Sí, o en Wallapop —apunta Luz—. ¡Yo encontré una taza de Piolín en la que siempre tomaba el ColaCao cuando era peque y la compré! ¡Tres pavos me costó recuperar mi tacita preferida!

Todos sonríen ante el testimonio de Luz, y a

Mikele, al mirarla, se le endulza tanto su habitual gesto cínico que parece otro. El amor es el mejor cirujano plástico para eliminar la dureza de un rostro.

—En ocasiones —continúa Mayte—, los objetos guardan un gran significado, se convierten en símbolos. Y, sin duda, la cocina está llena de ellos...

—¡Qué chulo, símbolos! A mí esas cosas me encantan, soy medio esotérico —dice Rafa, entusiasmado.

—Dadles a vuestras herramientas de cocina la importancia que merecen, sois músicos de la alimentación y con esos instrumentos podéis hacer arte. Elvira, ¿te gustaría añadir algo más antes de que nos pongamos a hacer tus croquetas?

—No, no, eso es todo, Mayte...

—Bien, pues después de estudiar a conciencia las notas que me pasó Elvira y de hacer varias pruebas en estos días, con el permiso de la autora, os voy a enseñar a hacerlas.

»Una advertencia: todos ejecutaréis cada paso, pero como es necesario que la masa duerma en la nevera unas cuantas horas y congelarlas antes de freírlas, ayer preparé parte de la masa, que está ya lista para que podáis montarlas, y monté y congelé unas cuantas croquetas a falta, únicamente, de que vosotros las rematéis en el aceite... Así podremos probarlas al final de esta clase. ¿Listos? Pues ánimo, concentración y paciencia.

Croquetas
de trufa y jerez

Ingredientes

12 raciones

---

550 ml de leche

250 ml de nata

100 g de harina

3 cucharadas soperas de fino de Jerez

1 cucharada de postre de puré de trufa

50 g de aceite de oliva

50 g de mantequilla

sal

pimienta blanca recién molida

nuez moscada recién molida

2 o 3 huevos batidos

pan rallado fino

Croquetas de trufa y jerez

¡Esta elaboración tan nuestra, tan deliciosa,
tan asociada al amor de madre o abuela,
merece una buena introducción!
Empiezo declarándome
«muy fan» de las croquetas; es más, «fan total».

Esa capa crujiente o «que croque» al morder y acto seguido la boca se inunda con una crema untuosa, voluptuosa, delicada, me subyuga de verdad…, por eso soy bastante «pesadita» con la preparación de este sencillo pero a la vez enorme bocado. Me niego a comer croquetas tipo perdigones de duras o sin sabor definido o con aparente exceso de capa crujiente, pasadas de fritura…, hay tantos modos de malograrlas…

Para hacer croquetas o *croquette* hay que seguir el compromiso de su nacimiento. Es una preparación real, ya que fue la creación del chef de Luis XIV, Antonin Carême para agasajar a su rey y al príncipe regente de Inglaterra. La llamó *Croquette à la Royale* siguiendo la costumbre de dedicar a la nobleza las creaciones de los cocineros, qué pereza, pudiendo haberlas perpetuado como las «bolitas de Antonin».

De más está decir que fueron un éxito rotundo y han llegado a nuestro días con un nivel de popularización increíble que deleita a nobles y a plebeyos.

A pesar de nacer en Francia, la croqueta es la reina indiscutida de la gastronomía española. A lo largo y ancho de nuestro país no hay carta de restaurante, desde estrella Michelín hasta el bar de la esquina, que no las tenga. Y todos quieren presumir de tener las mejores.

Su versatilidad está en que tanto puede ser una preparación de cocina de aprovechamiento, o sea, de sobras, o de los ingredientes más *gourmets* y sibaritas de la despensa. Hoy por hoy hay un largo listado de sabores a cuál más creativo y hasta en versiones dulces.

Después de un largo peregrinaje por restaurantes, bares, casas de comidas o recetas de personas particulares que han querido compartir conmigo sus secretos, creo que tengo conocimiento suficiente para distinguir una «croqueta maravilla», y esta que nos propone Elvira lo es.

¡Concentración, paciencia y a trabajar!

Aquí, como en la pizza, el secreto está en la «masa», o sea, la crema bechamel que es la base de nuestra preparación. Tenemos que aprender a hacer una buena bechamel, que sea por un lado ligera, para que resulte delicada en boca, pero por otro que tenga la consistencia necesaria para que las croquetas no se rompan al freírlas... ¡Todo un tema!

Empezaremos a calentar la nata junto a la leche en un cazo.Mientras tanto, en una cazuela de buen tamaño pondremos el aceite de oliva y la mantequilla a derretir a fuego medio.

Cuando ambas estén completamente derretidas, incorporaremos la harina y empezaremos a mover con la varilla. Este paso es de suma importancia, porque queremos que las croquetas no sepan a harina cruda, que la masa no tenga grumos y menos aún que se nos queme.

Pero vosotros os preguntaréis ¿y cuándo sabemos que está cocida la harina o cuánto tiempo es necesario?

La mezcla de la mantequilla, aquí también el aceite y la harina se llama *roux*. Este último es una elaboración básica de cocina que sirve para espesar salsas o caldos. Aquí nuestro *roux*, tiene que ser más fuerte porque necesitamos consistencia para nuestra croqueta.

El *roux*, a medida que se va cocinando se va tostando, queremos que se cocine, pero no que coja color demasiado subido porque nos dará unas notas tostadas que no queremos. Por tanto, a fuego bajo, vamos cociendo poco a poco y moviendo siempre con la varilla, para asegurarnos de que quede blanca y cocida. Unos cinco minutos suele ser suficiente.

Acto seguido, le incorporamos de un golpe la leche y la nata bien caliente. Con este paso logramos acelerar la cocción de la harina y así nos liberamos de tener que trabajarla mucho tiempo una vez que está incorporada la harina. Os lo agradecerá vuestro brazo porque no es fácil darle y darle con el peso y correa que coge la bechamel.

Seguimos cocinando otros cinco minutos, como mínimo, de manera que vamos a obtener una masa lisa y brillante. Si la masa está opaca quiere decir que todavía no está cocida.

Después la condimentamos con sal, pimienta blanca y nuez moscada recién rallada, que es su aroma definitivo. Y entonces incorporamos nuestros ingredientes estrella: el puré de trufa y el vino de Jerez, y ya veréis cómo nuestras croquetas, como la canción, tienen un sabor especial...

Una vez la masa terminada, la ponemos en una bandeja porque tiene que reposar y enfriarse para que podamos manipularla.

Cubrimos la masa con papel film bien pegado para evitar que se haga una costra gruesa que luego tengamos que descartar.

Dejamos descansar toda la noche en la nevera. Al día siguiente la masa estará perfecta para trabajar. Aquí podemos poner nuestra música favorita y vamos formando pequeñas bolitas u óvalos con la masa, lo que más os guste. Yo prefiero óvalos, me parecen más bonitos, pero es verdad que si las elaboráis de varios sabores está bien hacer un formato para cada una, para que se diferencien fácilmente a la hora de servirlas.

La masa fría nos ayuda a manejarlas con más facilidad y a que no se nos peguen tanto. Si sois de manos calientes, siempre ayuda ponerse unas gotitas de aceite de oliva para que no se os pegue la masa.

Las vamos colocando en una bandeja con harina. Cuando más o menos tenemos una docena, las sacudimos delicadamente y las ponemos en un cuenco donde tenemos los huevos batidos.

Tened cuidado de que la croqueta esté bien bañada por el huevo. Si tiene exceso de harina, quedaran huequitos sin el ingrediente necesario para que se pegue el pan y, por tanto, en la fritura habrá fugas de relleno.

Una vez pasadas por huevo, con la ayuda de un colador, quitamos el exceso para que no se nos hagan pegotes en el pan rallado y tengamos que desperdiciar materia prima.

Tenemos las croquetas con su película de huevo batido que llevaremos al pan rallado como habíamos anticipado. Con los dedos entreabiertos y delicadeza vamos moviendo las croquetas para que queden bien cubiertas de pan.

Os recomiendo que las vayáis poniendo en un plato o en una bandeja. Así hasta que terminéis de formarlas todas, sin que se toquen demasiado entre ellas.

Luego las metemos en el congelador. Una vez congeladas, podemos dividirlas en raciones utilizando bolsitas de congelación o ya las podemos freír.

Para el paso final y no menos importante, yo os sugiero pasarlas por la freidora, y si no en una cazuela con buen fondo y abundante aceite de oliva. Este es el aceite que aguanta más el calor y no se degrada. La temperatura debe ser entre 175 y 185°, aproximadamente, y debe ser constante, por tanto, no debemos llevar a fuego muchas croquetas a la vez. Para que se frían sin romper necesitan su espacio vital, como nosotros en el metro de Madrid...

Una vez que tienen un bonito color dorado, las retiramos y escurrimos el exceso de grasa en papel absorbente. Esperamos un par de minutos y a disfrutar de nuestras deliciosas croquetas.

Los alumnos han ido siguiendo atentamente los pasos que iba marcando Mayte, bueno, unos más atentamente que otros. Mikele ha hecho un chiste malo por croqueta...

En realidad, durante la preparación cada uno de los miembros del grupo se ha comportado del mismo modo que antes de ponerse a la tarea. Durante el proceso del cocinado, como desde que llegaron, todos han dejado latente una aproximación a su personalidad:

Arturo ha introducido algún que otro comentario amable para distender el ambiente; Luz ha tirado de espontaneidad para preguntar todo lo que se le pasaba por la cabeza; Amina ha dejado en alguna ocasión lo que estaba haciendo para ayudar a Rafa, que en ocasiones se aturullaba, y Loreto ha ejecutado a la perfección cada tarea sin mirar a nadie, como si estuviera sola en la cocina.

Mayte cree que preparar la comida, ya sea por oficio o por afición, da muchas pistas del carácter de quien lo ejerce. «Dime cómo cocinas y te diré cómo eres», suele decir.

Elvira, la auténtica conocedora de la receta, ha seguido con docilidad las indicaciones de Mayte, como si estuviera haciendo sus croquetas por primera vez. Callada, refugiada en su timidez, pero decidida a ser una más, ha puesto todo de su parte para integrarse en el equipo, aunque su cabeza estaba en otro lugar, con Eduardo. Siempre que huele la bechamel, siempre que percibe el aroma del aceite dorando el pan rallado, recuerda sus ojos mirándola en aquel mercado por primera vez.

—Bien, cocineros, ¿dispuestos a pasar la prueba de fuego? —Mayte saca a Elvira de su ensoñación y se dirige a ella—. Vamos, autora, prueba algunas de estas croquetas y dinos si se parecen a las tuyas.

—No...

—¿No se parecen?

—Que no, que no voy a probarlas, no puedo.

—¡Cómo que no puedes! —pregunta la profesora, ligeramente desconcertada por la respuesta de Elvira.

—Soy alérgica al gluten... o intolerante.

—¿Eres celíaca?

—Sí, claro, eso, un poco celíaca.

—¿Cómo que un poco?

—Esto..., no me pasa con todos los alimentos que lo llevan, el gluten, me pasa con algunos. Con las croquetas me pasa siempre y..., claro, no me puedo arriesgar.

—¡Traes un plato que no puedes comer! —exclama Mikele en tono burlón, el resto del grupo guarda un respetuoso silencio—. ¡Fantástico!

—Bueno, es que me salen muy bien, es lo que

mejor hago, todo el mundo dice que son deliciosas y... a lo mejor abro una «croquetería» y...

—¿Una croquetería sin poder probar las croquetas porque eres celíaca? ¡Qué gran idea, *brava*! —Mikele se ríe a carcajadas y a Elvira le arde la cara de vergüenza.

—Bueno, también porque están ligadas a una historia importante, una historia de mi infancia, claro, los cumpleaños familiares en casa..., claro..., por todo eso las traje...

—Ya, Elvira, pero la idea es que cada uno de vosotros pruebe su receta hecha por todos. —Mayte no se esfuerza demasiado en disimular que está molesta—. No sé...

Elvira mira hacia el suelo, con gesto avergonzado, y Arturo vuelve a cortar la tensión de raíz con una propuesta.

—A ver, yo creo que, ante la imposibilidad de la cata de la autora por problemas ajenos a su voluntad, esto tiene que funcionar por edad. O sea, el mayor del grupo, como el jefe indio de esta tribu, tiene que ser el primero en tomar la decisión. ¿Puedo, Elvira? —dice Arturo con el tenedor en la mano, a punto de pinchar de su plato una croqueta perfectamente dorada que acaba de freír él mismo.

—Sí, sí, Arturo, claro, por mí..., claro, que lo pruebe usted es...

—Tutéame, por favor, Elvira, alhaja, que trabajamos en el mismo restaurante —responde Arturo, guiñándole un ojo.

—No, que sí, que las pruebe... pruebes... Quiero decir que es un honor que las pruebes tú.

Arturo pincha la croqueta ante la mirada atenta del grupo, que espera en tensión su veredicto. Parte un trozo que se lleva a la boca, después de soplarlo un poco, lo mastica lentamente, cierra un momento los ojos y al volver a abrirlos exclama entusiasmado:

—¡Joder, qué rica!

El grupo entero estalla en risas ante la salida espontánea de Arturo. Incluida Mayte, que parece haber olvidado el malestar que le ha provocado la reacción de Elvira.

—¡Perdón, perdón por la palabra gorda, es que las palabras finas se quedan cortas, probad esta delicia!

Uno a uno van probando las croquetas y exclamando frases elogiosas en la línea de la de Arturo. Todos menos Elvira, que asiste entre orgullosa y dolorida al momento festivo que viven sus compañeros, tan ajenos todos a la trascendencia que este instante tiene para ella...

Aprovechando el jaleo que reina en la cocina, sale hacia el cuarto de baño que está en el pasillo en busca de un refugio donde pueda dejar escapar las lágrimas que lleva reteniendo desde hace rato. Mayte la sigue atentamente con la mirada hasta que Elvira cierra la puerta.

6

Después de la cata de las croquetas y de un breve descanso que los alumnos aprovechan para pasear por el jardín, Mayte reanuda la clase.

—Bien, ya habéis visto lo sencillo que puede resultar elaborar unas croquetas deliciosas como las que nos ha propuesto Elvira. Todo consiste en seguir los pasos poniendo atención en cada uno de ellos y tratar de añadir amor al plato.

—*L'amore in una crocchetta, bellíssimo!* —Mikele persiste en burlarse de los mensajes emocionales de Mayte, que trata de ignorar sus provocaciones y prosigue.

—Vamos con la segunda receta del día. Amina, ¿por qué has elegido el tajín? Además de lo obvio: tu origen marroquí...

—Como te conté en el correo, soy trabajadora social en un centro de acogida de inmigrantes en riesgo de exclusión social. Allí suelen encomendarme la atención de personas procedentes de Marruecos, porque hablo su idioma y conozco bien sus costumbres...

—¡Qué bonito, Amina! —interrumpe Rafa—. Me encantaría hacer algo así.

—Pues hazlo —contesta Mikele—. ¿Qué te lo impide?

—Me lo impide tener que currar para pagarme el alquiler y comer. Esos caprichos tontos de la vida... Ahora no tengo tiempo para estudiar.

—Pero ¿hay que estudiar para ayudar a los demás? —pregunta Mikele con incredulidad.

—Bueno..., para ayudar como voluntario no, cualquier persona puede ponerse a ello. Pero para hacerlo profesionalmente... sí, hacen falta unos conocimientos mínimos, Mikele —responde Amina en tono humilde—. Con la buena voluntad no es suficiente, es importante estar bien preparado, ser un profesional sólido. Ten en cuenta que lo que tú hagas influye de un modo directo en la vida de personas muy golpeadas ya por las circunstancias que han padecido...

—¿Y sueles preparar el tajín para estas personas, Amina? —pregunta Luz, en parte por su insaciable curiosidad, pero sobre todo para que su novio cierre la boca...

—Mmm, no, nunca lo he preparado; de hecho, quiero aprender a hacerlo aquí.

—¿Y quién preparaba en tu casa de Marruecos el tajín, Amina?, ¿tu mamá?

—Sí, pero... el que más me gustaba era el de *jaddati* Rachida. Perdonad, en árabe «mi abuela» se dice *jaddati*, me resulta raro hablar de ella en español, es la madre de mi madre.

Al nombrar a su abuela materna, Amina se traslada a un viaje reciente a su país de origen, hace apenas tres meses, y decide compartir ese recuerdo con sus compañeros.

HISTORIA DE UN TAJÍN

Siempre que vuelvo al aeropuerto de Madrid, recuerdo la primera vez que lo pisé, el 3 de septiembre de 1990.

Ha pasado mucho tiempo desde entonces, pero aquello no era tan distinto de lo que estoy viendo ahora: un espacio enorme lleno de gente, gente que iba y venía. Los que volvían de las vacaciones, los que estaban a punto de iniciarlas, los que volaban por motivos de trabajo, los que llegaban para encontrarse con lo que buscaban o los que se marchaban huyendo de lo que tenían y lo hacían para no volver...

Unos cargaban maletas y miraban a los paneles informativos muy atentos, como si junto al número del vuelo estuviese escrito su propio destino; otros iban medio corriendo, con gesto despistado, buscando la puerta de embarque.

Algunos empujaban, con cara de esfuerzo, carros llenos de equipaje. Había hombres y mujeres con maletines de ejecutivo y apariencia de vivir deprisa. Personas sonrientes, con chaqueta verde, que respondían a preguntas de pasajeros perdidos. Vigilantes de seguridad con las manos sobre la hebilla del cinturón, que paseaban su mirada de sheriff del condado de un sitio a otro. Grupos uniformados de auxiliares de vuelo y pilotos, que avanzaban en grupo como una cuadrilla taurina. Bebés dormidos en carros, ancianos despiertos en sillas de ruedas, perros y gatos dopados dentro de transportines...

Y en medio de ese zoco multicultural, atiborrado de vidas cruzadas, yo, de la mano de mi tía Nawal, que apretaba con fuerza y me arrastraba, como si fuera un *trolley* más, hacia la cinta de equipaje.

Recuerdo tres sensaciones muy claras de

aquel día: frío, el aire acondicionado se me había metido en el cuerpo durante el vuelo y se había quedado allí a vivir con mi sangre, mis huesos, mis músculos y mis vísceras. Hambre, desde que desayuné al amanecer, en la cocina, no había vuelto a probar bocado y ya debía de ser la hora de comer. Y ganas de llorar. Quería llorar de miedo y de tristeza, estaba en un país extraño, lejos de mi madre, de mi hermana, de *jaddati*. Sí, era lo que yo había pedido, lo que yo quería, pero tenía diez años.

Ahora mismo estoy a punto de volar a Marrakech; si todo va bien, mi avión saldrá en cuarenta y cinco minutos, voy a despedirme de *jaddati* Rachida. Mi madre me llamó ayer, me dijo que no le queda mucho tiempo y he comprado por internet el primer vuelo que he encontrado.

Jaddati nunca entendió que yo abandonara Marruecos, mucho menos que lo hiciera con el consentimiento de mis padres. Creo que habría aprobado con menos dolor que me hubiera escapado a media noche para venir a Occidente, pero eso de permitir que una niña tan pequeña se desprendiera de su hogar, de su familia, de su país... Nunca se lo perdonó, especialmente a mi madre, aquello fue el inicio de su distanciamiento. Desde el día en que yo me marché, nada entre ellas volvió a ser igual.

Mis primeras semanas en Madrid podrían resumirse en una palabra: decepción. El barrio en el que vivía con mis tíos no tenía nada que ver con las postales que Said, el hermano de mamá, nos enviaba cuando vino a vivir a esta ciudad y que yo había ido guardando en una caja de taracea debajo de mi cama que me regaló *jaddati* cuando cumplí seis años: «En esta caja tienes que esconder tus tesoros, aquellas cosas que consideres importantes para tu vida, y deberás tenerla siempre contigo, allá donde estés, para que nunca olvides quién eres, aunque el tiempo trate de transformarte en otra.»

Fue mi segunda traición a *jaddati* Rachida, aunque esta no fue voluntaria. La culpa, como de tantas otras cosas, fue de la tía Nawal. Cuando vino a buscarme para recorrer el largo camino que nos llevaría a las dos al aeropuerto rumbo a Madrid, empezó a aligerar mi equipaje a toda prisa, riñendo a mi madre, ella era incapaz de hablar sin regañar a la gente: «¡Claro, como tú no eres la que tiene que cargar con Amina y su equipaje!», le reprochó que hubiera metido tanta ropa y tantos zapatos en mi diminuta maleta.

Una de las partes de mí que se quedaron en Marruecos fue esa caja, la caja de mis tesoros.

—Disculpame, ¿te puedo hacer una pregunta? ¿Vos sabés si hay una farmacia por aquí? —La que interrumpe los recuerdos que me asaltan, ahora que estoy junto a la puerta de embarque a punto de volar, es una joven con la voz tomada por un resfriado y con un dulce acento paraguayo. Reconocería ese modo de hablar entre un millón, Jairo nació en Asunción.

—Ay, la he visto en algún momento al venir hacia aquí —respondo al tiempo que trato de hacer memoria—, sí, creo que está allí donde las tiendas de ropa, cerca del Duty Free, pero no me hagas mucho caso... Espera, no, creo que está detrás del restaurante aquel de los bocadillos de jamón. Perdona..., es mejor que preguntes a otra persona, no estoy segura.

La chica me da las gracias en tono amable, aunque la respuesta que merecería mi desinformación caótica sería un «gracias por nada, guapa».

Ella se aleja arrastrando su equipaje de mano en busca, casi seguro, de alguien más solvente y yo me quedo en mi asiento, frustrada por no haber podido ayudarla.

Siempre me sucede esto en la vida: paso por ella sin grabar mentalmente información útil que, tal vez, pueda necesitar en algún momento, y, sin embargo, almaceno estupideces, como la ropa que llevaba el día en que conocí a Jairo o la canción que estaba sonando en la radio cuando me llamaron para darme mi primer trabajo.

Jairo, mi último exnovio, al que más amé, capaz de recordar diálogos enteros de películas que había visto diez años atrás, decía que yo tenía el cerebro lleno de *spam* y no dejaba espacio libre en el disco duro para que entraran nuevos datos mucho más interesantes en mi cabeza.

Mi abuela Pilar, sin embargo, tiene otra teoría. Según ella, las personas muy pasionales solo recordamos con fuerza lo que traspasa el alma, lo que nos afecta emocionalmente, como si nos lo inyectaran por debajo de la piel y a través de la sangre viajara para acabar por instalarse en el hipocampo. Es que mi abuela española es muy pasional, como yo. Por eso, quizá, nos enamoramos nada más vernos.

Con Jairo me pasó lo mismo, lo nuestro fue un flechazo de manual, pero hace dos meses el paraguayo de la memoria prodigiosa se olvidó de amarme y me dejó.

Pilar nunca me abandonaría; su amor por mí y el mío por ella son inquebrantables desde nuestro primer encuentro. Sucedió una mañana primaveral, con sol radiante, mi calle estaba llena de personas que caminaban animadas, parecían querer sonreír en un solo día todo lo que no habían sonreído durante un invierno especialmente largo y frío.

La alegría que percibía en el barrio contrastaba con el dolor que sentía por dentro. Siete meses después de llegar a Madrid, siete interminables meses llenos de broncas, de desprecios, de que ella pagara conmigo la mala relación con el hermano de mi madre. Siete meses llenos de días en los que me restregaba por la cara, una y otra vez, lo mucho que yo le debía; siete meses después de que pronunciara aquella frase: «Claro, como tú no tienes que cargar con Amina y su equipaje»...; «cargar con Amina». Siete meses después la relación con mi tía, que ahora ya es solo la exmujer de mi tío Said, terminó.

Nawal llamó a mamá, le dijo que no me aguantaba más, que ella y Said se iban a vivir a Bruselas, donde residía su madre, y que si querían vinieran a por mí a Madrid porque ni ella ni mi tío iban a acompañarme de vuelta a Marruecos.

En aquel momento, mamá estaba convaleciente tras el nacimiento de mi tercera hermana, Bashira. A pesar de que su nombre significa «portadora de buenas noticias», el embarazo fue un infierno para mi madre; el parto, muy complicado y ambas estuvieron a punto de perder la vida en el intento.

La situación económica de mi familia era además muy difícil, mi padre no duraba más de un par de semanas en cada trabajo y no tenían dinero para pagar los tres billetes de avión necesarios para que alguien viniera a recogerme desde Marruecos y me devolviera a casa.

Aquella mañana primaveral en la que los vecinos visitaban las fruterías y las carnicerías del barrio, mi tía me arrastraba nuevamente de la mano, como si fuera un carro de la compra más, hacia un centro de menores tutelado por la Comunidad de Madrid. Allí me acogerían hasta que alguien de mi familia pudiera venir a España a por mí.

Hay sensaciones que encierran un mundo, cuando Pilar, aquella señora regordeta, de ojos verdes bondadosos y pelo blanco y esponjoso como una bola de algodón, tomó mi mano, todo se transformó. El cambio de la garra fría y sudorosa de mi tía, por la mano acogedora, suave y caliente de Pilar, la simpática extremeña que nos recibió en la puerta del centro, fue una mezcla tan poderosa de alivio, liberación y confort que no tuve duda; en aquel preciso instante comenzaba una segunda vida para mí.

Han pasado diecisiete años desde entonces, nunca volví a vivir en Marruecos, solo he estado allí de visita, cuando mi economía y mi tiempo libre me lo han permitido. Aquel centro de tutela en Madrid se convirtió en mi nuevo hogar y Pilar, en mi nueva abuela, mi abuela española.

Pilar me enseñó a hablar español, pero, siendo realmente importante, no fue lo más valioso. Lo mejor que me mostró es que yo podía pensar libremente, elegir lo que quería hacer y, si lo deseaba, vivir de una manera muy diferente de la de mi madre y mis hermanas. Mi abuela española abrió para mí un enorme abanico de posibilidades y experiencias a través de los libros, de los viajes, de las personas que me ayudó a conocer.

Pilar me enseñó que podía volar, o al menos intentarlo, y me inculcó la idea de que debía luchar por aquello en lo que creo. Siguiendo ese camino llegué a donde estoy, soy trabajadora social y me ocupo de los que llegan a España desde otros lugares del mundo, como hice yo. Mi trabajo consiste en ayudarlos a integrarse en otra cultura, en otras costumbres, en otra vida.

La abuela Pilar siempre dice que ella también ha aprendido muchas cosas de mí, pero yo me lo tomo a broma, tendría que vivir cinco vidas para devolverle todo lo que me ha dado, todo lo que he conocido del mundo y de mí misma gracias a ella.

Ya estoy sentada en el avión, con el cinturón de seguridad puesto y unas enormes ganas de que ese aparato enorme despegue de una vez, de que alcance velocidad, de llegar ya, de poder abrazar a *jaddati* Rachida.

De niña, en Marruecos, siempre me refugié en su casa. Mi madre se enfadaba porque yo desaparecía en cualquier momento del día y siempre me encontraba en la casa de la *jaddati*. Ella me llamaba *Kbida dyali* que traducido sería, «higadito mío». Es un apelativo cariñoso que las abuelas marroquíes dedican a sus nietos, una manera familiar de decirte que te llevan dentro y que eres vital para ellas.

Me entusiasmaba contemplarla mientras hacía las tareas de la casa vestida con alguno de sus caftanes, siempre impolutos, todos azules o verdes; quería tener sobre la piel los colores del mar junto al que nació, en Kenitra, una ciudad con puerto cerca de Rabat.

Me encantaba que me contara historias de su familia, que también era la mía, cómo habían vivido mis antepasados muchos años atrás. Eran historias tan apasionantes que parecían cuentos, aunque ella me aseguraba que habían sucedido, «*Al jadda* —la abuela— siempre te dice la verdad.»

Lo decía mirándome fijamente, con esos ojos de mirada profunda, castaños y brillantes como un dátil. A veces, los abría tanto que el tatuaje de la línea de puntos que llevaba en su frente se plegaba y se deformaba siguiendo el dibujo de las arrugas que provocaba con ese gesto tan expresivo.

El olor de la casa de *jaddati* era inconfundible, sobre todo cuando preparaba el tajín de cordero. Esa mezcla de aromas que encierra el tajín llenaba toda la estancia. Aquel perfume era el presagio de la delicia que después degustaríamos juntas, nuestro fuerte nexo olía como las especias que se mezclaban para dar lugar a un plato que sabía a unión, que sabía a amor.

Mamá se ponía celosa porque yo prefería el tajín de Rachida. Decía que no entendía mi obsesión: «Yo hago exactamente la misma receta, el mío es idéntico al suyo», me reprochaba. Pero no, ningún tajín sabe como el de Rachida. He probado decenas en estos años, algunos en estupendos restaurantes marroquíes, otros en casas particulares de «nativos de pura cepa», como dice Pilar, pero ninguno sabe como el de *jaddati*.

No veo la hora de reencontrarme con ella para pedirle el secreto inconfesable de su exquisito tajín para agradecerle todo el amor que me ha dado desde que nací, para pedirle perdón por haberla abandonado.

Despegamos.

En la cocina reina un silencio entre fascinado y respetuoso por el relato de Amina, que, consciente de ello, decide volver al presente.

—Sí, amigos, el tajín de *jaddati* Rachida es único; de hecho, la receta que te envié al correo es la suya, Mayte. Pero nunca me he atrevido a hacerlo, confío en tu ayuda.

—Pues vamos a intentar estar a la altura.

Tajín de cordero
con dátiles, higos, orejones, ciruelas y almendras

Ingredientes

6 raciones

---

1 ½ de pierna de cordero

caldo de carne cantidad suficiente

2 cebollas en *mirepoix*

3 dientes de ajos enteros machacados

Ras El Hanout

1 cucharadita postre de canela

1 cucharadita de postre de cúrcuma

1 cucharadita moka de jengibre molido

½ cucharadita moka de comino

½ cucharadita de pimentón dulce

3 clavos de olor

½ cucharadita de nuez moscada

½ cucharadita de pimienta negra en grano

½ cucharadita de pimienta blanca

1 cucharadita de postre de semillas de cilantro

1 cucharadita de postre de cardamomo

2 trozos de macis
(cáscara de la nuez moscada)

sal al gusto

Guarnición
Cuscús con frutos secos

240 g de sémola de trigo,
tanto por tanto de agua

1 puñado de hierbabuena y cilantro

50 g de mantequilla derretida

50 g de almendras crudas

60 g de ciruelas deshuesadas

60 g de higos

60 g de orejones

60 g de dátiles

1 canela en rama

3 cucharadas de agua de rosas

2 cucharadas de miel

aceite de oliva

Tajín de cordero

*Dividimos las especias que están enteras
de las molidas. Al primer grupo hay que
«despertarlas» con un poco de calor.
Las colocamos en una sartén antiadherente
y las llevamos a fuego medio.
Cogemos la sartén por el mango y, con pequeños
movimientos de muñeca arriba y abajo,
movemos las semillas para que no se quemen.
Este es uno de mis pasos favoritos,
cuando esas bayas empiezan a abrirse
y nos preludian lo que se avecina.
Una verdadera explosión de aromas y sabores.*

Cuando estos provocativos olores nos teletransportan a Djema el Fna, esa bulliciosa plaza de Marrakech o a cualquier zoco marroquí, ya podemos mezclarlas con las otras especias y triturarlas todas con el molinillo.

Debemos pasarlas un par de veces porque queremos que quede con textura de polvo y que ninguna especia sobresalga sobre la otra. Puede ayudarnos pasarlas por un colador para sacar los posibles tropezones.

Troceamos la carne de cordero en cubos de unos dos centímetros de lado, quitando la grasa. Salamos al gusto. Aderezamos la carne con el *ras el hanout*, nuestra creación única de aromas que puede acompañarnos allí a donde vamos... A mí me gusta hacerlo con las manos, mezclando la carne de forma concienzuda para que no quede ningún rinconcito de carne sin nuestros «polvos mágicos». ¡Cómo disfruto metiendo las manos en la masa!

Después del «masaje», dejamos la carne adobada en la nevera al menos tres horas para que se impregne con todos los sabores.

En el tajín, que también es el recipiente de barro cocido y barnizado de poco fondo y con su característica tapa cónica, ponemos un chorrito de aceite de oliva y calentamos.

Incorporamos la cebolla picada en *mirepoix*..., y vosotros diréis: «*Qu'est-ce que c'est?*» Pues es el término de la gastronomía francesa tradicional que define un tipo de corte de verduras y hortalizas que mide de uno a un centímetro y medio de lado.

Pochamos la cebolla a fuego bajo hasta que quede translúcida. Llega a este punto cuando la cebolla tiene el aspecto de pequeños cristales brillantes que reflejan el fondo de la cazuela.

Incorporamos los trozos de carne y la marcamos. Regamos con caldo de carne hasta cubrir. Pero ¿hasta dónde? Normalmente se usa esta palabra para significar que el líquido tiene que estar uno o dos centímetros por encima de los ingredientes sólidos y nada más. Tapamos el tajín con su bello cono y esta «olla pirula» u «olla de la bruja piruja» empieza a hacer su labor: cocer nuestro cordero especiado con todos sus jugos. La tapa cónica tiene la tarea de atrapar y condensar cada aroma que se transforma en vapor. Me viene a la mente un cazamariposas...; el tajín atrapa aromas tan sutiles y especiales como las mariposas.

Dejamos que el tajín se cocine durante 1,30 o 1,45 horas a fuego muy bajo y que se retroalimente de sus propios jugos y aromas. Así nos queda tiempo para dedicarnos a elaborar la guarnición: un cuscús lleno de frutos secos untuosos y más aromas que completarán nuestro plato.

En una cazuela pequeña ponemos los dátiles, los orejones y los higos. Incorporamos la miel, el bastón de canela y un chorrito de agua de rosas. Llevamos a fuego suave hasta que los frutos se caramelicen.

Ahora mismo estamos en un jardín embriagador con todos estos olores...

La mitad de nuestros frutos secos aromatizados los incorporaremos al tajín y el resto lo reservamos para incorporarlo a la sémola o al cuscús.

Una vez añadidos los frutos secos al tajín, cocinamos durante 10 minutos más, esta vez sin tapar para que la salsa coja cuerpo, esto quiere decir que se evapore el exceso de caldo...: *et voilà*, nuestro tajín está listo para degustar. Pero no seamos ansiosos, nos faltan unos últimos detalles...

En una sartén derretimos una nuez de mantequilla. Tostamos en ella a fuego bajo las almendras. Retiramos el exceso de mantequilla y lo incorporamos al tajín.

Pesamos la sémola y la misma cantidad de agua, eso quiere decir «tanto por tanto» en una receta. Llevamos el agua a un cazo, añadimos un chorrito de aceite de oliva, salamos al gusto y ponemos al fuego. Cuando rompa el hervor retiramos e incorporamos la sémola fuera del fuego.

Tapamos y dejamos hidratar. Con la ayuda de un tenedor movemos para que la sémola quede suelta como arena.

Mezclamos la sémola con los frutos secos reservados.

Coronamos con la hierbabuena y el cilantro picados.

Y como todo lo que lleva trabajo y dedicación, será un festín verdaderamente placentero, cocineros, compartir este delicioso plato con vuestros invitados.

Un último apunte sobre la mezcla aromática *ras el hanout*, (رأس الحانوت): es una de las mezclas más complejas y sofisticadas de Marruecos y la más emblemática, por cierto.

Aunque hablar de una única mezcla es claramente un error, dado que cada región del país interpreta esta receta de manera distinta combinando distintas especias en cantidades diferentes. Si viajáis a Marruecos podréis encontrar una gran variedad de mezclas que se comercializan, cada vendedor o cocinero lo elabora de una forma especial que lo caracteriza. También, familiarmente, existe una combinación de especias que se guardan con celo y se transmiten de madres a hijas.

El nombre de esta mezcla en árabe significa literalmente «la cabeza de la tienda», para definir que esta es la mezcla más valiosa que el vendedor tiene para ti.

Lo más fascinante es ver cómo cada vendedor de especias en su tienda hace su propia mezcla que vende al peso, con los ingredientes sin moler para que el cliente lo haga en casa y disfrute al máximo del frescor de su mezcla.

Aunque estas mezclas se usan en los tajines, también se hace con el cuscús o para condimentar verduras, arroces y pescados.

Hay tres tipos de mezclas de *ras el hanout*: *lamrou-zia*, *l'msagna* y *monuza*.

En todas ellas suele haber pimienta negra, comino, cardamomo, nuez moscada, canela, pimentón, jengibre, etc. Aunque algunas mezclas llevan otros ingredientes exóticos, como chufa, semillas del Paraíso, agnocasto, y en algunos casos, incluso maderas aromáticas y resinas.

Para elaborarlo en casa, lo mejor es comprar las especias enteras y molerlas antes de usarlas con el molinillo y así caer en el embrujo de sus aromas. Dicen que cada hogar huele a su propio *ras el hanout*, una seña de identidad de su fuerte carácter o de la sutileza, dependiendo de las especias y/o hierbas elegidas.

—Y esto es todo, cocineros, ya sabéis hacer el tajín de cordero. Ahora toca probarlo, Amina, haz los honores:

Amina se acerca al recipiente con una cuchara de cocinar en la mano, abre la tapadera cónica y, después de aspirar el aroma con los ojos cerrados, prueba un poco del guiso sin abrirlos...

—¿Dirías que hemos conseguido acercarnos al tajín de tu abuela Rachida? —pregunta Mayte.

—Sí, nos hemos acercado mucho. —Amina está tan emocionada que se le quiebra la voz.

Y Luz, curiosa por naturaleza, pregunta lo que tal vez el resto de los compañeros también querían saber pero no se atrevían a plantear, por prudencia:

—Amina, nos hemos quedado en el momento en que tu avión despegó con destino a Marruecos. ¿Cómo fue el reencuentro con tu abuela enferma?

Amina toma aire, se vuelve un momento hacia la ventana para secarse las lágrimas con cierto disimulo y responde:

Cuando llegué a casa de Rachida y abrió la puerta mi madre, lo supe. *Jaddati* había muerto, lo vi en los ojos de mamá, lo escuché en el silencio frío que venía del cuarto del fondo. «Mierda —pensé—, el maldito avión no ha volado lo suficientemente rápido o ella no ha querido esperarme...»

Me acerqué lentamente a su dormitorio, allí estaba, sobre su cama, esa en la que dormí tantas veces abrazada a ella con la excusa de que tenía miedo. Rachida estaba envuelta en un sudario blanco tras eso que allí se denomina *Ghasl al mayyit*, «la ablución funeral».

En su frente, alisada por el rigor de la muerte, la línea de puntos tatuada ahora sí mostraba la forma original. No podía ver sus ojos de dátil, cerrados en un sueño aparentemente tranquilo. Pero me fijé en sus labios y, por un momento, me pareció que sonreía cuando me acerqué a besarla, que me decía: «Has vuelto, *Kbida dyali*, higadito mío.»

No pude llorar, siempre me cuesta hacerlo. Mi amiga Noe dice que eso no es bueno, que tengo que intentarlo, ponerme canciones muy tristes si es necesario. Asegura que puedes enfermar de contención emocional, y siempre me recuerda un dicho que vio publicado en alguna red social: «Si tus ojos no lloran, otros órganos lo harán.»

Pero las lágrimas no salen fácilmente de mis ojos, ni siquiera ante la presente ausencia de mi abuela, de *jaddati*. En Marruecos no está bien visto que los familiares evidencien su dolor con lloros o gritos, pero no era el respeto lo que me impedía llorar, es que frente al silencio de Rachida me sentía seca por dentro. Y vacía.

Mi padre y el resto de los hombres de la familia se la llevaron para proceder al entierro y yo me quedé en casa, con el resto de las mujeres, como manda la tradición.

A decir verdad, tampoco me martirizaba la imposibilidad de acompañarla a cumplir con el rito como hubiera hecho una nieta occidental, como habría hecho yo misma si dentro de esa mortaja estuviera Pilar. No me cuesta nada adaptarme a las costumbres, estoy habituada a amoldarme a las diferencias desde muy pequeña; en Marruecos soy marroquí y en España soy española, aunque los ojos que me miran desde un lado y otro lo hacen justamente al revés, en Madrid soy «la magrebí» y en mi pueblo, «la europea».

Además, los entierros significan poco para mí, estoy llena de dudas existenciales, no estoy segura de que al morir viajemos a algún otro lugar, lo único en lo que creo firmemente es en que quienes mueren nunca se van del interior de aquellos que los aman.

Fui a mi habitación y comprobé que mi madre continuaba en su absurdo empeño de mantenerla como yo la dejé. Mi pequeña cama cubierta con la colcha de rayas y sobre la almohada mis dos viejos muñecos, *Lina* y *Chafi*. Junto a la cama, la pequeña mesita de estudiar y la silla de madera que mamá pintó de rosa cuando cumplí los siete. Y en el techo, la lámpara de hierro y cristal esmerilado de colores, esa a la que miraba durante un rato cada noche, antes de dormir, la lámpara en la que de niña proyectaba mis sueños de futuro.

Todo estaba tal cual, como si el tiempo no hubiera pasado, como si yo fuera la misma. Y al contemplar ese escenario de infancia volví a sentirme traidora, Rachida hubiera sido tan feliz envejeciendo a mi lado, dejándose cuidar por mí...

«¿Cómo está tu abuela española?» Esa pregunta retumbaba en mi cabeza, *jaddati* siempre acababa nuestras conversaciones telefónicas con esa frase, seguida de un suspiro inconfundible que significaba: «Me has roto el corazón.»

Pensé en Jairo, en el día en que me contó que se iba, que había conocido a otra persona. No era comparable el amor de pareja y el de abuela nieta, no lo son; además, Pilar nunca había restado a Rachida un ápice de mi amor por ella, no le había robado ni un pedacito del papel fundamental que la madre de mi madre tenía en mi corazón, en mi vida. Pero al recordar esa sensación desgarradora que produce el abandono, comprendí que mi *jaddati* habría vivido de forma parecida mi huida a Occidente, y ya nunca podría devolverle lo que le arrebaté.

De pronto, un olor me sacó de mi angustiosa reflexión. Era un aroma inconfundible, lo seguí como una sonámbula hasta la cocina y allí, delante del recipiente inconfundible con la pócima bendita, al ritmo de su desconsuelo, estaba mamá. Las lágrimas caían lentamente por sus pómulos...

—¿Has hecho tajín, mamá?

—No, yo no, fue la abuela.

—¿*Jaddati* Rachida? ¿Cuándo?

—Ayer. Se despertó mal, como los últimos días, pero después de desayunar su infusión todo cambió. Me dijo que se encontraba mucho mejor, que ya no se sentía enferma y me obligó a levantarla de la cama. Fuimos hasta la cocina, ella caminaba lentamente, apoyada en mí, y, al llegar allí, me pidió que siguiera sus instrucciones, quería preparar tajín de cordero.

—Entonces lo has hecho tú...

—No, ella dirigía, yo solo obedecía, ha sido el primero y el último tajín que preparamos juntas, nunca lo habíamos hecho antes.

—¿Y dices que se sentía mejor? ¿Entonces? ¿Qué ha pasado?

—Todos los que van a morir experimentan unas horas antes algo así, es como un espejismo del desierto, la engañosa sensación de que ya no están enfermos.

Recordé que la abuela Pilar me había hablado de ello en alguna ocasión, ella lo llama «la mejoría antes de la muerte», un momento de lucidez, de aparente buen estado físico o mental. Un anuncio, en realidad, de que el final está cerca.

—Tenías que haberla visto, parecía ella otra vez, con esa energía que todo lo podía. Nunca lo olvidaré, ¡cómo se incorporó en la cama al acabar su té, como si fuera una bebida milagrosa! Acababa de decirle que venías a verla y que habían florecido los jazmines...

Mi madre continuó hablando, pero yo ya no la escuchaba. Me quedé varada en una frase: «Acababa de decirle que venías a verla», entonces lo comprendí todo. *Jaddati* Rachida hizo ese tajín para mí porque sabía que yo iría. Y lo hizo con mi madre, me dejó antes de partir un doble regalo lleno de significado: lo que más me gustaba, lo que me unía a ella, a mi infancia, a mis mejores momentos en su compañía, y preparado de la mano de su hija, aquella de la que se distanció por mi culpa, por mi búsqueda de una vida mejor lejos de sus brazos.

Jaddati nunca hacía nada por hacer, todo lo que decía, todo lo que llevaba a cabo, tenía un sentido profundo y con ese último tajín me dejó dicho que todo estaba bien para que yo me quedara tranquila. Era un modo de decirme que entendía que me hubiera ido para ser feliz y que perdonaba a mi madre por haberlo permitido. Un mensaje inequívoco de que ella siempre estaría dentro de mí, como los aromas que encierra el tajín. Y... eso es todo.

Un clima extraordinario inunda la cocina de Mayte. Todos los alumnos escuchan atentamente el relato de Amina, Elvira tiene los ojos llenos de lágrimas, Arturo sonríe a la joven con bondad paternal, ni siquiera Mikele se atreve a hacer alguno de sus comentarios chistosos. Todos están conmovidos por la historia de su compañera.

—Amina, gracias por contarnos tu historia, es un regalo que nos hagas partícipes de algo tan bello. Entonces..., deduzco que la razón para proponer el tajín no era profesional, como nos dijiste el primer día, ¿verdad? —pregunta Mayte con dulzura.

—No. En ese aroma, en ese sabor, están mis raíces. En ese tajín vive Rachida. Por eso he venido a este curso, por eso he querido aprender a hacerlo, para tenerla siempre conmigo, no hay otra razón. Lo confieso, Mayte, mentí al decir que quería aprenderlo para prepararlo en la asociación y sorprender a los marroquíes que están lejos de su casa. Me daba pudor desnudar mis emociones ante desconocidos. Y todavía no sé por qué lo estoy haciendo...

—Porque eres una mujer generosa acostumbrada a darte a los demás y has querido compartir con nosotros una de las claves de tu vida y también porque... lo necesitabas.

—¿Y cómo sabes que lo necesitaba? —pregunta Mikele con cierta impertinencia—. ¿Eres adivina?

—A ver, Mikele... —El tono de Mayte presagia una respuesta dura.

—¡Ay, *bambino*, mira que te gusta chinchar, cállate un mes, anda! —responde Rafa en tono simpático y así evita que lo haga la profesora.

—Sí, Mikele, Mayte tiene razón —responde Amina—. Necesitaba decírselo a alguien para poder decírmelo a mí misma. Necesitaba decirme que, a pesar de que tengo una vida muy diferente a la que *jaddati* hubiera soñado para mí, que a pesar de que el tiempo y la experiencia han cambiado ciertos detalles de mi personalidad y algunas personas han intentado transformarme en otra, mi exnovio, por ejemplo, en esencia yo sigo siendo el higadito de

Rachida, tal y como ella me pidió cuando me hizo aquel regalo: «Nunca olvides quién eres, aunque el tiempo trate de transformarte en otra.»

—Por cierto, perdona la indiscreción, Amina. —Luz volvió a ejercer de periodista del grupo—. ¿Qué pasó con la caja?

La encontré al día siguiente del entierro, al ayudar a mi madre a vaciar el armario de la abuela. Queríamos separar lo que deseábamos conservar de lo que ya no tenía sentido seguir guardando.

Yo buscaba, con especial interés, un pañuelo de batista que *jaddati* siempre llevaba con ella, me entusiasmaba, se lo pedía todos los días, pero nunca cedió. Me dijo: «Cuando yo ya no esté, será tuyo.»

Estaba yo tan obcecada en la búsqueda del pañuelo que no me di cuenta del hallazgo que había encontrado mamá. Al fondo del armario, escondida dentro de otra caja de galletas de cartón, estaba mi preciosa cajita de los tesoros.

En los anteriores viajes a mi casa no la había encontrado, a pesar de que siempre miré y remiré en mi habitación, y pregunté mil veces a mi madre, que no entendía la razón de mi insistencia en encontrar «la dichosa caja», como la llamaba ella.

Mamá no conocía su contenido ni su valor para mí; era un secreto entre abuela y nieta. En una ocasión, harta de que le preguntara, supongo, me dijo que en un zafarrancho de limpieza «la dichosa caja» había acabado en la basura.

Pero no fue así: la caja de los tesoros estaba en poder de *jaddati* Rachida desde el día en que me marché, estoy segura de ello. La rescataría de mi habitación al irme yo y la guardó a buen recaudo hasta el día de su muerte, pensando, seguramente, que en mi nueva vida aquel símbolo había dejado de tener importancia para mí. Nada más lejos de la realidad...

Acaricié la taracea para volver a sentir su suave tacto, como hice el día en que me la regaló, y, llena de emoción, la abrí. Para mi sorpresa, comprobé que no solo no faltaba nada en su interior, sino que había más objetos de los que yo dejé, todos los que *jaddati* había ido metiendo allí para continuar completando mi historia.

Mi adorada Rachida había guardado fotos, la primera que envié desde Madrid, muy seria yo, en el parque del Retiro con el tío Said; otra en la que salía mucho más sonriente, años más tarde, en el parque de atracciones, con las monitoras del centro de menores. Había metido documentos también, como la tarjeta de embarque de la primera vez que volví para conocer a mi hermana Bashira o la fotocopia de mis notas de selectividad... Y cartas, una en la que la abuela Pilar pedía permiso a mis padres para llevarme a su pueblo, Guijo de Santa Bárbara, de vacaciones en verano, o la que escribí yo, años después, para contarles que había conseguido mi primer trabajo.

Saqué, una a una, todas aquellas piezas de un puzle que formaba el relato de mi vida hasta ese momento y las esparcí sobre la cama para mirarlas, con todo detalle, a pesar de que las lágrimas me nublaban la vista.

Cuando creí haber vaciado la caja, me fijé en que su interior parecía forrado por una tela blanca; no lo recordaba así... Al tocarlo descubrí el último misterio, perfectamente planchado, cubriendo el fondo de la caja, estaba su pañuelo de batista, y al cogerlo descubrí que *jaddati* había bordado una frase sobre la tela:

الله يقودك على الطريق الصحيح

«Que Dios te lleve por el buen camino.»

Amina rompió a llorar y Elvira la abrazó.

—Y te llevó por el buen camino, Amina. Dedicas una parte importante de tu vida a los demás —sentencia Mayte.

—Bueno, yo no soy creyente, en realidad..., al menos no lo tengo nada claro —afirma Amina mientras se limpia las lágrimas con un pañuelo de papel.

—Da igual que creas o no, si hay un dios entenderá que tu trabajo transcurre por el buen camino. Y si no existe ningún dios, yo también tengo serias dudas, cualquier ser humano con dos dedos de frente y el corazón limpio debería pensar lo mismo.

—Qué maja eres, Amina, tus abuelas estarán orgullosas —exclama Arturo—. Por cierto, ¿tu yaya española, Pilar, vive?

—Sí, sí. Ella está estupenda. Un día os presento, Arturo, estoy segura de que os caeríais muy bien.

—Bueno, chicos, el tiempo corre y nos queda mucha tarea en la cocina. Una vez aprobada la receta por su prescriptora, ya podéis disfrutar del tajín, coged vuestras cucharas y al ataque...

7

La tensión emocionante que ha provocado el relato de Amina se diluye en la animada conversación que tiene lugar durante la cata colectiva del tajín. Tras un corto receso que los alumnos aprovechan para ir al cuarto de baño o estirar las piernas por el jardín, el grupo al completo vuelve a la cocina dispuesto a emprender la tercera aventura culinaria.

—Bueno, cocineros, vamos ahora con la propuesta de Luz. Es algo que quiere aprender a hacer pero no tiene la receta, según me explicó en su correo, así que os daré la mía. A ver si se parece a la que tanto te gusta —dice mirando a la alumna con una sonrisa—. ¡Solomillo de tomate!

—¡Solomillo de tomate! ¿Y de segundo, la señora qué tomará, chuletón de puerro o entrecot de lechuga? *Ché cazzo é* «solomillo de tomate»!, del solomillo es de carne o no lo es. —Mikele se burla abiertamente de su pareja, que no le hace ni caso, y Mayte continúa con su plan, ignorando abiertamente la intervención del italiano. Es lo mismo que hace con su perrita Nora, por consejo etológico, cuando esta trata de llamar la atención con algún comportamiento inadecuado.

—Luz, ¿desde cuándo eres vegana?

—Desde hace unos meses...

—¿Y cuál es la motivación que te llevó a elegir ese camino?

—Mmm..., la convicción de que podemos alimentarnos sin matar a los animales...

Mikele estalla en carcajadas ante la perplejidad de sus compañeros, que no entienden su reacción.

—¿De qué te ríes, Mikele? —pregunta Mayte con cierta frialdad.

—De la trola que os está contando mi querida *ragazza*.

—Mikele, ya vale, deja de hacerte el gracioso —le reprocha su novia.

—Luz, ¿lo cuentas tú o lo cuento yo?

—¿Y qué se supone que tengo que contar? —responde un poco molesta.

—¡Lo tuyo con Richard Gere!

—¡¿Perdona?! —exclama Rafa lleno de asombro—. ¡¡¡Esto hay que seguirlo con palomitas!!!

—A ver, Mikele, ya sabemos que siempre tienes que meter la cuchara en todas las conversaciones, pero, si no te importa, *amore*, estamos hablando de mi receta, no de la tuya. Así que haz el favor de callarte un ratito...

—Luz, ¿eres muy cocinera? —pregunta Mayte, tratando de llevar la conversación por otros derroteros—. ¿Dirías que se te da bien el mundo de los fogones?

—Bueno, me defiendo, una experta no soy.

—Experta en romper maquinaria de cocina sí eres, *Fiorellino* —asegura Mikele—. ¡Cuenta, cuenta!

—Bueno, he tenido algunos accidentes culinarios, como todos, supongo...

—¿A qué llamas «accidentes»? —se interesa Mayte.

—El primero que recuerdo fue a los dieciocho años; mi madre y su pareja se habían ido de puente festivo al apartamento de la playa y yo invité a unos amigos a cenar. Para lucirme y epatarlos preparé un rodaballo al horno con patatas panaderas, tomate, pan rallado y vino blanco tratando de imitar el que hacía mi madre, que me encantaba. Como no le había pedido la receta, porque mi invitación a cenar era clandestina y ella no podía saber nada del evento, tiré de memoria con los ingredientes, y en eso acerté; pero del tiempo de asado no recordaba nada, así que me guie por mi intuición y en eso me equivoqué.

—¿Y qué pasó? —pregunta Amina, intrigada...

—Pues... dejé tanto tiempo el rodaballo en el horno que cuando lo serví en la mesa aquello era un fósil marino. Se podía intuir que en aquella bandeja había un animal vertebrado, con su raspa y su pellejo, pero de la carne no quedaba ni rastro: se había desintegrado, prácticamente... Mis amigos se cachondearon y lo bautizaron como el «Rodaballo a la Pompeya» y acabamos cenando sándwiches de fuagrás de lata con patatas fritas de bolsa.

—Bueno, eras muy joven y no sabías los pasos a seguir. Lo importante es que te atreviste —la tranquiliza Mayte—. Además, el horno tiene su dificultad.

—Mucha, a mí, desde luego, no se me da bien. Un día intenté preparar un bizcocho de yogur de limón que hacían todas mis amigas de la facultad. Y como soy tan impaciente, abrí varias veces el horno para ver si subía la masa...

—Y provocaste todo lo contrario: si abres el horno, el bizcocho no sube —afirma Mayte.

—Claro, así quedó, aquel bizcocho era como un azulejo, plano y compacto, parecía uno de esos alimentos deshidratados para astronautas. Creo que la NASA me lo hubiera comprado para sus misiones espaciales.

—Me meo contigo, Luz, eres un *show* —exclama Rafa, sinceramente admirado por la comicidad de su desastrosa y encantadora compañera de curso.

—De todos modos, ahora hay muchos aparatos de cocina que ayudan muchísimo —afirma la profesora—. Casi resulta más difícil cometer errores que acertar.

—No te creas, Mayte, Luz es un hacha pifiándola con la maquinaria de cocina —apostilla Mikele—, en eso no tiene rival.

—Es que, no sé, nunca doy con el aparato perfecto, es como si todos ellos se rebelaran contra mí...

—¡Mi bella loquita, *bella pazzerella* —exclama el italiano con una mezcla de ternura y sorna—, siempre luchando contra los electrodomésticos... Anda, cuéntale a la profe lo de la Thermomix volcánica.

—Mmm. ¡No sé qué tengo que contar! Me la regaló mi padre, es la última versión del robot y solo hay que seguir los pasos que te va marcando el panel digital. Y, vale, alguna vez me he saltado alguno de esos pasos, por despiste...

—Es que Luz funciona por intuición, por instinto; ella es anárquica —explica su pareja—. Por ejemplo, las cantidades que marca cada receta nunca las sigue a rajatabla. Un día puso tanta calabaza y tanto caldo para hacer una crema que cuando la

Thermomix empezó a batir brotó de la máquina una pasta naranja. ¡Aquello parecía el Etna en erupción, *mamma mía!*

Todo el grupo se ríe con la descripción apocalíptica de la escena que hace Mikele, y este, animado por el éxito conseguido, se viene arriba y continúa por ese camino...

—Claro que lo del merengue desaparecido, misteriosamente, fue todavía mejor; cada vez que me acuerdo...

—Eso no fue un error de bulto, fue sutil, Mikele. Os cuento, estaba yo tan feliz preparando mi tarta favorita, la de limón con merengue, y cuando abrí la tapa del vaso después de ligar las claras, imaginando que aquello rebosaría de esa deliciosa masa dulce, blanca y esponjosa, me encontré con...

—¡Con caspa, dilo!

—Sí, la verdad... ¡Aquello era igual que la caspa! Unas laminillas blancas de azúcar en el fondo del vaso, cubiertas de clara reseca y casi desintegrada...

—Si hubierais visto su carita de decepción, estaba bellísima.

—Es que aquello fue muy traumático, tuve que abortar la «operación tarta de limón», inmediatamente. Menos mal que tenía una tarrina de helado en el congelador, porque esa noche venían mis jefes a cenar.

—Tus *fucking* jefes, dilo bien —subraya Mikele.

—¿Y sabes dónde estuvo el error? —pregunta Elvira, interesada...

—Sí, unos días después llamé a la vendedora del robot, mi asesora de cabecera, y me dijo que, seguramente, no había limpiado el vaso a conciencia después de hacer la base y la crema de la tarta. Me explicó que el merengue no sube si hay algún rastro de suciedad en el vaso, por insignificante que este sea...

—Cierto, así es. Hay que ser exquisitos con la limpieza del vaso si hacemos el merengue en un robot —confirma Mayte—. Apuntaos eso.

—¡Qué curioso, no sabía yo que el merengue fuera tan delicado! —dice Amina.

—Lo es, cualquier resto de suciedad puede malograrlo. Pero ¿ves, Luz?, lo aprendiste y ya nunca te volverá a ocurrir. La cocina es como la vida: a fuerza de equivocaciones vamos aprendiendo. No hay experiencia exenta de errores...

—Dímelo a mí, Mayte —apostilla Arturo—, que soy el más viejo de este grupo. A lo largo de mi vida he cometido más errores que aciertos, y puedo decir que he aprendido mucho más de los primeros que de los segundos.

—Así es. Mi madre me decía de pequeña, cuando me enfurruñaba porque algo no me salía bien a la primera: «Haciendo y deshaciendo la niña va aprendiendo.» Esto es válido para la cocina y para la vida, como dices, Arturo. La receta de vivir está llena de faltas, pero así es como aprendemos.

—Sí, a base de hostias —exclama Rafa—. Perdón, soy muy mal hablado, siempre me lo decía mi abuela.

—Mirad, os voy a dar un consejo: no busquéis la perfección en un primer intento en la cocina, hay que recorrer sin prisa un camino de aprendizaje hasta conseguir lo que queremos. Aun así, nunca un plato sale idéntico a otro, aunque sigas los mismos pasos que otra persona, cada receta ejecutada es una pieza única.

—Mira, eso también pasa en la vida —recalca Luz—, dos personas siguen los mismos pasos y obtienen resultados distintos.

—Y voy más allá, Luz, aunque se trate de la misma persona, el resultado nunca es idéntico. Hoy llevas a cabo una receta, la repites mañana haciendo exactamente lo mismo y apuesto mi delantal favorito a que hay entre ambas alguna diferencia, aunque sea casi imperceptible. La cocina crea piezas de artesanía, y una de sus características es la singularidad, no hay un plato exactamente igual a otro.

—Pues a mí las ensaladas me salen todas iguales —comenta Loreto—. ¿Tanta mística tiene la cocina? Porque yo no se la veo por ningún lado...

—Aprender a degustar es también importante, Loreto. Es como aprender a mirar un cuadro. No es lo mismo comerte una ensalada, mientras ves la tele, que saborear a conciencia un plato y tratar de buscar en él todos sus matices. Probablemente, los que van a ver una obra de arte con el *smartphone* preparado para hacer la foto y apenas se detienen a observarla no extraen el mismo jugo de su visión que aquellos que le dan tiempo a la contemplación y consiguen conectar sus sentidos con los que el artista quiso expresar al crearla.

—Qué bonito lo cuentas, Mayte. Tendrías que haber sido profesora de Bellas Artes —dice Rafa con los ojos empañados de emoción—. Los pelos como escarpias, hija.

Mayte sonríe ante la espontaneidad sincera de Rafa, que no se corta nada en dejarse ver por dentro. La profesora prosigue con su explicación.

—Habréis oído alguna vez que nunca debes hacer un plato por primera vez si tienes invitados. Y yo lo comparto, es un riesgo que no conviene correr, hay que hacer varios ensayos antes de un estreno ante el público. De verdad, no tengáis urgencia, la cocina requiere concentración, templanza y paciencia. Son tres ingredientes básicos para hacer una comida rica.

—«Concentración, templanza y paciencia» son conceptos inexistentes en el carácter de Luz, lo quiere todo y lo quiere ya. Acuérdate del día en que casi salimos en las noticias por culpa de la olla rápida.

—A ver, lo de la olla rápida no fue culpa mía, Mikele. Os cuento, me la había regalado mi tía por Navidad y para estrenarla pensé en algo fácil, unas lentejas. El tiempo de cocción eran siete minutos, demasiados para que yo me pusiera a contemplar la olla como si fuera un cuadro de Vermeer. Así que decidí aprovechar para hacer la cama. En ese momento sonó el teléfono, era mi madre y me tuvo una hora de cháchara, como suele ser habitual. De pronto, un olor penetrante a lentejas y a chorizo me hizo sospechar que algo grave estaba sucediendo en la cocina. Cuando abrí la puerta contemplé con horror una escena terrorífica: la olla estaba descontrolada, escupiendo líquido de cocción por la válvula de seguridad, en espiral, por toda la cocina; parecía que de un momento a otro iba a elevarse como un platillo volante.

—Ay, alhaja, que me temo lo peor —comenta Arturo—. ¿Y cómo terminó el episodio?

—Las lentejas acabaron en la basura y yo, extrayendo incrustaciones de legumbre espachurrada de los azulejos, como un arqueólogo. Una horita de limpieza en total. Comprendí que incluso la olla rápida requiere un poco de paciencia y que, combinada con mi madre, es una bomba de relojería.

—Claro, y entonces —relata Mikele— decidiste pasarte a la baja temperatura, el termocirculador de Sous Vide, que murió asesinado por tus propias manos. Descanse en paz.

—¡Por favor, esto parece una obra de teatro, me lo estoy pasando pipa —dice Rafa entre risas.

—¿Qué es eso del termocirculador? —pregunta, tímidamente, Elvira.

—Pues..., a ver, la forma es parecida a la de un vibrador.

—¿Un vibrador? Muchacha, vaya ejemplo para la cocina —dice Arturo, sorprendido.

—Bueno, no, ahora que lo pienso... sería un vibrador demasiado grande, es más bien como el brazo de una batidora. Tú lo enchufas a la red y en una cazuela con agua metes el alimento que vas a cocinar, una vez envasado al vacío previamente. El termocirculador mantiene el agua a temperatura baja y constante, los alimentos conservan sus propiedades y todo su sabor con mucha más intensidad que con otro tipo de cocción. Huy, parezco una vendedora de la Teletienda... No, en serio, es estupendo, me lo regaló un amigo que está siempre a la última en cachivaches de cocinillas...

—Mirad, Luz se refiere a esto. —Mayte enseña un termocirculador a los alumnos—. Esta es la parte que se introduce en el agua y aquí arriba, en el panel digital, marcamos la temperatura y el tiempo exacto que requiere cada alimento.

—Ya, solo que Luz lo metió al revés —aclara Mikele.

—¡Cómo que al revés! —pregunta Mayte, desconcertada.

—A ver, aquel fue un día difícil, me habían despedido de mi trabajo de muy malas maneras. Después de muchos años entregada en cuerpo y alma a un proyecto, decidieron prescindir de mí sin previo aviso, en plenas vacaciones y a través de un tercero. Ninguno de mis dos jefes, antes amigos, eso creía yo, ilusa de mí, se dignó comunicarme personalmente tal decisión. Ni una llamada ni un previo aviso, nada.

»Yo estaba enfadada, triste, decepcionada, con el oscuro sentimiento de haber sido una estúpida, de haber confiado en personas sin escrúpulos que tardaron un minuto en darme la patada, de haber entregado una parte importante de mi vida profesional y personal a alguien capaz de dedicarme un final así de frío e indigno después de tanto tiempo.

—Bueno, pero lo importante. Si estuviste muchos años, te darían una pasta, ¿no? —pregunta Loreto con contundencia.

—Ni un duro, reina. Mi último contrato era mercantil, con lo cual no tenía derecho a indemnización. A ver, legalmente fueron incuestionables, moralmente ya no tanto. De hecho, recurrí a un despacho de abogados para intentar una negociación amistosa y no se avinieron a pactar alguna compensación que reconociera mi papel en aquel proyecto, que amortiguara el terrible problema económico que me generaban sin haberme alertado, sin haberme dado tiempo a reaccionar. Fue un «ahí te quedas» de manual, a mí, que había formado parte de la construcción de aquel proyecto empresarial, que me había entregado a un trabajo que en su día fue mucho más que eso, con grandes connotaciones emocionales para mí...

—Error, querida Luz —le reprende Arturo—. Hay que mantener el corazón alejado del trabajo, esa combinación suele acabar en llamas, como la olla rápida y tu mamá.

—Sí, ahora lo sé. Aprendí de ese error. Es complicado para mí porque no sé hacer nada sin implicarme a fondo. Pero, de ahora en adelante, intentaré dejar el corazón para los que me quieren. Trabajo es trabajo, solo eso.

—Qué hijos de puta, con perdón de los hijos de puta —suelta Rafa con total naturalidad.

—Bueno, ya da igual, eso está olvidado y ellos también, no existen en mi vida. Solté todos los demonios en el momento de la decepción, y fin. Yo continúo mi camino, en el que lo importante son mis amores y mis convicciones. Y, sinceramente, no los envidio, como decía aquel «son tan pobres que solo tienen dinero».

—¡Olé tu coño! —exclama Rafa, y provoca las risas del grupo.

—A lo que íbamos —prosigue Luz—, estaba yo aquel día tan perdida, tan obcecada en mi drama laboral, que fui a preparar un solomillo de pavo al vacío y metí el termocirculador en el agua al revés... Y así murió el pobre, como un pajarito.

—Después de pegar un petardazo guapo y de hacer saltar los plomos. ¡Asesina de termocirculadores! —Mikele ríe a carcajadas.

—¿Y no tiene arreglo? —pregunta Amina.

—No. Luz no tiene arreglo. Te lo digo yo que vivo con ella.

—Me refería al termocirculador.

—No lo sé, mi amigo lo compró por Internet, no encuentro empresas que los arreglen en España y, además... ¡Tachán, ahora tengo la Crock-Pot! Me la compré en las últimas rebajas...

—¿La Crock-Pot? ¿Y eso qué es, alhaja? —pregunta Arturo, sorprendido.

—Es una olla de cocción lenta.

—Y tan lenta —dice Mikele—, para hacer unas lentejas te tiras ocho horas.

—Tú no te tiras nada, *amore*, lo hace ella solita. Y lo sabes.

—Vale, *certo*, un día le rogué a mi *tesorino* que me hiciera una fabada con su Crock-Pot, que se saltara el veganismo poniendo chorizo, morcilla y otros ingredientes satánicos, y que ella solo comiera las judías, yo me sacrificaría y pecaría por los dos. Y es verdad, la puso por la noche y a la mañana siguiente, *voilà!*, toda la casa olía a fabada.

—¡Qué rico! —exclama Arturo.

—A ver, Arturo, las personas normales se despiertan con olor a café y tostadas, y nosotros, como el coronel Kilgore de *Apocalypse Now* pero en versión fabada: «Me gusta el olor a napalm por la mañana.»

—¿Napalm? ¡Olía que alimentaba, Mikele! —dice Luz, indignada—. ¡*Lucas*, nuestro perrito, casi tira la puerta de la cocina siguiendo ese aroma embriagador!

—Mira, Luz, a pesar de tus accidentes culinarios, una cosa está clara: te gusta intentarlo y no tiras la toalla —la anima Mayte—. Tú quieres cocinar bien y lo conseguirás. Por eso, supongo, te has apuntado a este curso, y seguro que aquí vas a aprender muchas cosas de la cocina y de ti...

»¿Sabes? Me gusta mucho que hayas propuesto una receta vegana, porque ese tipo de cocina es tendencia en este momento. Muchas personas eligen esta opción de nutrición y de vida, y en torno a esa idea está naciendo un recetario muy variado e interesante. Así que vamos a hacer ese solomillo de tomate que nos has propuesto. ¿Preparados?

Solomillo

de tomate corazón de buey
con hortalizas y salsa bearnesa

Ingredientes

1 tomate corazón de buey
1 paquete de espárragos trigueros
½ pimiento amarillo
½ pimiento verde
½ pimiento rojo
2 o 3 unidades de rabanitos
aceite de oliva virgen variedad arbequina
sal Maldon
pimienta recién molida

Salsa bearnesa vegana

1 bote de yogur de leche de coco
2 chalotas
1 puñado de estragón
3 cucharadas de vinagre de manzana
sal y pimienta
aceite de oliva

Solomillo de tomate

Me encanta planear un menú vegetal porque el espacio al que más tiempo dedico cuando voy a hacer la compra, sin ninguna duda, es la zona destinada a las verduras, frutas y hortalizas.

Es el espacio vivo por antonomasia lleno de color, aromas y por el que realmente ves pasar los días y las estaciones. Es el que nos conecta con el ritmo de la naturaleza y sus dones: los colores rojos vibrantes del verano en las mil variedades de tomates o los pimientos; los verdes brillantes de lechugas, calabacines, pepinos...; la fragancia de los melocotones o albaricoques.

Con estos provocativos estímulos no puedes dejar de pensar en un gazpacho refrescante o en una ensalada de carnosos pimientos escalibados o una aromática tarta de albaricoques y almendras recién salida del horno...

Realmente los paseos por sus góndolas son inspiradores de menús deliciosos y saludables, con lo que nos aseguramos el consumo de productos en plena sazón. El paseo de otoño me cautiva, es una delicia con sus omnipresentes colores amarillos, naranjas y tostados en calabazas, membrillos, cítricos y castañas. Con solo mencionarlos estoy convencida que ya estás pensando en platos tentadores como yo...

Para seguir fantaseando, la receta que nos ha propuesto Luz es ideal para una noche de verano, la compañía y el atrezo lo pondrá cada uno de vosotros. No digo más.

Empezamos preparando lo que serán las hortalizas salteadas, que van a ser la guarnición de nuestro protagonista principal: el tomate.

Cogemos el paquete de espárragos trigueros y descartamos la parte blanca más dura. El propio espárrago nos da pistas de dónde está el límite. Al doblarlo, suele quebrarse donde comienza la parte más leñosa y dura.

Cortamos en trocitos de un centímetro de largo hasta dejar que las puntas tengan un tamaño de unos cuatro centímetros. Reservamos por un lado los trocitos y por otro las puntas.

Cortamos los diferentes pimientos en *mirepoix*. Esta palabra con aires sofisticados ya la habéis aprendido en la receta del tajín. Se refiere al corte que hacemos de verduras u hortalizas de un centímetro o centímetro y medio de lado, pero también se refiere a una combinación de hortalizas necesarias para dar cuerpo y sabor a salsas y guisos.

Normalmente es zanahoria, apio y puerro o cebolla, aunque puede haber otras combinaciones según la necesidad de la receta. No suele ser un corte que exija perfección porque seguramente será descartado o triturado en el mejor de los casos, pero en esta ocasión sí os pido que hagáis un corte limpio y lo más armonioso posible porque queremos lucirlo en el emplatado final.

Una vez cortados los pimientos en *mirepoix*, vamos

a saltearlos en aceite de oliva junto con los espárragos cortados en trocitos.

Ponemos una sartén antiadherente con un chorrito de AOVE, que no es más que la suma de las siglas de «aceite de oliva virgen extra». He elegido la variedad arbequina porque es un aceite suave con notas dulces y delicadas, para realzar el sabor de las verduras pero sin enmascararlas con otras variedades de notas más picantes o contundentes. Es ideal para ensaladas con toques frutales o para elaborar veganesas (mayonesa vegana) o para hacer repostería.

Cuando esté caliente, saltearemos los pimientos y espárragos apenas unos dos o tres minutos. Queremos que estén apenas dorados para respetar todo su color, pero crocantes para aportar diferentes texturas a nuestro plato. Condimentamos con sal en escamas y pimienta recién molida. Reservamos esta elaboración.

Para aumentar ese juego de texturas de nuestro plato, vamos a «cocer a la inglesa» las partes más nobles de los trigueros.

Este tipo de cocción consiste, básicamente, en hervir en abundante agua con sal. La particularidad es que se corta la cocción de manera inmediata, sumergiendo las verduras en agua con hielo para impedir que siga cocinándose con el calor residual. De esta manera logramos cocciones correctas especialmente para verduras, así degustamos cada una en su punto exacto de ternura y sellamos sus colores potenciando la clorofila de hojas verdes, por ejemplo.

Ponemos una cazuela con abundante agua y un buen puñado de sal. Cuando rompa el hervor, cocemos las puntas de los trigueros. Solo dos minutos. Inmediatamente, con la ayuda de una araña o espumadera, las pasamos a un bol de agua con hielos, así nos aseguramos una cocción exacta que respete los nutrientes que aporta la verdura y realzamos su color. Retiramos, secamos con papel de cocina y reservamos.

Si sois amantes de las verduras al igual que yo, seguro que a partir de ahora la «cocción a la inglesa» será vuestro método más habitual para sacarles su mejor partido.

Perdón por enrollarme tanto, pero estos detalles sobre técnicas son importantes porque, una vez aprendidos, te dan alas para enfrentar correctamente cualquier receta que queráis crear o recrear. Seréis capaces de ver entre líneas en un libro de cocina o cualquier receta que navega por Internet, porque muchas veces cojean..., lo dejo aquí.

Volvemos a nuestra elaboración.

Los rabanitos los cortaremos con la mandolina. Por cierto, ¿sabemos qué es la mandolina? Un artilugio que lo carga el diablo con sus cuchillas archifilosas para lograr cortes finísimos e imposibles de otra manera. Aseguraos de usarlo con precaución, vuestras uñas y dedos os lo agradecerán. Usad siempre los protectores al menos hasta que controléis bien la fuerza que tenéis que hacer para cortar.

Cortaremos los rabanitos de manera longitudinal y en rodajas muy finitas. El truco aquí para que queden bien crujientes es poner las rodajas en agua helada unos minutos.

Ahora es el momento de hacer nuestra versión vegana de la salsa bearnesa. Aquí es necesario hacer algunas aclaraciones.

Al principio, esta preparación era un tabú, teniendo en cuenta que su elaboración original es con huevos y mantequilla, por tanto, ni siquiera había pensado en ella como posibilidad.

Un día, por casualidad, encontré un yogur natural de leche de coco (sin azúcar) que al probarlo me impactó por su textura supersedosa, su cuerpo y sabor versátil, apenas una reminiscencia a coco, por tanto, me abría grandes posibilidades para hacer recetas veganas tanto dulces como saladas.

Uno de mis primeros ensayos fue hacer la salsa bearnesa que tanto me gusta, y la verdad es que quedé impactada con el resultado. Ya veréis ahora cuando la probéis, será vuestro comodín para acompañar verduras asadas o a la parrilla.

Otra buena noticia es que haremos nuestra salsa con todo el sabor característico de la bearnesa pero sin las complicaciones técnicas que tiene la receta original.

Solo para vuestro saber personal, os cuento que esta salsa es una de las más complicadas que hay en el mundo gastronómico. Es más, no eres un buen cocinero de cocina tradicional si no sabes hacer una buena salsa holandesa o bearnesa, que son de la familia.

Básicamente, es una emulsión de huevos batidos con mantequilla que se sirve caliente, y aquí radica su dificultad. Todos los ingredientes tienen que estar a la misma temperatura y nunca subir de 37° para que el huevo batido no empiece a cuajarse y pierda fluidez.

Es fundamental añadir vinagre o limón para que su acidez dé estabilidad a la mezcla o emulsión, y a partir de ahí sí puede calentarse hasta los 90° sin que se formen grumos.

Pero dejemos la teoría y volvamos a la práctica. Picamos en *brunoise* las chalotas, que también en francés significa un corte específico, en este caso de dos a tres milímetros de lado. Aquí sí es muy importante la destreza para ejecutar el corte y un buen cuchillo, ya que es un corte para lucir y engalanar el plato o preparación. Picamos también el estragón.

Ponemos en una cazuela un chorrito de aceite de oliva y pochamos las chalotas. Cuando nos referimos a pochar queremos decir que la chalota quede completamente cocida pero transparente. Por tanto, debemos hacerlo a fuego bajo y con paciencia. Una vez logrado ese punto en que las chalotas picadas parezcan pequeños brillantes, añadimos el estragón picado y el vinagre. Damos unas vueltas para que se evapore totalmente el vinagre y las chalotas queden completamente perfumadas con el estragón y el ácido del vinagre.

En nuestro caso no podemos servir la salsa caliente porque el yogur perdería su estructura, por tanto, dejamos enfriar la preparación y añadimos el yogur de leche de coco. Condimentamos con sal y pimienta al gusto. Así tendríamos lista nuestra delicada salsa bearnesa vegana, que reservamos hasta el momento de servir.

Ahora vamos a nuestro ingrediente protagonista: el tomate. Hablando del rey de Roma... ¿Os habéis preguntado alguna vez qué sería de la cocina mediterránea sin este tesoro bermellón venido de Sudamérica? ¡Qué triste y descolorida era la huerta europea antes de que Cristóbal Colón llegara a América!... Por las patatas, las berenjenas, los pimientos y los tomates, entre otros, yo creo que valió la pena lanzarse a la mar en una carabela o cáscara de nuez, como me pareció a mí, el día que vi las réplicas de las naves en el Guadalquivir. *Che Valore Cristófolo Colombo!*, como decía mi tía Ancilla cuando hablaba de la hazaña del descubrimiento de América.

Resumiendo: los españoles trajeron el tomate a Europa en 1540, el cual creció con facilidad en los climas mediterráneos. De acuerdo con algunas referencias, los primeros tomates que se cultivaron en Italia eran de color amarillo y en 1554 fueron descritos por el botánico italiano Piero Andrea Mattioli como *pomo d'oro* (manzana dorada), de aquí el nombre de *pomodoro*, mundialmente conocido.

Volviendo a la actualidad, tenemos la suerte de poder disfrutar de cientos de variedades de tomates con sabores, colores, tamaños y texturas diferentes. Y de todas ellas, por su importancia y categoría, he elegido para nuestra receta la variedad que se llama «corazón de buey».

No solo es de un tamaño importante y de bella forma irregular, además de su color rojo intenso, sino que también es muy apreciado por su piel fina, fácil de digerir, y por su falta de semillas. Es muy carnoso y de penetrante sabor y fragancia. Sencillamente, una joya tanto gastronómica como nutricional en nuestro plato.

Ahora sí prometo estar en el aquí y ahora para terminar nuestro plato.

Cortamos el tomate corazón de buey en dos rodajas hermosas de dos a tres centímetros de espesor.

Calentamos una plancha bien caliente, pasamos los solomillos de tomate por la plancha por ambos lados para que queden como pasados por la barbacoa.

Cuando veamos que se empieza a caramelizar, regamos con un chorrito de aceite de oliva arbequina. No debemos extender mucho este paso porque no queremos que el tomate se cocine por dentro, solo formar esa película crocante con sabor ahumado.

Calentamos en un costado los pimientos y los espárragos para regenerar.

Y por fin llegó el final, señores y señoras: el montaje de nuestro colorido y saludable plato. Colocamos en el plato elegido una rodaja de tomate asado, encima y de manera decorativa vamos colocando las verduras salteadas. Decoramos con las puntas de los trigueros y con las rodajitas de rabanitos, siempre dando volumen. Refrescamos con hojitas de albahaca y rectificamos de sal y pimienta.

No nos olvidemos de rociar con un chorrito de AOVE y, por último, acompañamos nuestro jardín florido con una buena cucharada de salsa bearnesa que le aportará untuosidad, matices ácidos y frescura a esta maravilla que resume la naturaleza estival en nuestro plato. *Bon appétit!*

—A ver, Luz, prueba ese solomillo y dinos si hemos acertado.

Luz pincha un trozo de solomillo con su tenedor y se lo lleva a la boca con extrema sensualidad. Mikele la mira embobado y el resto de los alumnos, también. Ella es una de esas personas que son sexis sin pretenderlo y no solo por su belleza singular, sino por sus gestos sinuosos hasta en los movimientos más simples, por la modulación de su voz, por su risa. Luz tiene una mezcla entre felino salvaje y gato doméstico, entre fiereza y ternura, que la hace irresistible ante la mirada ajena.

—¡Mmmmmmm, mmmmmmm, ay! —le dice con una entonación casi orgásmica—. Esto es delicioso...

—¿Se parece al que tú conoces?

—Eso no lo sé, nunca había probado antes un solomillo de tomate.

Mayte, desconcertada por tercera vez ante la respuesta de un alumno, pregunta un poco disgustada:

—A ver, a ver... ¿Has elegido un plato que nunca antes habías probado? ¿Puedo saber por qué?

—Por Richard —susurra Mikele en un tono tan bajito que solo Luz parece haberle escuchado.

—Bueno, ya está bien, Mikele, me tienes harta. Sí, Mayte, sí, queridos, he venido a aprender a hacer solomillo de tomate porque he leído en una revista que es uno de los platos favoritos de Richard Gere, que, como sabréis, supongo, es vegano.

—¡Y por eso Luz se hizo vegana de un día para otro! Ella que se comía las costillas con patatas como un depredador, cuando supo que su oficial y caballero era vegano, renunció a la carne (en el sentido alimenticio) y se lanzó a comer verduras como un conejo.

—Esto es muy *top* —dice Rafa—. Muy *top*.

—¿Tanto te gusta Richard Gere como para convertirte al veganismo? —pregunta Amina.

—Tanto y más. Ya sé que es difícil de entender, pero Gere me gusta más que comer con los dedos. ¿Es que tengo que ir a la cárcel por ello?

—Claro que no —aclara Mayte—, pero os pedí algo muy concreto cuando nos cruzamos los correos. Que trajerais una receta que os conectara con un momento importante de vuestra vida. Algo crucial que os hubiera marcado emocionalmente.

—¿Y te parece poco el amor? Querida Mayte, desde que tenía trece años he buscado a Richard Gere en cada uno de los hombres que se han cruzado en mi vida.

—Hasta que llegué yo, que soy un *american gigoló*, bueno, un *italian gigoló*...

—Bah, os lo voy a contar, total, no tengo nada de que avergonzarme.

HISTORIA DE UN SOLOMILLO
DE TOMATE

Tenía trece años. Mi padre me llevó al cine. Llevaba dos años separado de mi madre y le correspondía verme un fin de semana de cada dos, siempre y cuando no le coincidiera con algún vuelo.

Yo esperaba esos días con ansia: estar con él era lo mejor que me podía pasar, nos entendíamos a la perfección, me escuchaba, accedía a todos mis caprichos, jamás me reñía. ¡No como mi madre, que me tenía harta con sus imposiciones: «cómetelo todo, estudia, no te pongas esos pantalones rotos que pareces una vagabunda, recógete el pelo!».

Para mi madre, todo lo hacía mal, lo contrario que ocurría con mi padre, para quien yo rozaba la perfección. Y así sigue siendo, nunca he cumplido las expectativas de mamá; en cambio, para papi soy la mejor hija que jamás pudo soñar. Siempre me lo dice...

Pero vamos al origen de mi pasión por el irresistible hombre de Filadelfia. La película que me llevó a ver mi padre no era desde luego cine de culto, era una de esas comedias románticas americanas que rompen las taquillas: *Novia a la fuga*.

La protagonizaban Julia Roberts y él, Richard Gere, en el papel de Ike Graham, un columnista que contaba la historia de Maggie Carpenter, Julia, la mujer que había plantado a todos sus novios en el altar.

Carpenter se enfadaba por las calumnias que Graham había vertido sobre ella en su artículo y se formaba un lío que desembocaba en un romance maravilloso.

Hay una secuencia en la que Maggie le declara así su amor a Ike: «Te garantizo que habrá épocas difíciles y te garantizo que, en algún momento, uno de los dos o los dos querremos dejarlo todo, pero también te garantizo que si no te pido que seas mío, me arrepentiré durante el resto de mi vida, porque sé en lo más profundo de mi ser que estás hecho para mí.»

Y ahí me derretí. Vale, ahora me resulta un poco cursi la secuencia pero en aquel momento me impactó. Creo que fue la primera vez que experimenté en mi cuerpo adolescente la mezcla incendiaria del sentimiento romántico con la profunda atracción erótica. Sentí que yo era ella y que Richard estaba hecho para mí.

Salí del cine flotando, estaba en otro mundo, y cuando fui a cenar una hamburguesa con papá, apenas podía hablar. Aquella noche soñé con él, con Gere, y, al día siguiente, fui al videoclub y alquilé otra de sus películas. Cuando la devolví me llevé otra y después una más, y así fui repasando toda su filmografía.

Por supuesto, acudía al cine cada vez que Gere estrenaba una nueva cinta y leía todo lo que se publicaba sobre él, cuando supe que se había reunido con el dalái lama, mi corazón hizo ¡gong! Y hasta coqueteé con la idea de convertirme al budismo. Pero hablo demasiado para ser budista, yo no podría soportar el silencio que ellos ejercen más de treinta segundos...

—Doy fe —apostilla Mikele.

En paralelo, mi vida amorosa transcurría con múltiples experiencias, pero ninguna de las historias duró demasiado. Un día me di cuenta de que, a lo largo de mi vida, siempre había buscado a Gere en todos mis novios, en todos mis amantes, en cada aventura, pero ninguno conseguía hacerme sentir algo tan fuerte como lo que me inspiró el monólogo de Maggie Carpenter, todos acababan por decepcionarme y yo los abandonaba.

En cierta ocasión, papá me dijo que yo era

una novia a la fuga, y en parte tenía razón, el único hombre capaz de hacerme sentir que a su lado nada me faltaba era él..., pero, claro, él era mi padre.

—Perdona que te interrumpa, Luz, quisiera preguntarte algo. ¿Si tuvieras que recordar a tu madre por un plato? Alguno que te traslade a un día especial...

—¿De mi madre? Sin duda su pisto de calabacín y los filetes de pollo empanados, previamente marinados con limón, perejil, ajo y mostaza que me preparó el día que volví a casa después de una batalla:

Tendría unos once años, me había ido de campamentos con el colegio y aquello fue un desastre: la comida era malísima, volví esquelética, con cuatro kilos menos, y, para colmo, pasé allí la varicela y tuve dos insolaciones.

Papá todavía vivía con nosotras y fue a buscarme al autobús, me abracé a él, pegada como una lapa, y no me separé durante varios minutos. Después, al llegar a casa, mamá tenía la bañera llena de agua templada con espuma que había hecho con el gel que más me gustaba, uno con aroma de violeta, —pocas veces me dejaba bañarme, siempre decía que había que ducharse, pero aquel día sí me regaló ese placer—; además, al llegar a mi habitación vi que mi cama estaba preparada para la siesta con mis sábanas favoritas, las verdes, limpias y perfumadas. Y en la mesa me esperaba, después del baño, aquel menú maravilloso que me encantaba. ¡Ah, y de postre fresas con zumo de naranja! Tres de mis platos favoritos de una vez. Después de comer me entregué a una siesta de dos horas, nunca olvidaré aquel placer, sentí que volvía de la guerra y que aterrizaba en el paraíso... Mamá cocina muy bien en general, pero aquel día le salió mejor que nunca.

—Y si tuvieras que acordarte de un momento feliz comiendo algo muy rico con tu padre, ¿qué plato sería ese?

—Mmm, sin duda, la hamburguesa de Los Molinos, un pueblo que no está muy lejos de aquí. Las hacían en una barbacoa al aire libre, las cenábamos de noche, en verano, y jugábamos al futbolín. Eran impresionantes, me borraría del veganismo durante media hora con tal de volver a saborear ese beicon churruscadito, esa carne, ese pepinillo, esa mayonesa... Ay.

»Pero, vamos, que lo que yo quisiera sería compartir un solomillo de tomate con mi Richard Gere.

¡Así que ya conocéis todos mi motivo para asistir a este curso tan peculiar!

—Aclaremos que «su Richard Gere» soy yo, que vine de la *Bella Italia* a ponerle el mundo patas arriba a Luz Roberts...

—Lo que has contado es muy interesante, Luz —haciendo caso omiso a la fanfarronería de Mikele—. A veces, nos enamoramos de un ideal, de alguien que percibimos como la horma de nuestro zapato, y en él o en ella creemos encontrar la perfección. Pero en la mayoría de las ocasiones solo vemos una parte, el escaparate, el resto se basa en nuestra propia construcción.

—¿Nuestra construcción? —pregunta Luz—. No sé a qué te refieres...

—Creamos un personaje de ficción en nuestra cabeza, y en realidad no es tanto quién es como quién quisiéramos que fuera. Y nos empeñamos en buscarlo en cada persona que conocemos, porque estamos seguros de que ese modelo ideal cumple todos los requisitos necesarios para que merezca la pena vivir a su lado. Pero, en el fondo, no es real.

—¡Que no es real, Richard! ¿Has visto su mirada, su pelo plateado, su sonrisa? Sí, lo sé, es demasiado maravilloso para ser verdad, pero existe, Mayte.

—Bueno, bueno, no te emociones tanto, *tesorino*,

no creo que ese tipo sea mejor que yo. —Mikele sale en su propia defensa ante posibles comparaciones—. Seguro que en la intimidad bebe la leche a morro o ronca como un buldog francés, o se arranca los pelos de las orejas, o...

—Luz —interrumpe Mayte—. ¿Te has planteado alguna vez que quizá la persona a la que buscas incesantemente en todos los hombres sea otra, aunque tú creas que se trata de Gere?

—¿Otra? ¿Quién?

—Tu padre.

—¿Perdón? ¿Mi padre?

—Has descrito con toda claridad la fascinación que sentías por tu padre desde niña, él era el que nunca te reprendía, el que siempre cumplía tus deseos, el que te comprendía, el que te mimaba, el que te veía perfecta. Y en contraposición, tu madre. La que te desesperaba con sus continuas órdenes, sus reproches, sus críticas...

—A ver, una cosita... ¿Me estás llamando Electra?

—En cierto modo sí, pero no te agobies con el mito, no serías la primera ni la última, Luz; ese sentimiento de profunda admiración paternal es más que habitual. Dime una cosa, tras la separación, ¿tu padre se implicaba a fondo en tus actividades diarias?

—No, pero cuando estaba casado con mamá, tampoco, él viajaba constantemente, era comandante de vuelo. Pero, eso sí, el tiempo que tenía para mí me lo dedicaba al cien por cien. Y, en mi opinión, la entrega a los demás no es tanto una cuestión de cantidad como de calidad.

—En parte tienes razón, pero también has de reconocer que no es fácil complacer al otro cuando tenemos que tocar varios platillos a la vez. En tiempos limitados todos podemos ser maravillosos, pero en el día a día, en la convivencia constante, la cosa cambia. Por lo que describes, Luz, deduzco que a tu madre le tocó mostrar la cara amarga de la autoridad. En cambio, tu padre, que únicamente te veía en situaciones puntuales, casi siempre relacionadas con el ocio, fines de semana, vacaciones, etc., se quedó con la cara amable en el reparto. ¿Me sigues?

—No sé, Mayte... Vale, mamá vivía conmigo a diario y papá solo cada dos fines de semana, pero eso no tiene nada que ver con la diferencia en nuestra relación. Yo creo que la química también existe entre padres e hijos, y no, no todas las personas conectamos de la misma manera.

—Sin duda. Pero, en ocasiones, el que carga con la parte más pesada de la educación (la diaria, la rutinaria, la que requiere exigencia) se convierte en el representante del «no», y al otro, el que disfruta de los momentos de distensión, le toca ser representante del «sí». Convendrás conmigo en que no juegan con las mismas cartas, no tienen idénticas armas de seducción ante los hijos.

—Luz, *amore*, cuidado —interrumpe Mikele—, Mayte Freud te está psicoanalizando, si quieres te espero fuera con el coche arrancado.

—Ay, calla, Mikele, es muy interesante esta conversación. No le hagas caso, Mayte, continúa, por favor.

—¿No crees, Luz, que deberías incluir el filete de pollo, el pisto y las fresas con zumo de naranja en el listado de ingredientes con los que describes la relación con tu madre?

—Pues...

—Fíjate, entre la deliciosa hamburguesa que recuerdas en una noche de verano junto a tu padre y ese menú elaborado por tu madre, a la llegada de unos días complicados, hay una enorme diferencia.

»Ambos son momentos felices, eso es cierto, pero tu padre únicamente degustó contigo esa hamburguesa, en cambio, ella dedicó su tiempo y su cariño a prepararte la comida que más te gustaba para recibirte después de tu ausencia y seguramente para decirte, a través de tus sabores favoritos, que te había echado de menos y que, a pesar de que habían sido días agridulces para ti y, por tanto, para ella también, su niña, tú, ya estabas de vuelta en casa a su cuidado y ella se sentía feliz.

—Nunca lo había visto así...

—A veces solo vemos el resultado de las cosas, pero no escarbamos en las motivaciones, en los previos, en todo lo que encierra cada gesto que los que nos quieren hacen por nosotros.

»Cuando además ese cuidado es constante, acabamos por no apreciarlo y solo le damos un valor inusitado cuando lo tenemos lejos. Eso es lo que te pasó en aquel campamento: fuiste consciente de lo que significaba estar fuera de casa.

»Con los afectos nos ocurre lo mismo. Quizá has apreciado por encima de su valor cada gesto de tu padre, porque no lo tenías contigo a diario, y has minusvalorado lo que hacía tu madre por ti, porque ella siempre estaba a tu lado y, en muchas ocasiones, para llevarte la contraria.

»¿Cuánto darías ahora por probar ese pisto, ese filete de pollo y esas fresas, Luz? ¿Cuánto por que te recibiera tu madre con la bañera llena de espuma con aroma a violeta y sábanas limpias, cuando la vida te azota, cuando te llevas un revolcón inesperado como aquel de tus jefes, ahora muertos y enterrados en tu memoria?

—Mucho, la vida entera —dice Luz, visiblemente emocionada.

—Pues esa es la conexión con los sabores que logra la cocina familiar, ese es el punto al que pretendo que lleguemos todos en este curso. ¿Lo entendéis?

Todos asienten.

—Bien, pues ahora vamos a probar el solomillo de Richard Gere...

—¡Uy, cómo ha sonado eso, *teacher*! —apunta Rafa con malicia—, «el solomillo de Richard».

—Ya me entendéis, cocineros. Por cierto, Luz, a mí también me encanta Richard Gere, tendremos que negociar cómo nos lo repartimos para soñar con él.

Luz ríe con los ojos todavía llenos de lágrimas tras la reflexión sobre su madre. Y todos se entregan a probar la tercera receta del curso.

Mientras, Nora, en el jardín, persigue a un grupo de pájaros que picotean con las plantas. La vida se manifiesta con toda naturalidad dentro y fuera de la peculiar cocina de Mayte.

8

Después de la cata vegana, los alumnos disfrutan de hora y media libre para descansar. Algunos, como Mikele y Luz, han aprovechado para echarse la siesta; Amina y Elvira han caminado hasta el pueblo para hacer fotos de la plaza y de su singular iglesia fortificada; Loreto ha optado por ponerse al día con algunos correos de trabajo que no había respondido; Rafa ha elegido el sofá de la sala de estar para ver una serie en el iPad, Nora lo acompaña, tumbada a sus pies, tranquila y confiada, como si fuera su amiga de toda la vida.

Arturo se ha entregado a su único vicio, la lectura, en la que él considera la habitación más bonita de la casa: el dormitorio biblioteca. Un poco antes de la hora de reinicio, el abuelo de esta extraña familia que se va formando en torno al curso, entra en la cocina, donde Mayte está terminando de recoger los cacharros y poniéndolo todo a punto para la próxima clase.

—¿Te ayudo, Mayte?

—No, no, ya casi está listo. Habéis sido tan limpios y tan disciplinados que apenas he tenido trabajo, así da gusto.

—O sea, que somos una buena promoción —dice con una enorme sonrisa—. ¿Estás satisfecha con la marcha del curso, profesora?

—Mmm, sí, en líneas generales sí...

—Huy, eso de «en líneas generales» suena a que has encontrado algún pelo en la sopa...

—No, no, formáis un grupo muy interesante, solo es que... no sé si yo he sabido expresar lo que pretendía con estas clases en los correos que os fui enviando, cuando os apuntasteis al curso.

—¿Por qué dices eso?

—Bueno... Elvira ha propuesto un plato que no podía probar por su celiaquía, cuando el objetivo más importante, el eje de este experimento culinario y vital, era reencontrarse con los sabores perdidos para volver a sentirlos en el paladar y comprobar que te transportan al momento que los hizo importantes...

—Elvira es una muchacha muy tímida, Mayte, le cuesta manifestar lo que siente, quizá no entendió bien lo que proponías y no se atrevió a preguntarte...

—Puede ser, pero ¿y Amina? Ella es una mujer acostumbrada a pelear desde niña, trabaja en un entorno difícil, ¿por qué crees que no quiso decirme que el plato que quería recuperar era el de su abuela? ¿Por qué me contó que el motivo que la traía a esta peculiar escuela era la necesidad de conectar con esos migrantes a los que dedica su labor en el centro de acogida? No ha sido hasta estar aquí, en la cocina, que ha contado la verdad, y creo que esa sinceridad la habéis provocado más vosotros, la fuerza del grupo, que yo, francamente.

—Yo no lo he percibido así, alhaja, tú has conseguido atraerla hacia ti para que nos contara la verdadera historia que la ha empujado a venir al curso.

—No sé... ¿Y qué me dices de Luz? ¡Aparece con la receta de un plato que nunca había probado antes! ¿Cómo vas a reencontrarte con un sabor que no conoces?

—Pero la muchacha tenía una buena razón para aprender a hacerlo... ¡El amor! Y, por cierto, me he quedado helado cuando le has preguntado eso de, ya sabes, si el Richard Gere de su vida es en realidad su padre. Hilas muy fino, cocinera...

Mayte se ruboriza ante la apreciación de Arturo y sale del paso con un lugar común.

—Bueno, la vida te enseña mucho sobre el ser humano, es la mejor escuela.

—Mayte, yo creo que las muchachas nos han descubierto tres recetas deliciosas y nos han dado pinceladas bien bonitas de su vida. La infancia feliz de Elvira en aquellos cumpleaños, la gran historia de Amina y su abuelita y, oye, Luz ha recuperado el sabor perdido del pisto de su mamá, aunque no lo haya probado aquí...

—No me malinterpretes, Arturo, en ningún caso estoy culpándolas a ellas, son tres mujeres fantásticas, muy diferentes entre sí, pero muy valiosas todas. En realidad estoy hablando de mí, de mi incapacidad para comunicar con mayor claridad lo que pretendía con este curso. Miedo me da saber con qué voy a encontrarme ahora, todavía quedan cuatro recetas por conocer, si fracaso en esas también...

—¿Fracasar? Por favor, Mayte, no seas tan dura contigo. Yo diría que este curso está siendo un éxito. ¿No eres consciente del clima que has conseguido crear en tu cocina?, ¿en tu casa? No se me ocurre un lugar más confortable, acogedor e interesante que este para pasar unos días de aprendizaje en todos los sentidos... Por lo pronto te diré que mi receta sí responde a lo que pediste, esa tarta es clave en mi vida, te lo aseguro, así que ya tienes un acierto garantizado de esas cuatro que nos faltan. ¡Venga, Mayte, no te quites mérito, eres una maestra *cum laude*!

Mayte sonríe, una vez más, ante la encomiable capacidad de Arturo para colorear los momentos oscuros.

—Gracias, Arturo, no me hagas mucho caso, últimamente estoy del dubitativo subido, será la edad...

—¡Si nos vamos a poner a hablar de la edad, mal vamos, tengo más anillos en el tronco que los árboles de tu jardín!

—¿Interrumpimos algo interesante, *piccioncini*? —Mikele irrumpe a gritos en la cocina, fiel a su estilo indiscreto.

—¿*Piccioncini*?, ¿qué significa eso, Mikele? —pregunta Arturo, intrigado.

—¿Cómo lo decís en España, *amore*?

—Cómo decimos, ¿qué? —responde Luz, que acaba de entrar en la cocina y todavía no sabe qué se cuece allí.

—«*Piccioncini*»...

—*Piccioncini*..., pues... en español sería «tortolitos», en el sentido de «enamorados»..., ¿por?

—No tienes guasa tú, *italianini*, yo estoy ya para el desguace... ¡Dónde iba a ir una mujer espléndida y joven como Mayte conmigo, si podría ser su padre!

—¡Hala, tampoco te pases, Arturo! —dice Luz, desplegando todo su encanto—. Eres un hombre guapísimo, elegante, simpático, yo me casaría contigo sin pensarlo.

—¡A ver, a ver, que corra el aire en esta cocina! Vale que me pongas de pantallita a Richard Gere, pero ¿a Arturo también?

Arturo se ríe a carcajadas ante la escena impostada de celos que representa Mikele, que exagera ese famoso gesto de los italianos, los dedos juntos apuntando hacia arriba y oscilando: «*Cos'è questo, Luz!*»

—¿Qué pasa, *people*? ¿Hay fiesta en la cocina? —Rafa entra, seguramente atraído por el clima de juerga que se oye desde la sala de estar.

—Estos hijos postizos que me he echado, que se están riendo de mí, Rafilla...

—¡Ay, Arturo, adóptame!

—¡Ja, ja, ja, el que faltaba por cachondearse! —responde Arturo.

—En serio, ojalá tuviera un padre como tú. Si conocieras al mío fliparías, es el sargento Hartman de Jerez de la Frontera.

Amina y Elvira entran tímidamente en la cocina. Todavía no es la hora que ha marcado Mayte para retomar las clases, pero el jolgorio hace que todos se sumen a esta reunión improvisada. Todos menos Loreto, que permanece en su habitación pegada al móvil.

—¿Os apetece un vinito? —propone Mayte.

—¡Ohhh, qué buena idea! ¡Yo me apunto! —exclama Luz.

—Pues mira, yo también —dice Arturo.

—¡Eso no se pregunta, profesora, un vino en la cocina es *boccone di cardinale*.

—Tienes mucha razón en lo que dices, Mikele, es un «bocado». De hecho, el vino es considerado «alimento» en España y un componente esencial de la dieta mediterránea...

—Sí, «así lo recoge la ley del vino de 2003» —apostilla Loreto, que acaba de entrar en la cocina con la banda sonora de la alarma de su móvil marcando la hora precisa de reinicio de la clase—. Los bodegueros lo repiten en cada congreso sobre vino al que acudo...

—Bueno, ya estamos todos —dice la profesora—. Loreto, ¿un vino?

—No, gracias, mi nutricionista solo me permite uno, me lo reservo para la cena.

—Mujer, te mancho un poquito la copa para que lo pruebes, verás qué personalidad tiene. ¿Elvira? —pregunta Mayte, señalando la botella.

—Sí, gracias, pero no me pongas mucho que yo me mareo enseguida...

—¿Amina?

Antes de que a Amina le dé tiempo a responder, Loreto lo hace por ella:

—Mujer, Amina es musulmana..., ellos no beben.

—¿«Ellos»? ¿Y por qué no dejas que responda «ella»? —le reprocha Mikele en un tono muy serio y poco habitual en él.

—¿Y por qué no dejas que yo diga lo que quiera? —responde Loreto, visiblemente molesta—. Si es musulmana se supone que no puede beber alcohol, eso lo sabe todo el mundo, a ver si nos informamos un poco antes de hablar...

—*Ma*... ¿Perdona? —exclama Mikele—. Yo estoy más informado que tú, a lo mejor... ¿Quién te crees, la primera de la clase?

Amina corta con dulzura la tensión que se ha creado nuevamente entre los protagonistas del altercado del coche que, desde el roce de la llegada, no habían vuelto a cruzar palabra.

—Te cuento, Loreto, en realidad sí bebo vino, de vez en cuando. No me gusta mucho el alcohol, pero el vino me parece un complemento ideal para la comida. En cuanto a mi condición de musulmana, lo soy culturalmente, por mi origen, pero no tanto desde un punto de vista religioso. Respeto las costumbres de mi familia y sigo algunas por cariño, sobre todo, pero no cumplo las reglas religiosas de un modo estricto.

—Claro, es que tú eres ya una chica occidental —apostilla Rafa—, has vivido aquí más que allí, ¿no, cari?

—Sí, pero creo que de haber vivido allí también habría pensado de modo parecido...

—¡Seguramente! —dice Loreto con tono escéptico—. ¡Venga ya! Cuando venís aquí tomáis lo que os conviene de nuestra cultura y, al tiempo, tratáis de imponernos la vuestra.

—No sé qué quieres decir con eso, Loreto —responde Amina un poco desconcertada por el ataque repentino de la ejecutiva—, yo soy respetuosa con todas las culturas.

—Tú sí, Amina —apunta Mikele—, pero ella no. Loreto es el típico ejemplo de persona que se siente amenazada por los que vienen de otro lugar.

—¡Qué tonterías dices! Mi novio es rumano, querido.

—¿Y es pobre? ¿Tu novio es un rumano pobre que se parte la espalda trabajando de albañil? Dime, dime.

—No. Mi novio es empresario, pero extranjero.

—No, no, se formula al revés: «Mi novio es extranjero, pero no es pobre.» Te tengo calada desde el minuto uno, reina del IBEX, se te ve venir de lejos...

—¡Oye, ya está bien, yo no tengo por qué aguantar esta falta de respeto constante!

—Amina tampoco, *capicci?* Tú has iniciado esta discusión respondiendo por ella, porque te consideras superior y porque tienes más prejuicios en tu cabeza que wasaps en el *smartphone*.

Mayte, que hasta el momento ha dejado, intencionadamente, que transcurra con libertad la discusión entre los dos alumnos, decide intervenir ante la subida de tono de esta.

—Mikele, Loreto, os pido, por favor, que seáis moderados. Cada uno es muy libre de pensar lo que quiera y de expresar lo que decida, pero siempre desde el respeto al resto de los miembros del grupo. No puedo consentir que rocéis el insulto en vuestro intercambio de opiniones. Y no creo que Amina se merezca esta escena en torno a sus creencias, a su modo de pensar o de vivir. ¡Habláis de ella como si no estuviera aquí!

—No te preocupes, Mayte, no estoy molesta en absoluto —interviene Amina—. Estoy acostumbrada a asistir a este tipo de debates y, en ocasiones, son mucho más encendidos que este, te lo aseguro. No estoy de acuerdo ni mucho menos con tu punto de vista, Loreto, sin embargo, valoro tu sinceridad para expresar tu desconfianza abiertamente, otros no lo harían nunca en mi presencia, pero piensan lo mismo que tú. Y también valoro que tú, Mikele, te hayas sentido empujado a reaccionar ante algo que te parece injusto, aunque no vaya contigo. Los dos sabemos que no es lo mismo ser migrante italiano que marroquí...

—En efecto, nada que ver. Yo no he sufrido el rechazo que, seguramente, has sufrido y sufres tú por parte de ciertas personas —dice, mirando de reojo a Loreto.

—Me gustaría añadir algo, si me permites, Mayte.

—Por supuesto, adelante, Amina.

—Yo pienso que los individuos somos solo eso, individuos. En esta cocina estamos ahora mismo ocho personas con vidas muy diferentes, como vamos conociendo..., y en este momento puntual nos une el afán por aprender a cocinar, pero por encima de eso nos unen muchas otras cuestiones. Cierto es que habrá algunas que nos separan pero, en esencia, no somos más que miembros de la misma especie que condicionados por el lugar en el que nacimos, por el peso de nuestra cultura y por las circunstancias particulares en las que ha vivido cada uno de nosotros nos hemos convertido en seres únicos.

—Total, total, muy a favor de eso que dices —interrumpe Rafa.

—Sin embargo, si nos estrelláramos un día en el mismo vuelo —prosigue Amina— y sobreviviéramos juntos en una isla desierta como en aquella serie de televisión, *Lost*, seguramente encontraríamos algunos elementos comunes con aquellos a los que nunca habríamos elegido como vecino de asiento en la vida y, asimismo, diferencias con los que, en principio, piensan muy parecido a nosotros.

—Ese planteamiento es totalmente verosímil y muy inteligente —apunta Mayte—, continúa, por favor.

—Francamente, yo creo que, con lo corta que es la vida, perdemos demasiado tiempo en buscar la diferencia con el resto y le concedemos muy poco a tratar de encontrar lo que nos acerca. Esa es mi humilde opinión.

—¡Madre mía, madre mía, Amina! ¡Tú tendrías que ser primera ministra de Nueva Zelanda o algo así! —dice Rafa, pletórico de entusiasmo—. ¡Eres una lideresa total! ¡Bravo!

Mayte observa, sin perder detalle, los gestos de cada uno de los alumnos tras la exposición de Amina: Loreto escucha muy seria, aunque no parece conmovida; Elvira aprieta la mano de su amiga en un gesto cálido de cariño y reconocimiento; Luz mira con ternura a Mikele, por primera vez, el que suele ejercer de cínico y socarrón tiene los ojos brillantes de emoción, y Arturo, por su parte, sonríe con bonhomía, como el padre que siente el orgullo de que sus hijos se reconcilien tras un enfrentamiento. Y tras un corto silencio grupal, Mayte toma la palabra:

—¿Sabéis? En la casa de mis padres, en la que yo crecí, la cocina era el centro de debate de la familia. Mis hermanos y yo lo llamábamos la cumbre del G6, porque la formábamos nosotros tres, nuestros padres y la abuela materna. Los asuntos más importantes y decisivos siempre acabábamos discutiéndolos allí, mientras en la sartén pochaban la cebolla y el pimiento... En ocasiones, cuando las discusiones subían de tono, el clima familiar hervía con más ardor que el caldo que se estaba haciendo en el fuego. Muchas veces salí desolada de aquellas discusiones y otras, reconfortada tras el cónclave.

»Después de que muriera mamá, la última moradora de aquella casa, mis hermanos y yo fuimos a vaciarla para ponerla a la venta. El desenlace había sido esperado e incluso querido, porque la enfermedad de mamá se había convertido en algo insoportablemente doloroso en la última etapa; además, ya habían transcurrido varios meses desde su fallecimiento, así que aquella visita fue bastante tranquila, dentro de la emoción lógica que provoca la nostalgia.

»Todos nos mantuvimos serenos, recordando juntos, a veces riendo en la evocación de alguna escena pasada, pero ¿sabéis cuándo rompimos a llorar los tres hermanos a la vez, como si lo hubiéramos premeditado? Al poner el pie en aquella cocina, aquel habitáculo que en otro tiempo estuvo lleno de familia, de vida, de energía y de emociones, estaba ahora tomado por un silencio sórdido. —Mayte carraspea para disimular su voz quebrada por el recuerdo, se sobrepone y continúa—: Lo que trato de transmitiros es que esto que ha sucedido entre vosotros hace un momento, es algo saludable a pesar del desacuerdo, porque demuestra que habéis traído vuestras emociones al curso, que no estáis impostados, disimulando, desvinculados de todo lo que no sea cocinar... Habéis llenado mi cocina de vida, de energía.

Arturo brinda a Mayte un gesto de complicidad que podría traducirse en «¿Lo ves, profesora? Sí te entendieron los chicos, supiste comunicar lo que pretendías con este curso».

—En cuanto a Mikele y Loreto —añade Mayte—, yo no os voy a pedir que os entendáis, que os pongáis de acuerdo ni que os gustéis. Sois muy libres de no soportaros, faltaría más, pero sí os tengo que exigir respeto mutuo y que evitéis entrar en el territorio de la descalificación. Es algo que habéis de hacer por vosotros y por el resto del grupo. Espero que no me obliguéis a tener que repetirlo, por favor.

Los aludidos asienten con seriedad, en señal de haber entendido el mensaje y de aceptación del compromiso. Una vez más, Arturo, quiebra la tensión.

—¡Bueno, vamos a brindar, ¿no?! Es la mejor manera de poner el broche a un momento importante —dice, mientras sirve vino en la copa de Amina.

Hay combinaciones imposibles y posturas que jamás llegan a acercarse. La concordia, la mayoría de las veces, no se produce a través del pleno entendimiento, sino que se conforma con la simple aceptación de que hay quien nunca pensará como tú y, a pesar de ello, en ciertos momentos, te verás obligado a compartir el mismo espacio. Quizá la concordia no sea más que el pequeño esfuerzo que hacen dos partes enfrentadas para evitar la colisión.

Tras la tormenta desatada en la cocina de Mayte, todos se miran a los ojos al chocar sus copas, todos menos Mikele y Loreto, que evitan juntar las suyas.

9

Hay ciertos elementos que contribuyen a generar un determinado clima. Al igual que el fuego de una chimenea convierte una estancia fría en cálida, no solo en el sentido literal, la música, la buena comida y el vino ejercen ese extraño poder en las reuniones sociales.

Una copa de vino marida de manera extraordinaria con esos momentos placenteros en los que la prisa no tiene hueco, en los no hay nada más urgente ni importante que saborear el tiempo. Y charlamos sobre lo superficial o sobre lo profundo. O nos da por explicar, con toda claridad, algo que en otro ambiente nos costaría transmitir y, a veces, hasta confesamos lo inconfesable, mientras sostenemos ese tallo de vidrio al que nos aferramos como si fuera él quien nos sujeta a nosotros, como si un elemento tan frágil pudiera salvarnos de nuestra propia vulnerabilidad.

El vino de Mayte se ha convertido en el protagonista de esa improvisada fiesta en la cocina, que comenzó con risas y atravesó la tensión para desembocar en la reflexión y el sosiego.

—Mayte, qué rico es este vino —apunta Luz—. ¿Me dejas ver la etiqueta? «Forlong»... curioso nombre.

—Las bodegas están en una finca que se llama El olivar de Forlón. Sus propietarios usaron esa denominación y le añadieron la g final con la intención de que su proyecto tuviera larga vida. Era una manera de resumir la expresión inglesa *«for a long time»*.

—¡Qué chulada! —comenta Rafa.

—Y, fijaos, cuando Rocío Áspera y Alejandro Narváez, los nuevos propietarios, bucearon en la historia del nombre de la finca con la ayuda del historiador Javier Maldonado Rosso, descubrieron que procedía del apellido de un comerciante inglés del siglo XVIII, Pedro Furlong. Es decir, buscando un juego de palabras para crear un concepto, se acercaron sin saberlo al apellido original.

»Entre las uvas que cultivan está la tintilla de Rota, una especie autóctona que estuvo a punto de desaparecer y que, desde hace unos años, algunos románticos como ellos están recuperando para sus vinos.

—Pues voy a buscar el Forlong en Madrid. *Amore*, haz una foto de la botella con tu móvil, que luego se me olvidará el nombre... He dejado el mío en la habitación.

—Yo lo descubrí hace cuatro años en El Arriate, el restaurante de unos amigos en El Puerto de Santa María, que os recomiendo vivamente. Cocina con alma, no os digo más. Estas bodegas de las que os hablo están también allí.

—¡Huy, al ladito de mi pueblo, «Jerez de la Frontera, donde se comen las papas enteras»!

—¿Jerez es un pueblo, Rafa? Yo creía que era una ciudad.

—Sí, sí, es una ciudad, Amina, pero para mí es «mi pueblo». Además, en realidad, tiene esa mezcla divina entre ciudad y pueblo que resulta perfecta para ser feliz. Cuánto la echo de menos...

—¿Hace mucho que no vas por allí? —pregunta Arturo.

—Dos años, desde que la abuela enfermó...

—¿Tu abuela es la que hace la berza que quieres que preparemos? —Por primera vez, Elvira interviene de manera voluntaria, sin ponerse como un tomate en esta ocasión, tal vez el vino la ha ayudado a vencer, momentáneamente, su timidez.

—Sí, mi abuela paterna, Dolores. —Rafa rompe a llorar al pronunciar su nombre—. El amor de mi vida.

—Yo tenía pensado que hiciéramos ahora tu plato, pero si prefieres que esperemos un poco... —Mayte se compadece de Rafa al verlo tan emocionado—. Podemos adelantar la receta de Loreto, sin problema.

—¡No, no, tranquila! ¡Hagamos la berza! No os preocupéis, yo lloro con mucha facilidad. Desde que salí del armario he decidido no ocultar ninguna emoción, soy transparente como un gin-tonic recién servido.

»Mira, profe, yo he venido aquí porque tengo un episodio sentimental que quiero resolver, y creo que el camino para hacerlo es la comida. Cuando vi el título de este curso no tuve duda. Si en una cocina emocional no logro deshacer este nudo, yo ya no sé...

—¿Y qué te induce a pensar que la cocina puede ser la herramienta que necesitas para resolver lo que te preocupa? —pregunta Mayte.

—A ver, yo me he apuntado a este curso porque quiero conectar con mi abuela. No, no es un rollo güija ni nada por el estilo; mi abuela vive, bueno, algo así, digamos que respira, come, duerme, se pinta los labios..., pero no es consciente de su realidad, ni recuerda ni reconoce a los suyos.

»Miento, a mí sí, a mí sí me reconoce, aunque no recuerde quién soy..., porque cuando voy a verla tiembla como una hoja, sonríe y da pataditas en el suelo, sentada en la butaca de la residencia, como si estuviera taconeando en la Feria del Caballo.

HISTORIA DE UNA BERZA

Hasta hace poco vivíamos juntos, compartíamos piso en Madrid, como dos estudiantes. Cuando la abuela empezó a sentirse un poquillo torpe con las piernas, en Jerez estaba demasiado sola y demasiado lejos, así que decidimos que se viniera a Madrid conmigo. Ella siempre se ha entendido con su nieto Rafaelillo mejor que con su hijo Ramón, y a mí me sucede lo mismo; siempre he conectado mucho mejor con mi abuela que con mi padre. Pero de eso ya hablaremos después.

Lo que ha pasado es que su deterioro cognitivo es incompatible con mi vida azarosa e inestable, así que, hace dos meses, mi padre, su único hijo, decidió ingresarla en una residencia y yo no pude hacer nada para evitarlo. Sé que es el sitio en el que mejor la cuidan, pero...

El día en el que la llevamos a la residencia

para dejarla allí, fue uno de los más tristes de mi vida. Papá entró en el despacho de la directora a hacer el papeleo y ella y yo, después de colocar su ropa en el armario de la que sería su nueva habitación, caminamos juntos por el jardín hasta que llegó la hora de la cena y una cuidadora se hizo cargo de ella. Al ver cómo me miraba, tan extrañada al verme marchar, sentí que la abandonaba, que la dejaba en manos de unos extraños, a ella, que siempre me había cuidado a mí.

A veces, hacer lo correcto no está exento de dolor, pero cambiar la realidad es un superpoder del que carecemos los humanos, el único puto superpoder que, de verdad, resultaría útil para soportar algunos episodios terribles de la vida.

La primera señal de que las cosas no iban bien sucedió al mediodía de un mes de febrero. Yo llegaba de la facultad, rendido después de un examen, llamé al timbre como siempre y la abuela me dijo con el ojo puesto en la mirilla que no me abría porque, según ella, «ya le habían leído el gas».

Aquella fue la primera vez en que, por un momento, mi Dolores no supo que yo era yo, pensó que Rafaelillo, su nieto del alma, era un operario de Gas Natural. Era una pista inequívoca de que la enfermedad había empezado a ocupar el espacio en el que antes habitaba su memoria.

Mi abuela tiene Alzheimer. Ay, perdonad si os lo cuento un poco atropelladamente, es que yo todo lo hago así...

—Lo estás contando muy bien —lo anima Mayte—. Continúa, por favor.

Es que mi Dolores y yo siempre hemos sido una pareja inseparable. Al divorciarse mis padres, cuando yo tenía diez años, me fui a vivir a la casa de los abuelos.

Mi madre estaba llena de rencor por la traición de mi padre, por su infidelidad de largo tiempo conocida por todo Jerez, menos por ella. Estaba tan rabiosa con la vida que no me soportaba.

Por lo que respecta a mi padre, la comunicación era nula, siempre lo había sido, él casi nunca estaba en casa y cuando estaba, no estaba. Jamás sentí ese vínculo emocional paternal que veía en mis amigos del cole.

El único acuerdo que los que me trajeron al mundo, aún no sé bien por qué, alcanzaron en su separación fue el de darse patadas en mi culo para hacerse daño mutuamente. Yo empecé a tener problemas de comportamiento en el colegio y un insomnio poco propio de un niño de mi edad, así que mi abuela se hartó de la situación y les propuso que me dejaran irme a vivir con el abuelo y ella.

Ambos aceptaron, con tal de librarse de mí, y yo resulté el mayor beneficiado de esa decisión. Dejé mi piso de urbanización pija con piscina en Álvaro Domecq, para irme a la casita baja con verja y patio lleno de plantas de los abuelos en el barrio de Santiago.

Cambié un infierno por un palacio. La casa en la que había vivido hasta entonces nunca fue un hogar confortable, siempre estuvo decorado con lámparas horrendas, cortinas cursis, broncas tremendas y malos rollos. No recuerdo un solo momento feliz en la vida con mis padres.

La casa de los abuelos era todo lo contrario; la alegría combinada con la tranquilidad, el calor familiar, los pañitos de ganchillo que hacía la abuela a la hora en la que el abuelo sesteaba, los barriles viejos de vino («botas», decimos allí) y comida rica. Me ha recordado a lo que has contado, Amina, de la casa de tu abuelita, yo siempre me sentí a salvo con mi Dolores.

Mi abuela es una guapa jerezana «tan guapa que las estatuas se daban la vuelta *pa* mirarla, *quillo*», solía decir el abuelo Manuel, gaditano y loco por ella hasta el último aliento.

Guapa y coqueta. Cuántas veces me contaba, orgullosa, que de jovencita, cuando atravesaba la calle Larga con Esperanza, su hermana mayor, los hombres tiraban los sombreros al suelo. Ese gesto, acompañado de un «olé las guapas», era una manera simbólica de expresarles lo mucho que les impresionaba su belleza.

Los abuelos se enamoraron en los años cincuenta, siendo ambos muy jóvenes, se conocieron en la fiesta del mosto en Jerez comiendo ajo campero y cantando por bulerías, lo suyo fue amor a primera vista, bueno, a primera mirada, porque dice mi Dolores que el abuelo se la comía con los ojos cuando la veía bailar.

Así que comenzaron su noviazgo y como el abuelo quería estar cerca de ella, pidió trabajo en una de las muchas bodegas que constituían el tejido industrial de la ciudad y encontró una habitación cerca de la calle Clavel para compartir con dos compañeros de faena. Así evitaba tener que ir y venir a Cádiz a diario. La sirena que llamaba a los trabajadores a acudir a sus puestos en la bodega, se convirtió en su canción de amor.

No dejaron pasar ni un año desde su primer encuentro, cuando decidieron casarse, la espera se les hacía muy larga, querían vivir juntos ya y tener muchos niños.

Su madre, mi bisabuela, le dio a su hija como regalo de bodas —con mucho esfuerzo, porque en su familia tenían cuatro perras, como decía mi Dolores— una cucharita de plata con las iniciales de los dos grabadas: «Para que recuerdes qué es eso del matrimonio, comerse la vida entre dos. Y hay que elegir bien, *hiha* porque con la cuchara que elijas vas a comer toda la vida.»

La abuela no tardó en quedarse embarazada, tenían largo camino por delante para formar una familia numerosa, de esas que no caben en las fotos. Pero en el parto de mi padre surgieron muchas complicaciones y a los pocos meses, cuando pasó la cuarentena, los médicos decidieron que lo mejor era someterla a una histerectomía. «Me dejaron hueca como la cáscara de un piñón», decía ella con su inconfundible sentido del humor. La abuela no pudo tener más hijos, con mi padre se rompió el molde, nunca mejor dicho...

Su proyecto frustrado de familia numerosa no le restó un ápice de pasión a su historia. Era tan grande el amor entre los abuelos, tan imponente la pareja que formaban, que en su barrio los llamaban con guasa «Los amantes de Jerez, guapa ella y guapo él».

Un día, en plena Semana Santa, cuando yo ya vivía con ellos, estábamos preparados para ir a ver salir al Prendi de la iglesia de Santiago...

—¿El «Prendi»? —interrumpe Arturo con curiosidad...

El paso del Prendimiento. Allí lo llamamos el Prendi, hay confianza con el Cristo de nuestro barrio, Arturo.

Pues eso, que estaba la abuela vistiéndose para ir a la procesión y yo viendo la tele en el salón. El abuelo, como siempre, dormitaba en la butaca, esperando a que la bella Dolores terminara de arreglarse.

De lo que sucedió después, guardo en la memoria una sucesión de imágenes tremendas, como en un tráiler: la abuela diciéndole al abuelo que se espabilara que no llegábamos, la abuela gritando y él que no despertaba, yo corriendo y sin parar de llorar hasta casa de Juana, la vecina. La Juana gritando por el teléfono que vinieran ya. Dos hombres intentando reanimar al abuelo y acoplándolo en una camilla. La abuela llorando desesperada en la puerta, intentando zafarse de Juana, que la abrazaba y trataba de calmarla, y la ambulancia que se llevaba para siempre al abuelo de su casa. El abuelo Manuel murió antes de llegar al hospital, fue un infarto cerebral fulminante.

La abuela y yo emprendimos nuestra nueva vida solos, con el dolor amortiguado por un intercambio de apoyos para superar la inmensa tristeza que nos había dejado el abuelo como último legado. Ella me daba su calor, su arrullo, su protección, y yo me esforzaba por ayudarla en todo: la acompañaba a la compra, a misa, la ayudaba a limpiar y, sobre todo, le brindaba esa alegría infantil capaz de sobreponerse a la dureza más extrema por pura supervivencia. Nos convertimos en una pareja inseparable, los nuevos amantes de Jerez, abuela ella, nieto él.

Cuando me decidí a dejar de ocultarle al mundo que era homosexual, hecho que mi padre todavía no termina de digerir, la abuela fue la primera en saberlo o, mejor dicho, en oírlo de mi boca, porque ella ya lo sabía.

A pesar de nuestra complicidad, teniendo en cuenta la generación a la que pertenecía, sus creencias y, sobre todo, que vivía en una ciudad pequeña en la que también habitaban los prejuicios y las convenciones sociales, yo esperaba una respuesta totalmente diferente de la que me dio mi Dolores: «Vaya novedad, Rafaelillo, *hiho*, a ver si te crees que tu abuela es tonta. Mira, hasta en eso has salido a mí, a los dos nos gustan los hombres. Bueno, a mí solo me gustó uno, tu abuelo Manuel. Busca una buena cucharita, a ver si tienes tanta suerte como yo», y siguió pelando habichuelas verdes...

En las noches de verano, en el patio, junto a la buganvilla y el limonero, yo siempre le pedía a la abuela que me contara historias de su infancia. Lo habría dado todo por conocerla en aquellos años, cuando bailaba en la calle con sus amigas, por poder jugar con esa niña que seguía viviendo en sus ojos.

Y me quedaba embelesado con su manera de relatarlo todo, lo triste, lo divertido. La abuela podía hacerte llorar y, al minuto siguiente, reír a carcajadas. Era una tragicómica nata, habría triunfado en el teatro, pero la vida la llevó a amueblar con amor, humor y alegría aquella casa jerezana, hoy morada por Ann y Hubert, dos encantadores belgas que se enamoraron del flamenco y del talento natural y callejero que palpita en los rincones de esa ciudad, y la compraron.

Ahora la abuela vive en la residencia y yo voy a verla cada día. Siempre que llego, ella está en la puerta, arregladita como para ir a ver al Prendi. Y no, no me espera a mí, espera a su Manuel. Su pérdida de memoria la ha dejado clavada en un instante preciso, aquel en el que el amor de su vida salió de casa dentro de una ambulancia y nunca más regresó.

A veces, cuando llego, ella no quiere venir conmigo a pasear por el jardín, ni quiere entrar al comedor cuando llega la hora de comer: «No puedo moverme de la puerta, estoy esperando a Manuel, ya está al llegar.» Entonces tengo que convencerla de que el abuelo me llamará al móvil cuando llegue, o de que me ha llamado y me ha dicho que lo esperemos en el jardín, o de que tiene que comer rápidamente porque Manuel ya viene comido de la bodega y luego quiere que ella lo acompañe a unos recados.

Un día, otra residente con más memoria pero menos empatía se acercó a la puerta en la que la abuela esperaba a su Manuel como cada día, repeinada con su pasador de carey, perfumada de Agua de Sevilla y con los labios pintados de color geranio, y le dijo que su marido no iba a venir porque estaba muerto.

Aquella fue la crisis más grave de la abuela en toda su estancia en la residencia, los médicos tuvieron que tratar de urgencia su violento ataque de ansiedad y los cuidadores, tratar de convencerla de que su compañera estaba equivocada, que Manuel vendría más tarde, como siempre. Como nunca, en realidad...

A Rafa se le vuelven a escapar las lágrimas y contagia de emoción a todos sus compañeros de cocina. Coge una servilleta de papel de la encimera, se seca los ojos, se suena los mocos y continúa intentando mantener el tipo.

Una mañana, escuché en la radio que en algún centro de día habían comprobado el poder que ejercía la comida con los enfermos de Alzheimer. Cuando llegaban a casa y sus familias les preguntaban qué habían hecho en el centro, no recordaban si habían jugado con fichas de colores, si habían hecho gimnasia o dibujado letras en un papel, pero muchos de ellos podían describir con todo detalle el menú que habían degustado. La comida los vinculaba levemente con la realidad y, por un momento, les devolvía la conciencia de dónde estaban, de quiénes eran.

Por eso quiero aprender a hacer la berza de mi abuela, para llevársela a la residencia y dársela a probar con su cucharita de plata, para intentar que, a través de ese sabor, recupere algunos recuerdos perdidos. Para volver a sentir que, al menos por un momento, no tiene duda de que yo soy su Rafaelillo, su nieto, el otro amor de su vida.

El silencio que se produce en la cocina al acabar el relato de Rafa no es tenso sino emocionante. El jerezano, hasta ahora la alegría, el cascabel del grupo, como en alguna ocasión lo ha llamado Arturo, acaba por seducir del todo a sus compañeros cuando muestra también su cara más profunda y emotiva.

Mayte retoma el timón.

—Pues hagamos esa berza jerezana con mucho amor, si no, no creo que podamos acercarnos a la que hacía tu Dolores. Por cierto, he buscado mucho en Internet para encontrar una que sea auténtica, como no me la enviaste... No la tenías, ¿verdad?

—Sí, sí. La tengo aquí, ¿no te dije en el correo que la traería conmigo? Ay, estoy fatal de la cabeza... Mira, Mayte, es esta.

Rafa despliega un papel amarilleado por el tiempo y lleno de churretes que delatan el paso del documento por la cocina en alguna ocasión, tal vez para consultar alguna duda o como préstamo a alguna vecina... Escrita a mano, en una letra perfecta de esas que solo se consiguen a fuerza de practicar mucho la caligrafía, allí está, a salvo de la pérdida de la memoria «la berza de Dolores».

Berza
jerezana

Ingredientes

½ kg de garbanzos pedrosillano

½ kg de alubias blancas o habichuelas

½ kg de acelga

½ kg de apio

750 g de cabeza de lomo

500 g de costillas de cerdo

300 g de tocino de papada de cerdo

300 g de chorizo fresco

300 g de morcilla

½ cucharada de pimentón de La Vera dulce
y ½ cucharada de pimentón de La Vera picante

1 cucharada de manteca colará

5 dientes de ajo

sal

2 cucharaditas pequeñas de comino en semillas

aceite de oliva

1 hoja de laurel

Berza jerezana

Si hay algo que me gusta cocinar son las recetas de fuego lento, esas que implican dedicación en horas de preparación y cocción.

Son como rituales de amor y cariño que casi siempre están encarnados por nuestras abuelas y madres.

Mientras eres pequeño correteas, dibujas, saltas a la comba, haces las tareas, y cuando ya estás aburrido de hacer cosas, tu bendita madre y abuela siguen allí trajinando para transformar todos los ingredientes de la receta elegida en un verdadero plato lleno de sustancia, aromas y sabor sin igual.

También siento debilidad por las recetas que surgieron como «comida de pobres o de gente trabajadora», que, a base de dedicación y mimo a través de la cocina, lograban que ingredientes muy sencillos, básicos o casi de descarte fueran no solo comestibles sino, en muchos casos, auténticas delicias.

Me encanta esta receta de Dolores, porque para mí es importante transmitir esas elaboraciones que tienen un mensaje de «escasez» que hacen referencia a tiempos que fueron muy duros para nuestros abuelos o padres, o que son la realidad actual de millones de personas de otros lugares del mundo que están padeciendo hambre o tienen serias dificultades hasta para tener una dieta deficiente.

Es la manera que tengo como cocinera y estudiosa de historias de la gastronomía que trascienden lo culinario, para transmitir mensajes que nos sirvan de alerta y conciencia en un mundo que cultiva el consumo desmedido, que descarta alimentos de manera irresponsable, sin la menor culpa a nivel social ni de conciencia medioambiental o sostenibilidad que generan.

Personalmente, trato de hacer todos los pequeños y humildes gestos que sean posibles para aminorar el impacto que tiene la producción perversa de alimentos de hoy en día, con su despilfarro, su mala distribución a nivel mundial y sus consecuencias en el acceso a la comida a la que todos tenemos derecho. Acciones como reciclar adecuadamente, protestar por el abuso de los plásticos en el embalaje de los alimentos o consumir productos de proximidad y temporada para reducir la huella de carbono están logrando avances poco a poco a base de actos individuales... siempre los de abajo teniendo que generar el cambio, ¿no os parece? Esto daría para profundizar en el tema en otro seminario de «cocina social y sostenible», por ejemplo.

Uf, me he venido arriba con mi rollo comprometido y estoy viendo cómo se están entristeciendo vuestros semblantes por momentos.

Os pido disculpas, no quiero generaros «otro cargo de conciencia más», pero es verdad que este asunto me preocupa muchísimo.

Esbocemos una sonrisa, que se van haciendo pequeños avances, y volvamos a la receta «con mensaje» que nos ha traído vuestro compañero.

La berza jerezana, tradicionalmente berza gitana, es

uno de los muchos potajes u ollas de la cocina tradicional española. Hay referencias a ella que la citan en libros gastronómicos hace más de doscientos años, como te decía antes, Rafa.

Es una receta muy particular porque mezcla garbanzos con alubias blancas o habichuelas. Tiene una preparación un tanto «barroca», se podría decir, por la cantidad de ingredientes que combina.

Su resultado estelar siempre depende de la calidad y frescura de sus ingredientes. En especial os recuerdo que miréis la fecha de producción de las legumbres, que muchas veces llevan años empaquetadas o en nuestra alacena.

Es muy típica de Jerez, de ahí le viene el nombre, y nació como preparación gitana pero se fue haciendo tan popular que podemos encontrar berza en todos los rincones de la provincia gaditana, con las particularidades que se diferencian de familia en familia.

Hay cuatro variantes de este plato: de tagarninas y cardillos; de apios y tallos de acelgas; de coles y calabaza, y de habas y chícharos o guisantes. Cada una se hace según la temporada de dichos productos en el mercado o por preferencia particular.

También puede hacerse una combinación de carnes de ternera o de cerdo según los gustos. Suele utilizarse el cerdo para la elaborada con acelgas, y la ternera para la que lleve judías verdes y calabaza.

¿Alguno de vosotros desconocía, como yo, las tagarninas? Son los cardillos silvestres que se recogen del campo como los espárragos, que también nacen espontáneos. Aquí tenemos un ejemplo de esos vegetales que se empezaron a consumir en tiempos de mucha escasez, como la guerra civil o la posguerra. Hoy por hoy, se ha popularizado y su consumo no tiene que ver con el poder adquisitivo, aunque hay que reconocer que muchas familias con pocos recursos las juntan y las venden de enero a marzo. Se pueden conseguir peladas y sin pelar.

Yo os recomiendo comprarlas peladas, pero si os animáis a pelarlas, hacedlo siempre con guantes, porque realmente son agresivas con sus espinas.

Descartada su armadura espinosa, su interior nos regala un producto con muy buenas propiedades para la salud porque son diuréticas, su consumo ayuda a la protección del hígado y tiene inulina, que es el azúcar natural ideal para personas que sufren diabetes. ¿Quién lo diría de la sencilla tagarnina? Menuda generosidad...

Pero hoy, como habéis visto en la receta de Dolores, haremos la variante de apio y acelgas, que es la que tantas veces ha comido Rafa en casa.

Como toda preparación con legumbres, tenemos que activarlas con un remojo desde la noche anterior o como mínimo unas doce horas.

¡Atención, queridos míos! Los garbanzos se han de poner en remojo en agua caliente o tibia y las alubias, en agua fría. Esto es norma para cualquier receta que queráis hacer.

Si por alguna de esas casualidades de la vida os habéis olvidado de dejar los garbanzos y alubias blancas en remojo, aquí va un truco: podéis hidratarlos con la ayuda del microondas. Sí, dije microondas..., ¡no pongáis esa cara de desconfianza!

Este método lo aprendí hace poco: cubrimos las legumbres con suficiente agua hasta sobrepasar en dos o tres dedos al menos el volumen de legumbre, lo metemos en el microondas a máxima potencia, durante ocho minutos, aproximadamente, y listo, nuestro plan de berza jerezana puede seguir en pie.

En cualquiera de los casos, descartamos el agua de hidratación para la cocción posterior. Hay colegas que aconsejan poner un poquito de bicarbonato en el agua de hidratación para suavizar la textura de la piel y evitar las consecuencias explosivas del consumo de este tipo de producto... Ya sabéis a lo que me refiero, ¿no?... Sí, sí, a los flatos, más conocidos como «pedos», je,je. Son los daños colaterales del disfrute de las legumbres...

Cogemos una perola grande de hierro fundido o de barro, con esto estamos haciendo una verdadera declaración de intenciones, ya que estaremos tres horas más o menos cocinando a fuego lento nuestra berza. Se pueden interpretar como una tortura para los sentidos esas largas horas de espera ante provocadores aromas que nos hacen salivar a medida que pasan los minutos, o como ese tesoro largamente deseado que cuanto más chup-chup haga, mejor que mejor.

Ponemos las alubias con agua fría. Cuando empiecen a hervir espumamos, o sea, sacamos impurezas de nuestra elaboración. Este paso tiene también su vital importancia, así que sed cuidadosos.

En este punto, añadimos los garbanzos y, de esta manera, «asustamos» las alubias rebajando la temperatura del agua para ayudar a que no se rompa la piel de estas. Aquí cocemos a fuego fuerte, y cuando vuelva a romper el hervor ya empezamos esa larga cocción, a fuego bajo, de la que os había hablado, pero no os preocupéis, que estaremos entretenidos.

Mientras tanto, lavamos concienzudamente las acelgas y la planta de apio. Cogemos las acelgas primero y le retiramos la parte verde, dejando solo los tallos. La parte verde la guardamos para otra preparación. Esas hojas maravillosas podéis usarlas para un relleno de canelones o una quiche o para hacer unos deliciosos buñuelos, por ejemplo. ¡Recordad: nada se tira, ojito conmigo, que me vuelvo a poner en modo activista!

Los tallos de las acelgas los vamos a pelar un poquito con ayuda de un pelador de patatas, así descartamos la parte más rústica. Los troceamos de manera regular, de unos cuatro o cinco centímetros de largo, y lo mismo haremos con el apio.

Por cierto, hablando de apio, no me canso de recomendar el uso de sus hojas en crudo. Normalmente se tiran, es más, cuando vamos al supermercado a comprarlo, la planta viene sin hojas. Un ejemplo más de la desnaturalización que padecen muchos alimentos por el afán comercial...

Por si lo desconocéis, las hojas de apio se pueden consumir frescas en ensaladas. Están realmente deliciosas, pues aportan un matiz anisado y una textura crujiente, sin igual, a vuestro plato. Una de mis ensaladas preferidas es la que hago con hojas de apio, manzana verde, nueces pecanas y vinagreta de granada. ¡Una pasada!

Ya tenemos las verduras lavadas, peladas y cortadas.

Como veis, los garbanzos y las alubias blancas ya están hirviendo de nuevo y tenéis que volver a espumar con paciencia.

En este punto añadimos lo que formará parte de la

pringá, que son los embutidos y la carne. También incorporamos la manteca colorá, tan típica de Andalucía. Cuando la nombro me vienen a la cabeza los molletes recién tostados con esa película de grasa prodigiosa, roja y brillante, que desayunaba en Sevilla en la casa de mi amiga Reyes.

Bajamos el fuego y cuando hierva, de nuevo, tendremos que volver a espumar.

Entretanto, haremos un sofrito que luego majaremos para darle todo el sabor y potencia a nuestra berza.

Yo siempre aconsejo llevar a fuego los condimentos o especias para multiplicar todo su sabor y que estos realcen el plato en cuestión. Esto no es baladí, no hay color entre poner estos ingredientes en crudo y pasarlos por la lumbre y el aceite de oliva, que todo lo magnifican.

Pelamos los ajos y machamos con el filo del cuchillo cebollero.

En una sartén ponemos un chorro de aceite y, cuando tome temperatura, añadimos los ajos rotos y la hoja de laurel. Esperamos a que se doren, poco a poco, con el fuego bajito. Añadimos los dos pimentones y damos unas vueltas, siempre con atención para que no se queme. Recordad que es muy delicado el uso del pimentón: si lo quemamos, malogramos con un sabor amargo y agrio la preparación.

En el mortero, ponemos la sal, las semillas de comino y la mezcla de los ajos sin la hoja de laurel, que ya dio todo su aroma. Machamos y majamos muy bien hasta obtener una pasta uniforme que, inmediatamente, añadimos a la berza para que vaya nutriendo de sabores las legumbres y las carnes.

Y seguimos la cocción unas dos horas, dejando que la magia del calor vaya haciéndose realidad. Cuando falten cuarenta y cinco minutos añadiremos las verduras, porque no queremos que se deshagan completamente con una cocción excesiva.

Transcurrido este último lapso, llegó el momento de deleitarnos con esta preparación de cuchareo que abriga cualquier estómago o ánimo alicaído. Servido todo junto en una bandeja, o las verduras y legumbres por un lado y la *pringá* por el otro. Os recuerdo que con este simpático nombre, que Rafa habrá pronunciado desde niño, nos referimos a las carnes y embutidos que se pican de manera regular para que a todo el mundo le toque el mismo peso de estos sabores en la ración.

Cada uno elige cómo comerla, eso sí, a mí me gusta maridarla con un buen fino. ¡Ah, y mucho pan de campo para mojar!

Esta es la manera tradicional de hacerla, pero, por supuesto, se puede hacer en la olla exprés para acortar la preparación a cuarenta y cinco minutos o una hora, como máximo.

Si, como Luz, usáis la Crock-Pot, olla de cocción lenta, hay que tener en cuenta una precaución: hay que dar un hervor a las judías o legumbres previamente para eliminar una toxina que se llama fitohemaglutinina o PHA. Esta toxina solo se elimina con cocciones a altas temperaturas. Con unos diez minutos sería suficiente. Descartamos el agua de cocción con todas las impurezas y antinutrientes y ya procedemos a elaborar la receta en la Crock-Pot durante siete u ocho horas.

La preparación de la berza se convierte en uno de los momentos más deliciosos del curso. Es uno de esos guisos que acarician el alma, que tienen calor de abuela. Rafa sueña con el momento en el que se la dé a probar en la residencia a su Dolores, esa mujer que escribió a base de amor la historia de su vida, con algún tachón, como todas, pero con una bellísima e inimitable caligrafía.

10

Cae la noche en la casa de Mayte. Los alumnos han vivido junto a su profesora una jornada intensa de cocina y emociones.

Hay encuentros tan especiales que juegan de un modo curiosamente contradictorio con la sensación temporal de quienes los viven. En pocas horas se agolpan tantos sentimientos que parecen más largos de lo que son en realidad y, al tiempo, pasan volando.

—Bueno, amigos, digo yo que habrá que ir pensando en cenar, ¿no? —sugiere Arturo con su habitual frescura.

—¿Cenar? ¡Pero si llevamos todo el día comiendo! —Loreto responde con ese tono de enfado crónico que suele utilizar para decirlo todo—. ¡Puf! A mí no me cabe ni una aceituna en el estómago.

—Pues yo me he quedado silbando, alhaja; una cosa es catar y otra es comer. ¡Vamos, no me mates!

—Yo estoy de acuerdo contigo, abuelo. Hemos probado muchas cositas, muy ricas todas, pero comer, lo que se dice comer, yo no he comido... ¡A ver si os creéis que este metro noventa se alimenta de aire! —dice Rafa, señalando su cuerpo de arriba abajo.

—La verdad es que yo algo sí me tomaría, aunque solo sea una ensaladita ligera... o un yogur. Y ya os digo yo que Mikele está muerto de hambre, es un saco sin fondo...

—¿Ya estás hablando de mí a mis espaldas, *tesorino*? —El italiano irrumpe en la cocina, tras haber mantenido una conversación telefónica en el jardín.

—Les estaba diciendo que seguramente te has quedado con hambre, aunque hayamos probado un poco de todo, ¿me equivoco?

—*Per favore!* ¡Por supuesto que tengo hambre! Mi vida por una cerveza. ¿Vamos al pueblo a tomar unas tapas?

—No sé, lo que diga Mayte —apunta Amina.

—¿Qué tengo que decir? —La profesora entra desde el porche, después de haberle puesto la cena a Nora, que devora el contenido del cuenco con una concentración a prueba de bomba...

—Estamos hablando de cenar algo.

—Estáis, estáis —aclara Loreto—, yo ya he dicho que no pienso comer nada más, Luz.

—Pues nada, tú no comas, cielo. Pero si el resto se anima... Mikele propone que nos vayamos al pueblo a tomar unas tapas. ¿Crees que a mí me pueden preparar una ensalada en algún bar, Mayte?

—A ver, yo había previsto que cenaríamos, por supuesto, pero aquí.

—¿Aquí? —Mikele tuerce un poco el gesto.

—Bueno, pensé que quizá estaríais cansados y preparé algo de picoteo, de manera que cada uno pueda comer lo que quiera, en función del apetito que tenga...

—Por mí bien —dice Amina.

—De todas formas, si queréis salimos, no hay nada que pueda estropearse si no lo cenamos hoy. Pero, seguramente, en el pueblo estarán todos los bares muy llenos, es fin de semana. Tendremos que intentar hacernos un hueco en alguna barra...

—Huy, pues yo tengo la rabadilla como si me la hubieran majado en el mortero. Tanto rato de pie en la cocina, a mi edad, pasa factura...

—A mí, la verdad, me apetecería más cenar en plan tranquilo que con mucho ruido, no soy muy de bar —confiesa Elvira.

—Con la noche que hace, incluso podemos poner la mesa en el jardín. Tengo estufas de terraza...

—¡Ay, me encanta! Yo nunca he cenado en un jardín tan ideal.

—¡Anda ya, Rafa, no seas zalamero! —dice la profesora, entre risas.

—¡En serio, Mayte! En patios jerezanos he cenado mil veces, en el de la abuela, sobre todo. Y en terrazas de áticos de amigos forrados, en Madrid, también. Pero en un jardín serrano como este, que parece como de peli setentera, nunca jamás. ¡Me chifla!

—Entonces, ¿os apetece el plan?

—A mí sí —dice Amina—, hace una noche divina.

—Nosotros también encantados, ¿verdad, *amore*? —Luz hace de portavoz de la pareja para anticiparse al, más que probable, comentario negativo de su novio, que estaba encaprichado con visitar el pueblo—. Sí, cenamos aquí, tan a gustito.

—Yo con tal de estar con todos vosotros soy capaz de cenar al borde de un acantilado —sentencia Arturo.

—Pues estupendo. Voy a ir preparando las cosillas.

—¿Cómo que «vas»? ¡«Vamos»! Tú organízanos, Mayte, y entre todos montamos la cena en un pispás —propone Luz con diligencia.

—Vale, hay que limpiar un poco la mesa del jardín, siempre le cae alguna hojita del pruno. Ahora os doy un mantel. Si queréis, que unos se encarguen de poner la mesa y el resto se viene conmigo a emplatar el picoteo.

—Yo también ayudo, aunque no vaya a cenar —afirma Loreto con determinación.

—Genial. —Mayte se dirige a ella en tono amable, pero poco efusivo. No quiere mostrarle la gran satisfacción que le produce el primer gesto de acercamiento de Loreto al grupo en todo el día, para evitar que se sienta observada y dé un paso atrás. Sabe que ese pequeñísimo cambio de actitud significa un grandísimo avance, viniendo de ella.

El grupo se divide las tareas y comienza la acción. Mikele, Luz y Rafa montan una coreografía espontánea y ruidosa de ir y venir de la cocina con platos, vasos, cubiertos, servilletas... Arturo corta el pan de pueblo con mimo sobre una tabla, Elvira pica tomate, cebolla y aguacate para hacer una ensalada y Loreto reparte diferentes aceites en platitos pequeños, tal y como le ha indicado Mayte.

La profesora saca una empanada, que estaba perfectamente camuflada bajo un paño de algodón en un rincón de la encimera, la corta en porciones cuadradas y al tiempo le pide a Amina que haga lo mismo con dos tortillas de patata hechas esa misma mañana, antes de la llegada de los alumnos.

Unos tirabeques del pequeño huerto ecológico de Mayte preparados al vapor, un plato de boquerones en vinagre con anchoas y una tabla de quesos, patés y fiambres variados completan el menú que pronto degustarán los miembros del grupo.

Hay ambiente de fiesta durante la actividad grupal de la preparación. La ceremonia previa de cualquier celebración forma parte del ritual y suele guardar tanto encanto como el propio evento, y en muchas ocasiones, más.

Los ocho comensales ya están en la mesa charlando animadamente, pasándose platos de mano en mano y probándolo todo.

—¡Qué ricos los tirabeques, Mayte. Nunca los había comido —dice Luz con entusiasmo.

—Son primos hermanos de los guisantes. También se llaman «bisaltos». A mí me encantan así, al vapor, pero puedes hacerlos a la plancha para acompañar un huevo frito, por ejemplo...

—A ver, profesora, que mi *tesorino* es vegana. A Richard Gere deben de estar pitándole los oídos...

—¡Es verdad, perdona! —se excusa Mayte—. Pues... ¡Puedes usarlos para acompañar otras verduras a la plancha, por ejemplo!

—¡Compro! —dice Luz mientras levanta su copa de vino en señal de aprobación.

—Qué encanto tiene cenar al aire libre, ¿verdad?

En el patio de la casa de *jaddati* solíamos hacerlo en las noches de agosto, bajo unos cielos plagados de estrellas —comenta Amina con aire ensoñador—. El recuerdo del sabor del *Zaaluk*, «el caviar de berenjenas» se mezcla en mi cabeza con el olor del jazmín, que empezaba a florecer. Las noches de verano son tan especiales...

—Ay, sí. A mí me encantaba cuando íbamos al apartamento del hermano de mamá, mi tío Diego, en Palma de Mallorca. ¡Hacía tanto calor que mis primos y yo cenábamos en bañador, en la terraza que daba a la piscina! —dice Luz.

—¿Y qué cenabas tú, *amore*, para haber crecido así de *bellíssima*?

—Pues, mira, entre otras cosas, unos bocadillos de sobrasada que se te caían las lágrimas...

—Hala, *tesorino*, apunta: otra cosita que ya no puedes comer por convertirte al veganismo.

—Calla, pesado. Molaba todo aquellas noches, porque los mayores se quedaban de cháchara hasta las mil y nosotros bajábamos a bañarnos mientras ellos nos echaban un ojo desde arriba.

—¿Os bañabais de noche? —pregunta Elvira, intrigada—. En la urbanización de Torremolinos, donde yo veraneaba, no te dejaban...

—A ver, en teoría no se podía, pero mi tío Diego se pasaba las normas por el forro, y tenía tal encanto que nunca le echaban la bronca los vecinos. No sé cómo lo hacía, pero se los metía a todos en el bolsillo.

—Amelina y yo también solíamos cenar en la terraza de nuestro pisito del barrio de Estrecho al principio de casarnos, solo nos cabían las dos sillas y una mesa pequeña. Luego ya, cuando vino el chico, en esas noches insufribles de calor en Madrid, íbamos a la dehesa de la Villa, con el táper de filetes empanados y pimientos fritos. Nos daban las tantas sentados allí en la hierba..., qué tiempos.

A Arturo se le empaña por primera vez la mirada al recordar aquellas noches de verano. Es el único atisbo de tristeza que ha dejado ver desde que ha llegado a la casa.

—Es que los planes más sencillos son, a veces, los más encantadores, Arturo, los que nunca olvidas. Yo recuerdo, como si fuera hoy, aquellos días de excursión a algún paraje con río, en la Boca del Asno, por ejemplo —rememora Mayte—. Aquellas bolsas de rafia de mamá y las tías llenas de comida casera, las barras de pan asomando, la sandía con la gaseosa dentro del río... y fuera, la familia al completo. Mis primos y yo, con una pelota, teníamos el día hecho. No necesitábamos más.

—En el patio de mi Dolores, las noches de verano sabían a gazpacho, taquitos de atún de almadraba a la plancha y unos boquerones rebozados con harina El Vaporcito, que la abuela doraba en un aceite que parecía oro líquido. A veces venían los vecinos y siempre acababa alguien cantando y dando palmas. En Jerez, quien más quien menos se arranca con arte, hay más talento por metro cuadrado que adoquines.

—¿Y a ti te gustaba cenar al aire libre cuando eras niña, Loreto? —pregunta Mayte, haciendo un nuevo esfuerzo por integrarla en el clima del grupo.

—Bueno..., mis padres solían llevarme a un restaurante muy bonito que tenía un gran jardín, en la carretera de La Coruña. De la comida no recuerdo mucho, la verdad, lo que me gustaba era la gata blanca que vivía en la parte de atrás, junto a la puerta de la cocina. Como yo acababa siempre antes que mis padres, porque nunca he comido mucho, solía ir a buscarla para jugar con ella.

»Una noche, la gata estaba muy bien acompañada, había parido cinco crías, a cuál más bonita. Yo me empeñé en llevarme uno de los gatitos y el encargado del restaurante me dijo que me llevara los que quisiera. Pero mi madre no me dejó: «¡Sí, claro, para que me destroce los muebles con las uñas!» No hubo manera de convencerla: «Ni hablar, no quiero bichos en casa, y menos un gato.» Yo me puse a llorar a todo volumen, monté tal pollo que no volvimos más a ese restaurante. Fin.

—Vaya, lo siento, Loreto —dice Mayte, conmovida por la historia.

—No, no sientas nada, ahora que soy mayor entiendo a mi madre. Si un gato se afila las uñas en mi sofá de cuero, con la pasta que me ha costado, me da un infarto.

—Ya... ¿Y cómo eran esas noches de verano en Italia, Mikele?

—Pues igual. Parecidas a las vuestras... ¿La empanada de qué es?

—De berberechos. —Mayte responde un poco cortada ante la parca respuesta de Mikele a su pregunta.

—Está buenísima. Voy a repetir. Pásame un trocito, *tesorino*.

Mikele finaliza así la evocadora conversación de sus compañeros, evidenciando que no le interesa nada el asunto a tratar. Esta vez Luz no le reprende, solo baja la mirada, traga saliva y contribuye a cambiar de tema...

—Mayte, ¿existen las empanadas veganas?

—Claro. Yo hago una de setas y calabaza exquisita. Ya te daré la receta.

—Y si quieres pintar la masa, ¿cómo lo haces sin utilizar huevo? —pregunta Elvira.

—Con leche de soja —resuelve la profesora.

—Vaya, la cocina es un mundo. Y yo que creía

que sabía cocinar —dice la autora de las croquetas, cada vez más participativa.

La cena transcurre entre conversaciones que saltan de un asunto a otro con la misma naturalidad con la que los integrantes de la mesa pican de los diferentes platos. Incluso Loreto se anima a probar alguna cosa. Cuando empiezan a dar señales de que no pueden comer más, Mayte pregunta por los cafés y las infusiones y, entre todos, recogen la mesa.

A la luz de unas velas que la profesora ha distribuido con gracia sobre la mesa, degustan los cafés, los tés y una selección de chocolates exquisitos que ha traído Arturo como detalle para sus compañeros. Algunos incluso se animan a probar un chupito de licores artesanales que Mayte compra en una bodega del pueblo. La charla, ahora más pausada, continúa:

—¿Cuánto tiempo llevas en esta casa tan bonita, Mayte? —pregunta Rafa.

—El próximo mes hará un año.

—Y antes, ¿dónde vivías? —se interesa Amina.

—En Madrid. En el barrio de los Jerónimos, cerca del Retiro.

—*Madonna!* Una de las zonas más caras. ¡Mira la cocinera, cómo se lo monta! —señala Mikele con descaro.

—Bueno, trabajaba mucho —responde Mayte, como si tratara de justificar la buena posición que le presume el italiano.

—¿Y por qué decidiste venir a vivir aquí? —dice Elvira.

—Pues... me harté de la ciudad. Necesitaba un cambio de vida. Conocí este pueblo por casualidad y me pareció un rincón encantador para trasladarme.

—La verdad es que Madrid se está convirtiendo en un lugar demasiado grande para mí y un poquillo hostil —comenta Arturo—, ya no tiene nada que ver con la ciudad que yo conocí de joven.

—Huy, pues a mí me encanta, hasta el olor del tubo de escape me pone. Mira que mi Jerez es mi Jerez, pero Madrid es un microcosmos que me apasiona...

—Un macrocosmos, querrás decir. Demasiado concurrido para un viejo como yo. Debe de ser que con los años mi ritmo vital ha bajado tanto que no acabo de pillar la melodía estridente de la gran urbe —dice riendo.

—A mí me encantaría jubilarme en una casa junto al mar —comenta Luz con mirada soñadora—. Y pasear por la arena de la playa, con una chaqueta larga de punto en color crema, junto a un perro grande. Y tomar un té negro en mi terraza, viendo el atardecer.

—Claro, en los Hamptons, eso no os lo ha dicho, la zona de vacaciones de los estadounidenses montados en el dólar. Así, en plan escritora de éxito neoyorquina, ¿verdad, *tesorino*?

—Pues sí —reconoce Luz.

—Ella es de gustos sencillos, como podéis observar.

—Es que si uno no sueña, *amore*... La vida ya es lo suficientemente exigente y dura como para impedir que vuele nuestra imaginación.

—Claro que sí, hay que soñar —afirma Amina—. A mí me encantaría jubilarme en la montaña. En un lugar tranquilo y solitario, rodeada de animales: perros, gatos, caballos, gallinas...

—¡La virgen, qué pereza! —exclama Rafa—. Yo solo de pensarlo me vengo abajo. Yo quiero ser un abuelo marchoso, lo mismo me da que sea en Ámsterdam, y estar por allí en bici, que yo he visto abuelos pedaleando, de *coffee shop* en *coffee shop*, que en mi Jerez, trasnochando con flamenco, levantándome tarde y tomando de aperitivo un buen «Palo cortao» y papas «aliñás». Yo de viejo quiero mucha alegría y mucha gente a mi alrededor.

—¿Y tú, Elvira? —pregunta Mayte.

—Pues... nunca lo he pensado, la verdad. Ni siquiera me imagino de mayor. La verdad es que... no soy yo de hacer planes de futuro...

—Quizá sea lo más pragmático, la vida suele hacer los planes por nosotros —asegura Mayte—. ¿Loreto?

—Yo supongo que acabaré como mi madre: merendando en cafeterías monas, yendo al teatro y de museos. Con amigas, por supuesto.

—¿Y tu marido no entra en el plan? —pregunta Arturo.

—Hombre, por estadística, lo más probable es que para el momento del que habláis yo ya esté viuda. Eso si no me he divorciado antes...

—¡*Hiha,* todavía no te has casado y ya estás pensando en el divorcio! ¿Tú qué eres, la Elizabeth Taylor del barrio de Salamanca? —bromea Rafa.

—Mayte, ¿tienes hijos? —pregunta Amina.

—Sí. Una hija.

—¿Y vive aquí cerca?

—No, no... —Mayte hace una pausa de esas que llenan el aire de silencio—. Vive muy lejos.

Antes de que a algún alumno le dé tiempo a intervenir, la profesora corta de manera un tanto abrupta la velada.

—Chicos, si me perdonáis, yo voy a retirarme «a mis aposentos», estoy agotada y mañana nos espera otro largo día de trabajo. Si no os importa, dejad las tazas dentro del lavavajillas y dadle al botón de arranque, ya está todo preparado para el lavado.

Mañana comenzamos a las diez la primera clase. A partir de las ocho y media estará preparado el desayuno, he tenido en cuenta las peticiones que hicisteis en vuestros correos, así que espero que todo sea de vuestro agrado. Ha sido un día maravilloso. Gracias y buenas noches a todos, que descanséis.

Mayte abandona el jardín y entra en la casa, seguida de Nora. Los alumnos se miran entre ellos, un tanto desconcertados por el inesperado fin de fiesta, y es Mikele quien rompe el silencio tenso que ha provocado la despedida repentina de la profesora.

—*Mamma mia!* ¿Ya se va a la cama? ¡Ni que estuviéramos en un monasterio benedictino! Pues yo voy a servirme otro licor de guindas. ¿Alguien quiere?

—No, gracias —responde Amina—, yo me voy a dar un paseíto por fuera de la casa, ¿os apuntáis?

—Sí, yo voy contigo —responde Elvira—. Tengo que bajar la cena. Arturo, ¿te animas?

—No, alhaja, no puedo con mi alma. A estas horas en casa ya estoy con el salto de cama puesto... Disfrutad vosotras, que sois jóvenes, yo voy a ver si leo unos parrafillos antes de dormir.

—¿Qué estás leyendo? —pregunta Luz.

—*Nada*, de Carmen Laforet. Un novelón ambientado en la Barcelona de los años cuarenta. Estoy releyéndola, en realidad. Y, oye, cómo cambian los libros con el paso del tiempo. Bueno, los libros no, el que cambia es uno. Si no la has leído te la recomiendo, es un imprescindible de la literatura española. Lo dicho, jóvenes, ha sido un placer conoceros, que soñéis con los angelitos.

—Yo también os dejo, tengo que hacer un par de llamadas. Hasta mañana —se despide Loreto.

—Pues nada, si deshacéis la reunión, yo me pongo un par de capítulos de mi serie en la cama y chateo un rato. ¡Anda que si os llevo a Ámsterdam cuando me jubile, menudos *mortimers* estáis hechos!

—¡Pareja —dice Arturo desde el porche—, portaos bien, que os dejamos solos! ¡Ojito, que mi ventana da al pruno y os vigilo!

—Tranquilo, Arturo, seremos buenos —dice Luz al tiempo que le guiña un ojo—. Dulces sueños.

Luz y Mikele se quedan solos en el jardín. Él da un trago al licor, con gesto sombrío, y su novia le acaricia la mano y le da un beso en la cara, cargado de cariño. No hacen falta las palabras entre ellos, ambos saben lo que está pasando por la cabeza del alumno italiano en este momento.

El silencio toma de nuevo este lugar, que hasta hace unos minutos albergaba una sinfonía de voces de distintas tonalidades. Y la casa se va iluminando con las lucecitas de las habitaciones que ya han sido ocupadas por sus moradores. Es el final de un día cargado de historias, de reflexiones y de algunas preguntas sin respuesta.

11

Hay una secuencia al inicio del día que no tiene tanta fama como el plano estrella: el amanecer. Sin embargo, es casi tan mágica como este.

Es ese lapso de tiempo en el que el sol ya ha salido de su escondite nocturno y se convierte en el primero de la mañana, pero es débil todavía, como si no se hubiera desperezado del todo...

En las ciudades, aunque muchos habitantes comiencen ya a caminar sus aceras con prisa, las tiendas no han abierto; en los pueblos no se ven todavía niños despistados y lentos, como si la mochila escolar fuera la mano que los empuja por la espalda hacia la obligación; en las urbanizaciones los aspersores no han arrancado a bailar y en la casa de Mayte reina un silencio, casi absoluto, salpicado por el borboteo de la cafetera italiana *in sottofondo*, como solía decir Sara, su amiga italiana.

Mayte disfruta a diario de este momento de sosiego como si se tratara de un tesoro, lo acaricia como si fuera una joya singular, absolutamente diferente del resto de la jornada, aunque, en realidad, todas las horas del día respiran el mismo aire solitario en los últimos tiempos.

Hoy sí tiene motivos para percibir la diferencia, hoy este momento de mágica soledad no precederá a la continuidad de su retiro cotidiano, hoy su casa está llena de gente. Siete extraños que, después de unas horas, ya no se lo parecen.

La noche terminó de un modo ligeramente destemplado por su parte y a Mayte le pesa haber sido tan brusca en su despedida, sus alumnos no se merecían tal desaire. Pero hay algo también de amor propio dentro del arrepentimiento, en el fondo, le irrita haber perdido el control férreo que suele ejercer sobre sí misma en estas ocasiones.

Podría echarle la culpa al vino, pero ni siquiera llegó a terminar la primera y última copa. Podría achacar su falta de delicadeza a la cantidad de emociones que se cocinaron ayer en el interior de ese grupo peculiar. Podría, en definitiva, jugar a perdonarse, pero la autocompasión no está entre los rasgos de su carácter.

Mayte reflexiona mientras distribuye los cubiertos sobre la mesa de la cocina, que ha vestido con un mantel de algodón blanco estampado en flores violetas, turquesas y amarillas. Y cuenta de cabeza: «Ocho cucharillas pequeñas, tenedores, cuchillos sin sierra para untar la mantequilla y pequeñas palas para la mermelada; ocho platos, ocho servilletas, ocho vasos para el zumo y otros tantos para el agua; ocho tazas y algunos cuencos para los que han elegido cereales». Le parece que han pasado siglos desde que preparó por última vez una mesa tan concurrida.

—*Buongiorno principessa!*

Mikele entra en la cocina con el pelo húmedo, aspecto de recién duchado y su inconfundible eco de ironía.

—¿Has dormido bien o sigues «agotada»...?

—Sí, he descansado. —Mayte responde lacónicamente y, a continuación, lanza una carga de profundidad con firmeza, intentando frenar cualquier posible tentación de Mikele para continuar por el camino de la ironía—. Lo necesitaba.

—Claro. —El alumno parece haber entendido el mensaje, así que transforma con rapidez su tono punzante en otro más comprensivo y amable—. El de ayer fue un día muy intenso.

—Sí, intenso, bonito e interesante. ¿Y tú... vosotros, qué tal habéis dormido?

—¡Genial, Mayte, buenos días! —La voz de Luz

podría competir en dulzura y alegría con el trino de los pájaros del jardín. Hay personas que tienen ese don, casi sobrenatural, de estrenar el día con la misma ilusión que un coche nuevo—. ¡Mmm, cómo huele a cafetito!

—¡Qué gusto que te despiertes así de contenta, Luz! Yo no soy capaz de emitir sonidos agradables recién levantada, pertenezco a la tribu de los de «hasta que no me tomo un café, no soy persona» —responde Mayte—. ¿Quieres uno?

—Tranquila, espero a que vengan los demás. ¿Te ayudamos?

—No, gracias, ya está todo listo. Voy a dar de comer a Nora, ella es implacable con el desayuno, cual jubilado en un bufé de hotel —dice, sonriente.

Mayte desaparece de la cocina y Mikele y Luz se abrazan y se susurran al oído, como esos adolescentes que aprovechan la mínima ausencia de los mayores para acariciarse furtivamente. Unos minutos después, entra Nora moviendo la cola, se acerca a la pareja y reclama su ración de cariño, parece que envidie la escena amorosa que tiene lugar en la cocina. La profesora termina de regar los tiestos del alféizar de la ventana trasera y vuelve a reunirse con ellos.

—¡Nora, no seas pesada! —la reprende—. ¡Venga, al jardín, no quiero pelos en la cocina! Es una mimosa de cuidado, chicos, no os dejéis embaucar.

—¡Huy!, pero si a mí me encanta, y ella lo sabe —asegura Luz—. Además, creo que nos huele a perro, como vivimos con Lucas...

—Te olerá a perro a ti, *amore*, yo estoy duchado y recién afeitado, mira qué bien huelo —dice, acercando la cara a la pequeña y perfecta nariz de su novia.

Luz se separa, un poco azorada, dejando claro que no le entusiasma exhibir el tonteo de pareja en público, y cambia de asunto.

—A ver si vienen ya los bellos durmientes...

—Todavía no son las ocho y media —responde la profesora mientras señala un divertido reloj de pared cuya esfera está rodeada con cubiertos de colores, a modo de pétalos—, es que habéis madrugado mucho vosotros dos...

—A mí me ha despertado la ducha de mi querido novio. Se levanta tempranísimo siempre, como si tuviera que abrir la panadería... Y ya no he podido volver a dormirme.

—Hay que aprovechar el día, *tesorino* —afirma Mikele justo antes de darle un beso breve en la boca—. ¡Ya dormiremos cuando estemos muertos!

—¡Qué burro eres, hijo, de verdad! No digas esas cosas ni en broma...

—Hola, buenos días. —Las voces afables de Amina y Elvira suenan casi simultáneamente, y un segundo después se une una tercera más ronca, es la de Rafa, que entra en la cocina arrastrando los pies y con las gafas de sol puestas.

—*Hello, people...* —dice con una desgana inusual en él.

—Mira, hablando de muertos —comenta Mikele—. ¿Qué te ha pasado, Rafa, un camión por encima?

—¡*Quillo*, que no soy yo de madrugar! Debería estar prohibido por la Constitución levantarse antes de las once. Mi tablet por un café...

—Buenos días a todos. —Loreto entra, impecablemente vestida, con maquillaje ligero, el pelo recogido en una coleta y desprendiendo olor a buen perfume, cítrico y fresco. Como colofón a su saludo, una campanada del reloj de pared del salón marca las ocho y media.

—Lo tuyo con la puntualidad es acojonante, *hiha*. Pareces inglesa de la misma Inglaterra...

—Ser impuntual es una falta de respeto a los que te esperan.

—Mujer...

—Es así —se reafirma Loreto—, tu tiempo no vale más que el de los demás.

—Ah, es que yo no me enfado si otros llegan tarde. En Jerez siempre decía: «Me dejo caer a tal hora», y había flexibilidad. Mi amigo Javi lo explica muy bien, él dice: «Yo quedo a una hora y llego un poco más tarde, y como mis amigos también llegan tarde, pues ya nos encontramos.». ¡Tanta prisa *pa* qué!

—Hola, familia, ¿soy el último? —dice Arturo al entrar en la cocina con la misma sonrisa que llevaba dibujada al despedirse la noche anterior. Da la impresión de que al ponerse el pijama olvidó quitarse el gesto amable.

—Sí, abuelo, eres el «amén» del grupo, pero los últimos serán los primeros, ya sabes —responde Rafa, que ya empieza a dar muestras de que va tomando contacto con la vida.

—Pues voy a ir sirviendo el café, sentaos —ordena Mayte con dulzura de anfitriona—, es lo único que falta en la mesa, si no me equivoco.

Todas las peticiones que los alumnos hicieron por correo al solicitar su plaza en el curso han sido satisfechas por la profesora. Sobre la mesa hay cereales, pequeños cuencos de cristal con tomate natural pelado y triturado para mezclarlo con aceite, que unos tomarán con jamón en las tostadas y otros, como Loreto y Amina, con aguacate.

Hay mantequilla de Soria, mermeladas que ha hecho ella misma, de melocotón y de fresa; cuatro copitas pequeñas de metal que contienen huevos, uno cocido para Mikele y tres pasados por agua para Arturo, Elvira y Loreto. Y frutas variadas: piña, pera, sandía, todas ellas cortadas en trocitos que Mayte ha distribuido dentro de los gajos de una graciosa bandeja, con forma de mandarina, que le regaló su madre.

En dos jarras de cristal transparente, los zumos naturales. Uno de naranja, para la mayoría de los comensales, y otro de apio, manzana verde, pepino, limón y jengibre. Este lo sugirió Luz con la esperanza de que sus compañeros se animaran a probarlo.

Hay otras jarras de porcelana con dos tipos de leche diferentes: de vaca y de avena. Bolsitas de infusión y algunos yogures. Y en dos simpáticas paneras de esparto, panes variados frescos y tostados: blanco, de trigo sarraceno, integral y ácimo.

—Oye, Mayte, ¿puedo venir todos los días a desayunar a tu casa? —exclama Arturo, fascinado por la variedad de la propuesta—. ¿Me harías un bono descuento de pensionista? ¡Jamás he visto una mesa de desayuno como esta en una casa, alhaja!

—Es que sois muchos y muy diferentes... —se excusa Mayte con humildad—, no creas que a diario esto es así. Yo, normalmente, tomo algo de fruta, mi café con leche, una tostada de pan con aceite y arreando. Ah, y los domingos, churros, en la churrería del pueblo los hacen de lujo...

—¡Churros! —exclama Loreto entre sorprendida y escandalizada—. Eso es grasa pura, hace años que no me como un churro...

—Ya se nota, ya. —Mikele lanza su dardo de doble sentido con un volumen tan bajito que solo lo oye Luz, que, de manera automática, le da una pequeña patada en el tobillo para disuadirlo de empeorar su grosero comentario, al tiempo que coge una tostada de la panera.

—Pues a mí me encantan, y las porras también, unos y otras son mi «pecado dominical». Eso sí, bajo a la churrería en bici, con el pedaleo de ida y vuelta hago acto de contrición...

—A ver, Mayte, no pasa nada por «pecar», de vez en cuando —afirma rotundo el jerezano—. Yo me meto unos bocatas de melva con mayonesa los viernes noche que tiembla el misterio. ¡Bastante curro entre semana! Tampoco hay que obsesionarse con la vida sana, total, nos vamos a morir igual...

—¡Otro con la muerte! —exclama Luz un poco contrariada—. Qué manía tenéis algunos de hablar de la innombrable, de buena mañana, con lo bonita que es la vida. —Y suspira con desaprobación, mientras unta el aguacate en el pan.

—*Jaddati* decía que la muerte es lo que le da sentido a la vida —responde Amina, reflexiva antes de darle un sorbo al zumo verde—. ¡Qué rico, Luz, te voy a copiar la receta!

—La verdad es que si no supiéramos que vamos a morir, quizá no valoraríamos lo mucho que significa estar vivo, tenía razón tu abuelita.

Elvira responde a la afirmación de Arturo con una pregunta:

—¿Y tú crees que lo valoramos? A mí me parece que solo somos conscientes de la importancia de la vida cuando alguien a quien amamos se nos va...

El final de la frase de Elvira tiene esa tonalidad de trascendencia y solemnidad de quien expresa ante los demás reflexiones que, en realidad, hace para sí mismo. Da la impresión de que está sintiendo en voz alta.

Y su teoría da lugar a un intenso pero breve silencio que Mikele se encarga de romper con total crudeza.

—A ver, filósofos mañaneros, pensad una cosa: millones de espermatozoides nadan a contracorriente como salmones salvajes, y de ellos, de todos ellos, solo uno llega a las trompas de Falopio. ¡Uno!

—Es lo que llaman «el milagro de la vida», ¿no? —comenta Arturo.

—*Certo!* Y solo por lo improbable de que pueda suceder ese milagro, los que conseguimos vivir tendríamos que estar todo el día levitando de gusto.

»¿Y a qué nos dedicamos? Pues depende, en un polo de la moral están los que entregan su vida a los demás, los que se sacrifican para que otros sufran menos, personas excepcionales.

»En el otro extremo están los que emplean el milagro de su existencia en joderles la vida a otros, que son unos cuantos...

»Y luego, entre ambos polos morales, hay una zona en la que vivimos la mayoría de nosotros. ¿Y qué hacemos? Pues hacemos lo que podemos... ¿Y quiénes se mueren? Todos.

»Unos mueren antes, otros después, unos demasiado pronto, otros demasiado tarde; unos se marchan de forma inesperada; otros se apagan lentamente. Mueren los buenos y mueren los malos. Morimos de niños, de jóvenes, de viejos, lo único cierto es que aquí no se queda nadie.

»La muerte no le da sentido a la vida porque la vida no tiene sentido. Punto. Pásame el aceite, *tesorino*.

Tras la reflexión de Mikele vuelven a callar durante un momento los habitantes de esta cocina, que cada vez se va pareciendo más a la vida, el gran guion tejido de palabras y de silencios, en distinta proporción.

Este silencio, sin embargo, es menos incómodo que otros de los que han surgido en las últimas horas, más reflexivo que tirante. Parece más coral, más compartido y, quizá por ello, menos gélido. Rafa se encarga de poner fin a la pausa.

—*Joé*, Mikele, *quillo* —dice, removiendo el café con la cucharilla, en el sentido contrario a las agujas del reloj—, me dan ganas de volverme a la cama... ¡Qué bajón...!

—¿Alguien quiere otra taza de café? —Mayte pregunta con la cafetera en la mano, dando la falsa impresión de que quiere desviar la ruta de la conversación para apartarse de una materia tan poco amable, pero nada más lejos de su intención, mientras los interesados en repetir le acercan sus tazas, aprovecha para preguntar:

»¿Os planteáis a menudo estas cuestiones? Quiero decir... ¿Soléis reflexionar acerca de la vida y la muerte?

—Mira, Mayte, yo tengo tanto trabajo cada día que no me da tiempo a meterme en jardines existenciales —afirma tajante Loreto—; quizá eso sea lo único bueno del estrés, no te deja espacio libre en el disco duro para comerte el coco.

—Yo sí pienso en ello, la verdad —asegura Amina con suavidad—. En el centro de acogida convivo con la vida y con la muerte a partes iguales. Es un pequeño universo que demuestra lo fuerte que puede llegar a ser la vida en condiciones realmente adversas y, al tiempo, lo fácil que puede resultarle a la muerte parar tu reloj.

—Claro, allí conocerás historias muy fuertes, alhaja —comenta Arturo con gesto compasivo, mientras coloca en su tostada unas cuantas lascas de jamón.

—Imagínate, Arturo, lo que han vivido ellos, lo que han visto, lo que les han contado... Su drama queda, con suerte, recogido en algunos titulares de prensa o en algún informativo, pero detrás de las cifras hay historias individuales, como las de cada uno de nosotros. Están los que han sobrevivido a la cruel aventura de montarse en una patera, sin saber nadar, para huir del infierno; las madres que llegan a un país desconocido con hijos muy pequeños, o las que los perdieron en el intento y tienen que vivir con la eterna pregunta en el alma: «¿Por qué no me quedé yo en el agua?»; bebés que alcanzan solos la costa, porque sobrevivieron a sus madres; todos los que han dejado atrás a su familia, a sus amigos...

Amina hace una breve pausa para dar un nuevo sorbo a su zumo y continúa con su relato:

—Algunas noches, justo antes de dormir, miro la lámpara de colores de mi habitación, me la traje tras la muerte de *jaddati* —aclara—, y elucubro acerca de lo que habría sido de mí si aquel viaje a Occidente, a mi sueño de futuro, hubiera sido tan tremendo y cruel como el de ellos. Entonces me siento afortunada y triste al mismo tiempo, es un sentimiento extraño y contradictorio. En esos momentos, mi tía Nawal no me parece tan mala —añade con ironía—, y ya os digo yo que buena no es...

—A mí no me gusta pensar en la muerte porque me acojona, así de claro —manifiesta Luz con sinceridad—, me da pavor la muerte, la mía, la de los míos, la de los extraños, incluso. Es un asunto que prefiero evitar. Cuando llegue, llegará, pero tener a esa señora en la cabeza no me ayuda a vivir...

—Yo creo que no nos preparan para ello —apunta Loreto—, al menos en nuestra cultura. Tal vez, si desde niños nos enseñaran a ver la muerte con naturalidad, lo entenderíamos como algo normal, como cuando se acaba la batería del móvil. Chimpún. La muerte es el hecho más previsible de la vida y parece que siempre nos pille por sorpresa...

—Bueno, en parte eso es lo que defendía Mikele, ¿no?

Mayte pregunta con tanta habilidad como intención, es una manera sutil de demostrar a los dos grandes antagonistas que, en algún asunto, podrían estar de acuerdo. Y no es lo único en lo que coinciden, también lo hacen en su reacción a la pregunta de la profesora, que ambos resuelven con una mueca poco expresiva y sin pronunciarse al respecto. Es Elvira quien decide tomar la palabra.

—Yo diría que lo que tememos, lo que nos aterra, es la pérdida. Al menos a mí. La muerte no me impresiona, en realidad, lo devastador es tener que prescindir de las personas que son claves para tu vida, para ti. Aprender a vivir sin ellos, eso es lo que acaba contigo...

Un silencio similar al que provocó Elvira al inicio de la conversación se apodera del grupo.

Suele suceder que las personas poco dadas a expresar sus opiniones en público despiertan gran atención cuando intervienen. Es el efecto contrario al que consiguen aquellos que se exceden habitualmente en el uso de la palabra hasta desgastarla, los que convierten su parloteo constante en un sonido de fondo carente de interés, y a veces molesto, cuyo cese provoca un alivio similar al que sentimos al cerrar la campana extractora de la cocina.

Un timbre de teléfono antiguo irrumpe con cierta violencia, es un temporizador de cocina con forma de gallina.

—Señoras, señores, siento tener que detener esta conversación tan interesante, pero en veinte minutos tenemos la primera clase del día. Os recuerdo que hoy comenzaremos con un plato muy especial, una receta para una boda, la de Loreto. En veinte minutos nos vemos aquí. No olviden sus gorros, sus delantales y sus manos limpias. ¡Disuélvanse!

Todos ríen ante el tono marcial de la profesora, en clara clave de humor, y se marchan hacia sus habitaciones, después de haber dejado sus platos, tazas y cubiertos en el lavavajillas.

Mayte se queda terminando de recoger la mesa y poniendo a punto la cocina para la nueva experiencia. Las lágrimas que caen lentamente de sus ojos contradicen la impostada alegría con la que acaba de despedir al grupo.

En su interior el nudo, ese nudo que no puede deshacer desde hace demasiado tiempo ya. La profesora acaricia su corazón de plata, como tantas veces, en el intento de calmar al suyo, tan abatido y tan obligado a disimular.

Nora entra en la cocina y se restriega en sus piernas, pero esta vez no pide atención, al contrario, la perrita viene a recordarle lo mucho que la quiere, y su aparición oportuna es la demostración de la sorprendente intuición animal para percibir detalles internos de los demás que, tantas veces, se nos escapan a los humanos.

El sol ya comienza a brillar con intensidad en el jardín y un rayo se cuela en la cocina atravesándola, como si pidiera permiso para participar en la nueva escena grupal que, dentro de unos minutos, tendrá lugar al calor de los fogones.

12

Los siete alumnos han acudido con puntualidad a la convocatoria de Mayte, que está lavándose las manos en el fregadero. En el ambiente, sin que ninguno de ellos lo manifieste verbalmente, flota cierta expectación por conocer algo más sobre la motivación de Loreto para proponer su receta. El titular lo conocen, «su próxima boda con un empresario rumano», pero los detalles no, y eso, viniendo de la más distante de los integrantes de este curioso equipo, tiene un especial interés...

—Bien, Loreto —arranca Mayte, mientras acaba de secarse las manos con un paño de cocina—, enseguida vamos a aprender a hacer el *sarmale*, un plato de origen turco del que luego os contaré más detalles. Deduzco que quieres hacer un regalo a tu novio y a su familia aprendiendo a preparar un plato tan simbólico para su cultura...

—No exactamente —responde Loreto—, se trata de un reto.

—¿Un reto? —pregunta Mayte un tanto sorprendida.

—Tengo que lograr hacer un *sarmale* más exquisito que el de la madre de Mihai. He venido aquí para superarla.

—Ah. —Mayte trata de disimular su asombro. De todos los incentivos que pueden empujar a alguien a aprender a cocinar, jamás se le habría ocurrido alguno parecido al que acaba de expresar Loreto, que prosigue con su explicación.

—A mí me importa un pito el *sarmale*. En realidad, no me entusiasma casi ninguna receta; como habréis podido comprobar, no soy una gran comedora...

Mikele está a punto de abrir la boca para lanzar algún venablo mal intencionado de los suyos y Luz, que lo ve venir, lo para en seco con un leve apretón en el brazo.

—Lo de cocinar, ya es que ni me lo planteo —continúa Loreto—. No me sobra el tiempo como para perderlo en algo que no me atrae lo más mínimo. Solo entro en la cocina para beber agua o tomar mis vitaminas.

—Mujer, seguro que alguna cosilla preparas; comer, comerás todos los días, ¿no? —Mayte insiste, con la secreta esperanza de que Loreto muestre algún vínculo con la cocina.

—A ver, la persona que se encarga de darme de comer o, mejor dicho, de cenar es Ioanna, la mujer que trabaja en casa. Entre semana, suelo comer fuera, la mayoría de las veces son «comidas de trabajo», ese eufemismo que utilizamos los ejecutivos para referirnos a reuniones de negocios, pero en restaurantes... Los fines de semana no suelo estar en casa y si estoy, con una ensalada y un yogur resuelvo el trámite.

El grupo escucha con gesto pasmado a su compañera. Loreto ya había dado pinceladas, desde el principio, de su escaso amor por la cocina, pero ahora su tono franco y frío despeja cualquier atisbo de duda. La declaración glacial de Loreto sobre la cocina contrasta tanto con el cálido discurso que han mantenido los demás desde el inicio del curso que confirma su rol de pez fuera del agua de esta olla emocional.

—Bien —Mayte toma la palabra con sosiego—, cada uno tiene sus motivaciones, tú quieres aprender a hacer este plato y aquí estamos para eso. ¿Cómo y dónde supiste de la existencia de esta receta?, ¿en casa de tu novio?, en algún restaurante rumano?

—En Bucarest, cuando conocí a mi «futuro esposo» —expresa con retintín—, qué raro me resulta decir esta palabra, jamás pensé que llegaría a casarme. —Loreto se traslada al pasado para responder a la profesora.

HISTORIA DE UN *SARMALE*

Conocí a Mihai en Bucarest, durante la presentación de la Asociación de Empresas Españolas en Rumanía. Un grupo de compañías españolas presentaba en la capital la fundación de una plataforma que tenía la intención de promover las inversiones españolas en el país balcánico. El objetivo era partir de la cooperación entre todas ellas para defender con más fuerza los intereses comunes.

A la presentación, además de los que representábamos a las empresas españolas, acudieron también autoridades del gobierno de Rumanía y empresarios locales, entre ellos Mihai. En la cena que cerraba los actos, nos tocó sentarnos juntos y mantuvimos una intensa charla en español. Mihai domina nuestro idioma, conoce a la perfección las frases hechas, los giros e incluso la ironía.

A pesar del entendimiento idiomático, la conversación no resultó fácil. Él es un hombre elocuente, encantador y muy guapo; tiene una enorme seguridad en sí mismo y está muy acostumbrado a utilizar su atractivo personal para llevarse al otro a su terreno. Pero conmigo pinchó en hueso. A mí no me impresiona la belleza física, ni siquiera la emocional, tampoco me desarma la brillantez del contrario. Supongo que por eso soy buena en lo mío.

Estoy acostumbrada a negociar con buen clima o «a cara de perro», me muevo con idéntica comodidad en ambos escenarios. Ni me conquistan los buenos ni me tumban los malvados. Conozco bien los mecanismos y herramientas de seducción comercial para acabar de cerrar un trato, sé lo que toca decir en cada momento y, modestia aparte, suelo ganar en la mayoría de las ocasiones. En la empresa en la que estoy ahora me llaman LoreThyson porque acabo con mis contrincantes en el primer asalto.

En la charla con Mihai, a pesar de que no estábamos hablando de negocios concretos, se generó una tensión que se podía cortar con un cuchillo, como si nos estuviéramos jugando un supercontrato en cada una de nuestras respuestas. Aquella cena fue una mezcla entre partida de póquer y combate de boxeo.

Al terminar, a pesar de nuestras diferencias,

Mihai me ofreció su automóvil para acompañarme al hotel.

—No, gracias, la empresa ya me ha asignado un coche —decliné amablemente, para tirar después de la manida expresión—. Un placer conocerte.

—El placer ha sido mío —respondió cortés, y añadió—: Me gustaría continuar nuestra conversación en algún otro momento. No pierdo la esperanza de llegar a convencerte de que tengo razón.

—Cada uno pierde el tiempo como quiere, la fe es una cabezonería muy respetable —le dije mientras me cerraba el abrigo y cogía el bolso.

—¿A qué hora vuelas mañana?, ¿podemos desayunar juntos? —insistió.

—No —respondí tajante—, mi avión sale a primera hora de la mañana. Tomaré un café en la habitación y me iré corriendo al aeropuerto.

Mihai me acompañó hasta el coche y, antes de que el conductor cerrara mi puerta, me pidió que intercambiáramos los teléfonos. A esa petición no pude decirle que no. No éramos dos jóvenes que se conocen en una discoteca, sino dos adultos en el mundo de los negocios. Los que nadamos en estas aguas sabemos que un contacto de alto nivel nunca se debe subestimar.

No volví a tener noticias de él hasta la mañana de Navidad; veinte días después de nuestro primer encuentro en Bucarest, Mihai consideró necesario felicitarme las fiestas. Yo respondí con amabilidad y así concluyó nuestro cruce de mensajes.

Dos meses después, en una noche fría del mes de febrero, un sonido de wasap irrumpió en una de las secuencias más interesantes de *The inventor*, el documental de HBO que estaba viendo en mi Smart Tv.

—Buenas noches, Loreto, espero no interrumpir tu sueño. ¿Todo bien?

«Todo bien hasta que me has escrito», pensé. Odio tener que pausar las apps en las que veo mi menú de series porque, a veces, se produce un error en la conexión y me cuesta diez minutos volver a la secuencia. A pesar de ello, fui educada y respondí amablemente, dejando entrever al tiempo que sí, que estaba interrumpiendo un momento interesante.

—Tranquilo no estaba dormida. Estoy viendo un documental...

—Ah, ¿sí? ¿Cuál? —preguntó interesado.

—La historia de Elisabeth Holmes, una ejecutiva que protagonizó un fraude millonario en Silicon Valley, seguro que lo conoces...

—He oído hablar de él. ¿Es el de la gota de sangre?

—Sí, aquel presunto avance científico que no era tal. Dime, ¿en qué puedo ayudarte?

Con esa última frase zanjé toda esperanza de iniciar una conversación trivial, me parecía una manera sutil de decirle: «No voy a contarte ahora el documental y, por cierto, me gustaría continuar viéndolo, dime lo que sea rapidito que mañana madrugo.» Mihai respondió con otro mensaje.

—Acabo de aterrizar en Madrid. Me preguntaba si mañana podríamos comer juntos...

—¿Mañana? Imposible, tengo una comida cerrada desde hace días.

—¿Y un café o una copa de tarde-noche?

Antes de que me diera tiempo a improvisar una nueva excusa, volvió a escribir.

—Me gustaría comentarte un asunto relacionado con tu empresa. Me reúno con tu CEO pasado mañana y creo que deberías conocer algo que te afecta.

Mihai, astutamente, pronunció las palabras mágicas: «tu empresa», «tu CEO», «te afecta».

En los dos últimos meses las cosas no iban bien en el trabajo, un cambio en la cúpula había provocado turbulencias en el organigrama y andábamos todos revueltos. Mi sintonía con el nuevo jefe ejecutivo era nula y cualquier información que obtuviera acerca de él se traducía en armas para la, más que posible, guerra que iba a desatarse. Así que me envainé la frialdad y accedí, cordialmente, a cerrar una cita para el día siguiente.

Nos encontramos en el *afterwork* que yo elegí, intencionadamente, en una zona de la ciudad bastante alejada de la sede de mi empresa. Cuando la amenaza se cierne sobre uno, conviene acotar un perímetro de seguridad, lo aprendí de Jack Bauer en la serie *24*.

Gracias a la confidencia de Mihai conocí las intenciones del nuevo CEO acerca de mi salida de la empresa, y aquello me permitió jugar con las cartas marcadas para irme con mucho dinero en el banco y un pie en la empresa en la que trabajo ahora.

De aquella tarde de dura conversación y vino blanco, surgió también una relación amistosa que comenzó con mensajes telefónicos, continuó con encuentros cordiales en algunos de sus viajes a Madrid y culminó en una noche de hotel en la que Mihai consiguió, finalmente, acabar con mi inmunidad a su atractivo.

Aquella podría haber sido una de tantas aventuras de ejecutivos estresados y aburridos que se acuestan unas cuantas veces y después vuelven a la realidad con su familia, con sus hijos, con su vida. Pero lo nuestro fue algo más que un calentón sexual pasajero; además de la atracción física había amistad, admiración mutua e intereses profesionales comunes. Y, a pesar de la afinidad, somos tan opuestos en algunas cuestiones que cada encuentro era un pulso intelectual apasionante y apasionado.

Mihai estaba recién divorciado y yo, sin pareja; nada nos obligaba a interrumpir una historia en la que ambos nos sentíamos cómodos. Y así nació la relación más larga que he mantenido con un hombre hasta el momento.

Nos casamos el próximo mes de septiembre en Rumanía, se lo prometió a su padre en su lecho de muerte, y a mí no me parece mal intentarlo, total, si sale mal, no seríamos los primeros... Hace poco leí que en España se producen casi cien mil divorcios al año desde que entró en vigor la ley de 2005, al parecer se rompe un matrimonio cada cinco minutos.

En Madrid haremos una fiesta íntima para los amigos, en alguna fecha todavía sin determinar, pero el bodorrio como tal será en su país. Y por eso estoy aquí, el asunto *«sarmale»* es imprescindible para el banquete, y para mi orgullo empieza a serlo...

Todo surgió el día en que celebrábamos nuestro primer aniversario, «el AfterworkGate», lo llamamos nosotros. Veníamos de cenar en un restaurante monísimo y de besarnos en el coche como si fuera la primera vez, pero el cava nos provocó efectos distintos: a mí me despertó el instinto juguetón y erótico, y a Mihai le invadió el sentimiento romántico y melancólico.

Mientras yo lo besaba por el cuello intentando contagiarlo de mi deseo, él hablaba sin parar de lo feliz que iba a ser cuando yo conociera a su madre, a sus cuatro hermanos, a todos sus amigos. Su casa en Targoviste, en la falda de la montaña; su perro gigantesco Ciobanesk, que aquí conocemos como «el pastor de los Cárpatos»... Con los ojos empañados en lágrimas repitió varias veces que su padre habría disfrutado muchísimo viendo cómo se casaba «de verdad» su hijo mayor. La primera boda de un jovencísimo Mihai y su novia, más joven aún, había sido un trámite judicial y apresurado al que los llevó un embarazo no deseado, que se interrumpió por una complicación genética de la madre en el quinto mes. El matrimonio se rompió tan solo un año después del suceso.

De la melancolía por su padre fallecido, Mihai saltó a la pasión por Aura, su madre. Veinte minutos de reloj de alabanzas hacia aquella mujer desconocida para mí lograron acabar con todo el deseo sexual con el que yo había llegado a casa.

Mientras me lavaba los dientes y me desmaquillaba, Mihai seguía hablándome de Aura, su madre, la perfección hecha mujer, la mejor en todo. La descripción de Aura me perseguía hasta la habitación mientras me quitaba la ropa y me ponía el camisón de seda, mientras retiraba el nórdico para meterme en la cama..., y cuando apagué la luz para dormirme, con la excusa de que el cava se me había subido a la cabeza por no decirle la verdad: que lo que me estaba sentando mal era la sobredosis de Aura, Mihai remató con el *sarmale*: «El *sarmale* que nadie hace como mamá, el *sarmale* es el sabor más importante de mi vida, el *sarmale* que no faltará en nuestra boda, el *sarmale* que hará la suegra grande...»

Al oír lo de la suegra grande encendí la luz y me incorporé de un salto en la cama.

—¿«La suegra grande»? —pregunté, sorprendida—. ¿Qué es eso de «la suegra grande»?

—La suegra grande es la madre del novio, yo. Y la pequeña es la madre de la novia, tu madre.

—Pero si mi madre mide casi un metro ochenta, querido —dije entre risas.

—No es una cuestión de tamaño, son nuestras costumbres, tu madre es la suegra pequeña y en la boda va un paso por detrás de la suegra grande, que lo dirige todo.

Entonces, no pude evitar mi reacción, estallé en carcajadas.

—¿Un paso por detrás, mi madre? Tú no la conoces, cariño. Mi madre es la lideresa suprema, mi madre es la versión femenina de Kim Jong Un, pero el doble de alta, el triple de guapa y el cuádruple de peligrosa. Cuando te la presente, te temblarán las piernas.

—A ti te encantará mi madre, aunque en Rumanía a la suegra grande también la llamamos «suegra agria como un pomelo», «soacra soacra poama acrá», ella es dulce, amorosa, comprensiva. Ah, y una cosa muy importante, tendrás que llamarla mamá.

—¿«Mamá»? ¡Pero si no llamo mamá ni a mi madre!

—Tú déjate llevar, cariño, la suegra grande lo controlará todo, será una gran anfitriona, ya verás. Nuestra boda será un acontecimiento en mi pueblo y nuestro *sarmale*, el mejor, porque es el *sarmale* de Aura.

—¿Y si lo hago yo?

—¿Hacer qué?

—El *sarmale* ese...

Mihai soltó tal risotada que le regañé por temor a que nos dieran un toque los vecinos, pero ignoró mi advertencia y continuó riéndose con estridencia y hablando en voz muy alta.

—¡Amor mío, eres buenísima en todo, cuando digo en todo, aquí también! —dijo con mirada maliciosa, señalando la cama—. Pero los dos sabemos que tú no sabes cocinar.

—Nunca es tarde para aprender —afirmé con cierta rabia.

—Claro, y tú, que no sabes ni aliñar una ensalada, vas a empezar por un plato tan complicado como ese. Mamá siempre dice que para hacer *sarmale* hay que rezarle a un ángel para que te preste sus manos.

—¿Cómo? —pregunté perpleja por la perogrullada que acababa de escuchar.

—Es un modo de decir que hacen falta manos pacientes, delicadas y serenas para prepararlo. Manos como las que ella tiene. He probado muchos a lo largo de mi vida y puedo decir, sin temor a equivocarme, que el *sarmale* de mamá Aura es insuperable. Mira, solo hay uno que no sale mal parado al compararlo con el de mi madre, el de Ioanna es también delicioso.

Superada por la absurda conversación, apagué la luz y traté de conciliar el sueño, aunque me martilleaban la cabeza tres frases que parecían títulos de novelas: «El *sarmale* de mamá», «La suegra grande», «El *sarmale* de Ioanna es delicioso». Y una cuarta, ideal para titular un libro de autoayuda: «No sabes cocinar, acéptalo.»

Así que se me metió en la cabeza la idea de aprender a hacer el mejor *sarmale* que nunca hubiera probado Mihai; superaría el de su madre y le demostraría que a mí no me hace falta arrodillarme debajo de un cuadro de Murillo a implorar a esos querubines regordetes. Yo soy capaz de conseguir lo que me proponga, siempre lo he hecho.

A la mañana siguiente, mientras tomaba un café en la cocina, antes de salir hacia el despacho, seguía dándole vueltas a la conversación con Mihai. Ioanna estaba limpiando con esmero la encimera de Silestone, embebida en la música de su teléfono móvil, así que le hice un gesto para que se quitara los auriculares:

—Ioanna, dice mi novio que el *sarmale* te sale buenísimo.

—Ah —sonrió ruborizada—, me enseñó mi mamá, muchas gracias para «el señor» —remató tímidamente, y continuó frotando la encimera.

—Ioanna —volví a llamar su atención—,

dime qué tarde puedes quedarte aquí más tiempo, quiero que me enseñes a hacer *sarmale*.

—¿Hacerlo... usted?

El tono de duda de Ioanna y sus ojos abiertos de par en par evidenciaban una desconfianza en mis habilidades culinarias idéntica a la que me había mostrado Mihai horas antes.

—Sí, yo —afirmé resuelta y contundente—. Necesito aprender antes de septiembre. El *sarmale* es imprescindible en las bodas de tu país, ¿no?

—Bueno —respondió dubitativa—, antes sí estaba presente en todos los banquetes de celebración. Ahora ha desaparecido de muchos de ellos, como otros de los ritos o costumbres tradicionales. Pero en mi familia, por ejemplo, seguimos haciéndolo. No hay boda sin *sarmale*. Incluso en las que celebramos en Madrid, está presente esta delicia. En algunos restaurantes rumanos lo preparan, aunque nos gusta más que nos dejen llevarlo a nosotros, elaborarlo forma parte de la tradición. Mire, en dos semanas me tocará hacerlo, se casa mi primo Nicolae, hay que hacer *sarmale* para doscientos invitados.

—¿Y vas a hacer *sarmale* para todos?

—¡No, no lo hago yo sola! —aclaró entre risas—. Lo preparamos todas las mujeres de la familia de Nicolae y parte de la de la novia; lo organiza mi tía, la suegra grande.

Cuando oí el fastidioso término, sentí como si alguien estuviera estrujando mi estómago para dejarlo seco, «la suegra grande». Mihai no me había mentido tampoco en esto: en su país utilizan ese apelativo «cariñoso» para referirse a la madre del hombre de una pareja.

—Señora Loreto, ¿quiere venir?

—¿Ir adónde? —pregunté.

—A la fiesta del *sarmale*, es la noche anterior a la boda, haremos miles, y además lo pasaremos bien. No se me ocurre mejor manera de que aprenda.

Aunque en un principio me pareció una locura, acabé acudiendo a aquella fiesta tan peculiar en un modesto, pero espacioso, piso bajo de Coslada.

Mientras los hombres preparaban la barbacoa en el patio, entre bromas y chanzas ininteligibles para mí, una tropa de mujeres de diferentes edades, comandadas por «la suegra grande», picaban carne en varios robots de cocina que había repartidos por la cocina, cortaban cebolla, deshojaban coles... Y después contaban *sarmales*, cada una los suyos, antes de ponerlos en las sartenes, sus voces se entremezclaban, parecía el parqué de la

Bolsa: ¡uno, dos, tres, cuatro...! Ellos y ellas reían, se abrazaban, algunos bailaban al ritmo de canciones desconocidas que un par de tíos de Ioanna tocaban con una guitarra y un acordeón.

El aquelarre familiar fue interminable, yo me marché a las doce de la madrugada, mucho antes de que acabara. Al desmaquillarme, rendida de cansancio, frente al espejo del lavabo, no podía dejar de pensar en cómo haría toda esa gente que había dejado en plena juerga para tener buena cara unas horas después en la ceremonia y para aguantar el posterior banquete de boda.

Lo cierto es que volví a casa sin haber aprendido a hacer el dichoso platito, estaba tan obnubilada por la reunión en sí, por lo que sucedía en aquel colectivo consanguíneo... Algo así era impensable en mi familia, tan efusivo, tan caluroso, tan intensamente emocional, que atrapó toda mi atención y descuidé el objetivo para el que había ido hasta allí. De la famosa receta, lo único que quedó en mi cabeza fue una frase que dijo la suegra grande y que una prima de Ioanna tradujo gentilmente para mí: «La mujer que no sabe envolver *sarmale*, no puede casarse.» Lo que me faltaba por oír.

—En fin, Mayte, esta es la razón de peso que me ha traído a tu curso. Espero que me enseñes a hacer la mejor versión de esa joyita envuelta en col, para darle con ella en las narices a mi novio y a la suegra grande que lo parió. Esto lo digo desde el amor...

Si pudieran medirse los grados de estupefacción con el termómetro que Mayte tiene en la cocina para controlar la temperatura del horno, el de los seis alumnos tras escuchar la historia de Loreto, seguramente rebasaría el máximo de la medición.

Aunque en un aspecto, Loreto ha superado a todos sus compañeros, sin duda ella ha cocinado el más original de todos los relatos emocionales hasta el momento. Porque ninguna de las historias anteriores ha conseguido una mezcla tan extraña de frialdad, la de su análisis, con el calor de los sentimientos ajenos que relata.

Es como si Loreto hubiera ido echando nitrógeno líquido en tacitas de caldo caliente, cuando hablaba de la fascinación de Mihai por el plato de su madre, o cuando mostraba el asombro ante el fervor familiar en la preparación del *sarmale* al que la invitó Ioanna.

Lo cierto es que ha conseguido captar la atención de sus compañeros, que no se han atrevido a respirar durante su exposición, no se sabe si por perplejidad o por temor a perderse algún detalle decisivo...

Mayte se prepara para volver a representar el papel de la profesora que no se inmuta por ninguna reacción de sus alumnos, sea esta como sea de exótica. Da un pequeño trago al vaso de agua que reposaba sobre una servilleta de papel y anuncia el plan:

—Muy bien, pues vamos a preparar ese *sarmale* con estas «manitas angelicales» que tenemos todos los integrantes de este curso —bromea—. Hoy vamos a aprender a hacer el *sarmale* de Loreto.

Sarmale

Ingredientes

10 raciones

---

500 g de carne picada de cerdo
y 500 g de carne picada de ternera,
picadas juntas

2 cebollas grandes

100 g de arroz redondo

8-10 cucharas de salsa de tomate frito

150 ml de aceite de oliva virgen extra

1 hoja de laurel

1 cucharadita tipo postre de eneldo fresco

½ cucharadita de postre de pimienta negra
recién molida

sal para condimentar al gusto

1 cucharita de *cimbru* (especia típica rumana),
si no lo encontráis lo podéis sustituir por
tomillo picado

agua de cocción de la col o repollo

Hojas de col en vinagre

1 ½ kg de col o repollo
1 cucharada de sal para hervir las hojas de col
vinagre blanco
1 hoja de laurel
agua (cantidad suficiente)

Guarnición

mamaliga, smântâna

Sarmale

El motivo para elaborar esta receta siempre tiene que ver con la familia, los amigos, las risas y los buenos momentos, por tanto, así de primeras me parece una receta muy apetecible y con buena vibración. La verdad es que era una desconocida para mí, hasta que una amiga me habló de ella.

El *sarmale* consiste en una preparación a base de rollitos de carne envueltos en hojas de col o vid en salmuera, que se cuecen a fuego lento casi en su propio jugo muy típicos de Rumanía. El relleno puede ser de carne de vaca, cerdo, pollo o pavo.

La carne elegida se condimenta con cebolla y especias. Pueden encontrarse variantes con añadidos de arroz o cebada o pimientos rojos.

Se pueden hacer versiones vegetarianas rellenándolos de champiñones o de cualquier tipo de setas y hasta con almendra molida con arroz, me han comentado que son deliciosos...

Lejos de ser un plato de andar por casa, es muy valorado y protagonista de todas las celebraciones familiares importantes como la Navidad, bodas o bautizos.

Siempre se preparan en grandes cantidades y para muchos invitados.

Históricamente, lo que empezó siendo un plato

campesino para aprovechar las sobras se ha transformado en la joya de los menús de fiestas.

Esta receta es compartida por otros países de la región. Variaciones con las características antes nombradas las podéis encontrar en Turquía, Bulgaria, Rusia, Grecia, Croacia, Serbia, Moldavia y Ucrania... También me cuentan que en Alemania hay un plato parecido que se llama «Kholroulade». Y ya muy lejos de su país original, en Argentina hay una receta con el nombre inquietante de «Niños Envueltos», que me recuerda mucho a esta elaboración.

Hay que decir que son laboriosos, pero una vez pillado el truco de armar el rollito el resto es pan comido. Eso sí, sin prisas, y os aconsejo que convoquéis a unos cuantos colaboradores para la labor...

«Vamos al lío», o sea, en nuestro caso a cocinar, dispuestos a deleitarnos con este plato exquisito.

Empezamos por preparar el relleno de nuestros rollitos, y solo de recordar las historias que me han contado de esta receta ya empiezo a sentir la alegría en el cuerpo, ¡se avecina la fiesta!

Picamos las cebollas en *brunoise* (bien picadito, pero en francés, como ya sabéis). En una cazuela grande con fondo de aceite de oliva virgen ponemos las cebollas picadas y sofreímos a fuego moderado hasta que se pongan brillantes y se reblandezcan.

Añadimos el arroz previamente lavado y «nacaramos». Este término quiere decir que el grano de arroz en contacto con el aceite y calor se va poniendo transparente y nos hace recordar al nácar. Sirve para que el grano de arroz no pierda almidón. El calor hace como un sellado de la película exterior del grano. Esta técnica se usa normalmente para el Risotto o el arroz Pilaf.

La precaución principal es que el arroz no tome color.

Movemos siempre con una cuchara para que no se queme ni pegue. En este punto añadimos la misma cantidad de agua, en este caso cien mililitros. Retiramos del fuego y vamos removiendo mientras se enfría.

Con dos o tres minutos es suficiente. No os preocupéis porque el arroz esté casi crudo porque la cocción se completará más tarde. Reservamos.

Llegados a este punto y para no cortar la explicación de la preparación del arroz, quería comentaros, y esto ya es de mi producción propia, que en mis últimos *sarmales* he utilizado arroz venere o arroz prohibido. Este es un arroz completamente negro originario de China. Antiguamente podía disfrutarlo la clase pudiente, en algunos casos, solo el emperador. Utilizar este arroz considerado un elixir de vida, podía llevarte a la pena de muerte...

En la actualidad se encuentran algunos productores de arroz negro en Italia, siendo el valle del Po su lugar más propicio.

Allí lo rebautizaron con el nombre de Venere, «diosa del amor», de color ébano e inconfundible perfume.

El sabor del arroz venere tiene un matiz de fruto seco, especialmente a nuez. Me encanta la textura, es incluso un pelín crujiente cuando lo muerdes. La piel parece que estalla y libera un interior tierno y sedoso. En ensaladas es perfecto.

Como la cocción del *sarmale* es larga y lenta, se me ocurrió hacer este aporte, y para mí el resultado final gana en complejidad de sabores y texturas.

Pero volvamos a la receta original.

Mezclamos tanto por tanto de carne de cerdo y vacuno para quede más jugosa. En este caso, pedidle al carnicero que pase la carne dos veces por la máquina de triturar, porque queremos que quede muy fina.

Aderezamos esto con dos cucharadas de aceite de oliva, una cucharada de eneldo fresco picado, que huele tan rico y nos recuerda al anís. Si no encontráis eneldo fresco, podéis ponerle su versión seca, pero siempre que podáis, elegid las hierbas aromáticas frescas.

Salamos al gusto, aderezamos con pimienta negra recién molida y añadimos la salsa de tomate frito. Por último, añadimos el *cimbru* o tomillo picado.

Esta preparación la añadimos a la del arroz y la cebolla. Con las manos y sin reparo, mezclamos muy bien para que quede todo bien amalgamado. ¡Ay, cómo me gusta meter las manos en la «masa»!

Cuando lo tenemos todo bien integrado, ya tenemos nuestro relleno. Si hemos decidido enriquecerlo con huevo, este es el momento de añadirlo y volver a mezclar bien.

Ahora viene lo laborioso, pero que nadie se asuste, veréis que enseguida le pilláis el tranquillo. He de decir que esta es la típica receta para hacer en familia o con amigos, como hoy, todos armando rollitos, conversando y pasando un momento de buen... rollito, ¿lo pilláis?

Yo he utilizado hojas de repollo normales, pero en Rumanía emplean unas hojas de col en salmuera que son más fáciles de manipular y están a punto de sal. Lo ideal sería hacer previamente una visita a los supermercados o tiendas de alimentación en barrios de mucha población de Europa del Este y allí suelen encontrarse sin dificultad.

Pero voy a explicar el proceso por si no las encontráis:

Cogéis el repollo y le quitáis, con la ayuda de una puntilla, lo máximo que podáis del tronco. Mientras tanto ponéis a hervir abundante agua en una cazuela grande con un buen chorro de vinagre y una cucharada de sal. Metéis el repollo entero y hervimos hasta que esté tierno pero sin deshacerse. Veréis con qué facilidad se separan las hojas una vez cocido.

Las escurrimos bien y luego cortaremos unos rectángulos con ellas, más o menos del mismo tamaño. No descartéis los restos que luego los usaremos, aquí nada se tira. ¡Aquí todo se aprovecha! Hasta el agua de cocción...

Y comienza el armado del rollito. Extendemos la hoja rectangular sobre la tabla, colocamos encima una cucharada sopera de relleno y usaremos, más o menos, la técnica del rollito primavera para envolverlos.

El relleno debe estar cerca de la base, a unos dos centímetros. Y ha de tener también forma rectangular y compacta. Cerramos sobre él lo que queda de la base y de los costados laterales. Enrollamos sobre sí mismo hasta acabar, pero siempre sin presionar mucho para no romper la hoja. Recordad que el arroz todavía no está cocido del todo, por tanto, durante la cocción se hinchará y crecerá.

Para terminar la cocción, en una cazuela grande (mejor de barro), colocaremos el resto de aceite de oliva, unas seis cucharadas.

La parte del repollo que no hemos utilizado la picamos en juliana, es decir, en tiras muy finitas. Ahora que tenemos todo ese repollo finamente picado, lo colocaremos en la cazuela formando una cama. Encima de ella, empezamos a colocar los rollitos desde fuera a dentro en círculos concéntricos hasta rellenar toda la cazuela.

Muy importante: no hay que pegarlos mucho porque nuestros *sarmales* aumentarán de tamaño durante la cocción.

Volvemos a cubrir los rollitos con más juliana de repollo y repetimos la operación de hacer círculos con los rollitos restantes. Si queda para otra tanda, volvemos a repetir lo mismo. Finalizamos con repollo troceado.

Añadimos el agua de cocción del repollo que hemos reservado, hasta alcanzar los rollitos pero sin cubrir. Llevamos a fuego medio y cuando rompa el hervor reducimos la temperatura para que se vayan cociendo a fuego muy suave durante dos horas. Tendréis tiempo de poneros al día con quien sea y hasta de intentar arreglar el mundo...

Una vez ha finalizado la cocción hay que dejar que repose. Normalmente salen unas sesenta unidades y se suelen calcular seis por persona.

La guarnición perfecta es la *mamaliga*, que es parecida a la polenta de maíz italiana. Todo ello aderezado con *smântâna*, que es una especie de crema de leche más consistente tirando a un queso crema.

Os aseguro que el resultado es grandioso, digno de un gran festejo... Haber llegado hasta aquí ya merece una celebración, ¿no os parece?

—Vamos, novia, prueba tu *sarmale*. —Mayte invita a Loreto a que lo pruebe, ante la mirada atenta de sus compañeros, y, a pesar de su escaso apetito, indica con un gesto que le ha gustado mucho más de lo que esperaba.

El siguiente en probarlo es Arturo, que, con semblante muy serio y mirando fijamente a los ojos de la alumna, exclama:

—Querida Loreto, si «la suegra grande» es capaz de hacer algo más rico que esto, me das su teléfono, porque yo me caso con ella. —Todos ríen ante la salida de Arturo, que, tras una pequeña pausa, añade en tono un poco más solemne—: Y sigue el consejo de este viejo que algo sabe de la vida: cuando se lo des a probar a tu novio, hazlo con humildad... ¡para que vuestro matrimonio comience con «buen rollito»! —El remate humorístico e inesperado del abuelo hace que hasta la propia Loreto ría con ganas por primera vez.

El resto de los alumnos se anima también a degustar el *sarmale*, un elaborado manjar que ninguno de ellos había probado antes.

Los sabores encontrados se funden con los sabores perdidos en esta peculiar cocina, que se va pareciendo, cada vez más, a una caja llena de historias tan variadas como sorprendentes.

13

A veces, los hechos se suceden con una disposición tan perversamente inoportuna que una secuencia fruto del azar parece un plan urdido con alguna oscura intención.

Cuando Mayte diseñó el curso, y tras haber recibido las propuestas de los alumnos, decidió distribuir las recetas a lo largo de las horas atendiendo a un criterio puramente práctico. Un orden basado en las necesidades y en las peculiaridades, estrictamente culinarias, de cada plato: los ingredientes, los utensilios, los pequeños electrodomésticos, los fuegos de la cocina, el horno...

Con tal esquema pretendía, únicamente, que las clases resultaran dinámicas y las acciones de recogida y puesta a punto para la siguiente aventura, rápidas y operativas.

La profesora no tenía entonces ni remota idea acerca del variado colorido de las historias que irían asociadas a cada propuesta gastronómica, no sabía nada de la personalidad de los asistentes y mucho menos de cómo acabarían relacionándose entre sí a lo largo del curso.

Por ello, tiene cierta gracia que en el plan trazado a ciegas por Mayte, tras la receta de Loreto esté prevista la de Mikele, precisamente. Resulta maliciosamente divertido que la casualidad haya unido, de algún modo, a los dos alumnos más distanciados, aquellos que iniciaron su relación con un desencuentro en el jardín.

La noche anterior, repasando mentalmente lo sucedido durante la primera jornada, Mayte tuvo la tentación de alterar el orden previsto, pero le pareció absurdo. «Loreto y Mikele son adultos», pensó.

También se le pasó por la cabeza la idea de justificar y subrayar ante el grupo que la decisión sobre el orden de las recetas fue previa al inicio del curso y que no guardaba, por tanto, relación alguna con las afinidades o disparidades entre los asistentes..., pero acabó por considerar que esta alternativa era más desatinada aún y realmente incómoda para todos.

Desestimadas ambas opciones, Mayte ha decidido iniciar la nueva receta como ha hecho con todas las demás y sin artificios.

—Mikele, vamos con tu propuesta la *pasta alla Norma*, una de mis favoritas. La he preparado unas cuantas veces aquí y otras tantas en Italia...

—Pero seguro que no te sale tan buenísima como a mí —sentencia jactancioso.

—Seguro. —Mayte le responde adoptando ese tono condescendiente que empleamos con los niños cuando queremos que se sientan importantes—. No me cabe la menor duda de que tu pasta es insuperable.

—*Certo!*

—¿Y por qué la has elegido? ¿Te lleva a algún momento importante de tu vida?

—¡A uno no, a muchos!

—¿Por ejemplo?

—Ayer te lo dije, Mayte, haciendo pasta con estas manos, de *diávolo*, que no de ángel... —dice, mirando de reojo a Loreto, con la pérfida intención de recordarle a «la suegra grande»—, he seducido a las mujeres más importantes de mi vida.

Loreto frunce ligeramente el ceño y Luz resopla ante la nueva fantochada de su novio.

—¡Aquí tenéis a la última de todas —dice, señalándola—, la más inteligente, la más fascinante!

—La última por ahora... —apostilla Luz con simpática mordacidad.

—De eso nada, novia a la fuga, tú y yo nos haremos viejitos juntos...

A pesar del tono insistentemente bromista de Mikele, Mayte intuye, desde el inicio del curso, que algo se oculta tras ese obvio desparpajo y trata de conducirlo hacia su terreno con una pregunta en apariencia inocente.

—¿Y dónde aprendiste a hacer la pasta, Mikele?

—En Catania.

—No conozco a fondo la ciudad, solo la he visitado un par de veces como turista. ¿Naciste allí?

—No, es mi madre la *catanese*. Yo nací en Milán.

—Lo pensé al ver tu apellido, Bianchi, me sonaba a milanés...

—Sí, mi padre lo era.

—Vaya, portas una mezcla intensa en tu sangre italiana, padre al norte y madre al sur... ¡Y qué dos ciudades tan diferentes!

—Sí, como ellos. —Mikele pronuncia esta última frase en voz baja y con tono grave. Luz lo mira con ternura y Mayte anota mentalmente este momento, pero continúa con sus preguntas.

—¿Y quién te enseñó a hacer la *pasta alla Norma*?

—Giuseppina Abbisogni. *La più bella del mondo*, con permiso de Luz, *la mia mamma, mamma* Pinu.

Mikele cita a su madre con una intensidad propia de la devoción y, seguramente, al tomar conciencia de ello cambia de pronto el tono para recobrar su insolencia habitual.

—*Basta cosí!* Coronel Landa, olvidemos el interrogatorio y hagamos mi receta, que necesita su tiempo...

—Enseguida empezamos, no te preocupes, recuerda que en esta cocina no caben las prisas —replica Mayte, empleando un tono entre autoritario y cortés—. ¿Tú recuerdas la primera vez que probaste la *pasta alla Norma*, Mikele?

—A ver, la primera, primerísima, no... La he comido siempre, desde *bambino*, estoy seguro de que la *mamma* me la dio a probar cuando me salieron los dientes de leche... Era uno de los platos más habituales en nuestra mesa. ¡Si hasta sale en una foto! Una foto del verano del 87, en casa de la *nonna* Agata, en Catania. Mirad, la he traído...

HISTORIA DE UNA
PASTA ALLA NORMA

La foto está hecha en la azotea de la vieja casa de la *nonna*. De fondo, el omnipresente vigilante de la ciudad, el volcán.

En la imagen, Mister Etna parece estar apoyado en el cielo, altivo y desafiante, orgulloso de la veneración temerosa que provoca su imponente e imprescindible presencia en la ciudad, consciente de que si le da por emitir bocanadas de humo y escupir lava, nos envolverá a todos en un velo de cenizas y temor.

En torno a una mesa alargada, cubierta por un mantel de hule de cuadritos rojos y blancos, mi familia materna en pleno: la *nonna* Agata, los tíos, Lorenzo, Mario y Franco. Las tías, Liliana, Pia y Silvana. Las primas y los primos, Ricciarda, Valentina, Alessandro, Carlo, Davide, Giuglia, Marco...

Aquel verano yo tenía trece años, pelusilla en el bigote y un largo flequillo que hacía la función de cortina para ocultar los malditos granos que me apedreaban la frente. En la instantánea llevo puesta mi camiseta favorita, la de la *azzurra* en el Mundial 1982, con el 20 de Paolo Rossi. Tal vez una señal premonitoria de que algún día vendría a triunfar a España...

Yo aparezco sentado en el lado derecho de la mesa, al lado de la prima Ricciarda, las cabezas juntas y amplias sonrisas. Mis dedos índice y corazón asomando en forma de uve por detrás de su preciosa y rizada cabellera morena, ella cándidamente ajena a mi burla.

Aquel fue uno de los veranos más felices e intensos de mi vida y, no sé si estimulado por la cercanía del volcán, mi cuerpo adolescente entró en erupción en aquella ciudad que pisaba por vez primera. En los dos meses que pasé allí me enamoré, perdidamente y por orden alfabético, de una, de dos, de tres, de cuatro amigas de la prima Ricciarda: Adriana, Beatrice, Carlotta y Daniela.

Recuerdo noches calurosas, en todos los sentidos, escuchando una y otra vez el single *Invisibile* de Umberto Tozzi en el tocadiscos del tío Lorenzo:

> *Invisibile, io vorrei essere invisibile*
> *per stare sempre accanto a te.*

Aquel verano me sumergí en el ritmo de una ciudad fascinante que me atrapó para siempre. Recorrí muchas de sus calles y sus *piazzas*, las turísticas y las frecuentadas solo por la gente *catanese*, de la que yo acabé sintiéndome parte.

Y todo me parecía nuevo y al tiempo familiar, como si siempre hubiera vivido allí. Y lo extraordinario resultaba cotidiano y lo cotidiano, extraordinario. Yo era inmensamente feliz, saboreándolo todo como un *gelato* de múltiples sabores.

Disfrutaba tanto cuando acompañaba alguna mañana a la *mamma* al mercado del pescado, la

Pescheria, como cuando iba a visitar al tío Lorenzo a su taller de coches en Via San Leone.

Algunas veces, después de comer, cuando el calor se convertía en furibundo, los primos mayores jugábamos a la *scopa* con las cartas, atrincherados en algún dormitorio tras las persianas de madera.

En otras ocasiones, yo prefería quedarme en la sala de estar junto a la *nonna*, que esparcía álbumes de cuero por la gran mesa de madera pintada de verde e iba pasando las hojas de cartulina amarillenta, salpicadas de viejas fotos en blanco y negro. La *nonna* reconstruía en imágenes mi desconocido árbol genealógico, con su voz raspada y un suave acento siciliano.

Algunas tardes, después de merendar, nos entregábamos a la aventura que Ricciarda bautizó como «tardes turísticas».

—No puedes irte de Catania sin conocer lo que todo el mundo viene a ver —decía—. ¿Y si no vuelves nunca?

Ricciarda se equivocó con su temor, yo volví muchas veces, siempre regreso a Catania. Pero, a decir verdad, al volver a pisar aquellos lugares nunca he sentido un impacto comparable al de la primera vez.

En las tardes turísticas, íbamos en bici hasta

el Ursino, o hasta la Piazza Stesicoro, para ver las ruinas del viejo anfiteatro, al Teatro Máximo, al monasterio Benedictino. Y, por supuesto, a la Fontana dell'Elefante de Vacarinni, en la Piazza del Duomo.

Esta última visita la hicimos varias tardes, porque aquel era el punto de encuentro donde nos reuníamos con Teresio, que vivía cerca de allí. Y siempre se repetía la misma escena, yo me quedaba extasiado contemplando *U Liotru*, así lo llaman en dialecto, y siguiendo hasta el cielo con la mirada el obelisco que sostiene el elefante, tal vez me hacía soñar con la altura de miras en mi futuro adulto. Entonces todos se metían conmigo y me silbaban para que pedaleara junto a ellos hacia el próximo destino, no entendían mi desmedida fascinación por el monumental paquidermo.

Suele ocurrir que cuando algún elemento cautivador forma parte de tu cotidianidad, dejas de fijarte en él y tan solo lo echas de menos cuando lo pierdes. Cuando el primo Marco cayó enfermo, hace dos años, en su casa de Roma, soñaba obsesivamente con volver a ver a su querido elefante *catanese* subido en la roca de lava. Murió sin conseguirlo.

En aquel verano inolvidable del 87 viví toda

una vida, conocí a dos de mis mejores amigos, que aún lo son, Luigi y Teresio. Pero, sobre todo, descubrí que tenía una familia, una gran familia.

En esa imagen de la azotea, delante de cada uno de nosotros, hay un plato lleno de *pasta alla Norma* con todo su colorido. La *mamma* se empeñó en que hiciéramos la foto antes de que empezáramos a comer, ella odia esas fotos con sobras de comida, manteles manchados de vino, vasos de agua medio vacíos con burbujas y servilletas arrugadas.

Recuerdo que después de servirnos a todos, con exquisito cuidado, se entretuvo en limpiar primorosamente cada manchita de salsa de los bordes de la vajilla con un tisú. La *nonna* le reñía y decía: «*Che pesante!*», los tíos y las tías reían y bromeaban, burlándose de su perfeccionismo obsesivo, y los niños protestábamos porque queríamos empezar a comer ya.

Cuando terminó el meticuloso ritual de limpieza y orden de la *mamma*, pudimos por fin entregarnos al placer de comer esa pasta que tantas veces había degustado en casa, en Milán. Y, aunque era la misma de siempre, nunca antes me había sabido tan deliciosa como en aquella azotea. Cada bocado encerraba un mundo, un universo nuevo y fascinante que se había abierto para mí.

De vez en cuando, me gusta mirar esa vieja

foto porque conserva una emoción pasada que revivo al mirarla. Y mientras la observo, la casa de la *nonna* Agata vuelve a ser suya, durante unos minutos deja de ser el edificio rosado de apartamentos turísticos cercanos a la Piazza Università que es ahora. Y la familia materna vuelve a estar en pleno rodeando la mesa, incluso aquellos que ya nos dejaron están pletóricos y sonrientes: la tía Silvana, el tío Lorenzo, el primo Marco..., la prima Ricciarda. Mi bella Ricciarda vuelve a vivir y posa feliz con mis dedos en forma de uve tras sus rizos.

Adoro esa foto porque la felicidad está congelada en aquel momento. Es la captación de un instante pleno, repleto de gozo y de colores, como nuestros platos rebosantes de *pasta alla Norma...*

Y colorín colorado, este cuento se ha terminado.

E così finisce la nostra storia.

Mikele concluye su bello relato y consigue dibujar una sonrisa emocionada en todos sus compañeros, incluso a Loreto parece haberle contagiado de dulce nostalgia la narración del recuerdo de su habitual discrepante...

Luz, sin embargo, muestra un semblante mucho más próximo a la tristeza que a la ternura. El italiano la mira fugazmente y se dirige a Mayte en su registro habitual.

—Profesora, ¿contenta? ¡Ya he desembuchado!

Mayte le sonríe bondadosamente, satisfecha por haber conseguido arrancarle un precioso recuerdo vital, pero desconcertada al tiempo por una íntima e inexplicable sensación. Después de haber conocido la historia del imborrable verano catanés, está más segura aún de que el alumno esconde algo bajo su coraza, como hacía con los granos de la pubertad tras su flequillo.

Mikele, deseoso de zanjar su protagonismo en un estilo tan diferente del que suele ejercer, la apremia.

—¿Podemos hacer ya la pasta? Esta gente debería probar algo realmente bueno, por fin —bromea.

—*Andiamo!* —responde enérgica Mayte, tratando de disimular su intuición.

Tagliatelle
alla Norma

Ingredientes

300 g de harina

1 huevo

6 o 7 yemas de huevo

1 cucharadita de aceite de oliva

una pizca de sal

harina de trigo duro

o sémola para trabajar en mesa

Salsa

3 berenjenas medianas

2 paquetes de tomates cherry

2 dientes de ajo

ricotta salata (cantidad suficiente y al gusto)

albahaca fresca

sal y pimienta

aceite de oliva

Tagliatelle alla Norma

Tenía el presentimiento de que tocaría una elaboración con pasta, y con la presencia de Mikele se ha materializado.

Me encanta la propuesta porque nos abre un mundo maravilloso al que amo. Hablar de pasta trasciende el producto en sí, su propia elaboración, y nos adentra en una cultura de casi mil años de historia, porque ya en la Antigua Roma se encuentran referencias a platos de pasta.

En el siglo III antes de Cristo hay citas a las «laganas», tiras de pasta larga y chata que se hacían con harina de trigo. La masa primigenia provenía de cereales y granos triturados con agua y luego cocidos que fueron evolucionando, tanto gastronómica como industrialmente, hasta convertirse en el plato más popular y que funciona como nexo conductor de la gastronomía italiana.

A través de su desarrollo y popularización como comida del pueblo, Roma fue extendiendo el cultivo de cereales por toda la cuenca mediterránea. Desde Sicilia, que empezó siendo el granero del imperio, el cultivo de cereales se fue extendiendo a España, Líbano, norte de África y hasta Siria.

Para asegurar que cada habitante del vasto territorio imperial tuviera acceso al cereal, se desarrolló la industria de su producción y conservación. Fue decisivo el desarrollo del transporte por vía marítima, el diseño de molinos, la invención de industria de almacenaje y hasta los utensilios para comerla.

Por eso veo la pasta como uno de los motores de evolución de nuestra sociedad, en cierta medida. Me encanta esta parte de historia antropológica de la gastronomía, que nos ayuda a entender nuestra manera de alimentarnos.

Hacia el año 1740 se abrió la primera fábrica de pasta en Venecia, y por estas fechas ya había sido adoptada por las clases altas en sus mesas.

Tengo que contaros que hasta entonces la pasta se comía con las manos. El hecho de que estas familias aristocráticas la sirvieran en sus mesas, más la incorporación de las salsas para aderezarlas, hizo que se inventara algo que para nosotros seguro que existía desde el mismo momento en que poblamos el planeta. Sabéis de qué hablo, ¿no? Sí, efectivamente, del tenedor.

Primero se popularizó el consumo de la pasta con tomate y aceite y luego ya se fueron incorporando productos netamente italianos, como el *prosciutto*, el queso, los mariscos, la *mozzarella*, los pescados, la carne de cerdo curada, la caza, etc. Amas de casa, cocineros y *gourmets* comienzan a crear recetas que llegan hasta hoy día.

Finalizada esta introducción histórica, empecemos con la receta, no quiero desesperar a Mikele...

Aquí empezarán a plantearse muchas dudas y controversias: pasta industrial o casera; pasta casera con harina de trigo blando o duro o una mezcla de ambas; con huevos o yemas solamente; con aceite o agua en la masa; añadiendo sal o no a la preparación...

Hoy por hoy, encontramos excelente calidad de pasta industrial. Lo cierto es que pocas veces tenemos tiempo para hacerla artesana; pero como estamos en un curso de cocina emocional, hoy vamos a empezar por la receta de la pasta.

A modo de referencia, si buscáis alternativas, una masa básica de pasta es: cien gramos de harina, un huevo, una cucharada de aceite y una pizca de sal.

Un buen consejo para empezar es que todos los ingredientes estén a temperatura ambiente, para que se integren rápidamente en la preparación.

La harina tiene vital importancia, y aquí sí os hago una aclaración importante. La harina que usaremos es la harina de trigo blando o flojo, por eso esta receta lleva tanta yema, para que la proteína ayude a desarrollarla. Si hacemos pasta con harina de trigo duro y para secar se hace con agua y sin huevo.

Pasemos a la acción: tamizamos la harina para liberarla de posibles impurezas y formamos un volcán.

En un cuenco batimos el huevo junto a las yemas, para romperlas y mezclarlas.

Yo siempre dejo una yema aparte porque la harina puede estar más húmeda o seca y de ello dependerá también el grado de líquido que necesite. (Si hace falta la agrego, dependiendo de cómo vea que va evolucionando la masa.)

Colocamos el batido en el centro, junto con la cucharada de aceite de oliva. Salamos con la pizca de sal. Hay quien dice que la sal mancha la pasta y prefieren ponérsela toda en el agua de cocción.

Ahora viene mi momento preferido, el momento de

meter las «manos en la masa». Vamos formando el bollo de masa aplastando y amasando.

A algunos no les gusta ensuciarse las manos al cocinar, pero yo no concibo no poder palpar el alimento. ¡El producto habla tanto al tocarlo!

Como dicen *le nonne*, las abuelas italianas: «Tienes que sentir la masa.»

A medida que vas amasando el bollo de masa, que se va integrando y haciéndose cada vez más liso y terso, te vas dando cuenta del tacto que ha de tener. Es una sensación única que queda grabada en las palmas de las manos.

Para daros una referencia, se logra con un amasado enérgico durante diez minutos, como mínimo. Para que la masa se despegue del todo de las manos y esté totalmente integrada.

¿Habéis pensado alguna vez que la cocina es una de las pocas actividades que hace que ejerzamos plenamente todos nuestros sentidos? Tacto, olfato, gusto, vista y oído, todos en consciencia plena, buscando ese punto perfecto para la elaboración elegida.

El momento del amasado siempre me pareció muy físico, muy sensual, y no os digo nada después ver la escena de Jessica Lange y Jack Nicholson en *El cartero siempre llama dos veces*... ¡Uy, qué calor de repente!

Abrid la ventana, por favor, y bajemos algunos grados centígrados el ambiente de la cocina...

Ahora dejaremos descansar la masa envuelta en un paño o en papel film para que el gluten de la harina se relaje y podamos estirar sin que la pasta se rompa. Con media hora es suficiente.

Para ir agilizando el preparado, yo ya tengo unos

bollos de masa preparados en este punto. Vamos a ir trabajándolos de uno en uno.

Para comenzar el proceso de estirar la masa, vamos a usar esta máquina de pasta manual tan viejita que veis aquí.

Aplastamos el bollo de masa y lo vamos metiendo con la abertura máxima. Así vamos estirando, reduciendo la abertura hasta lograr planchas de masa finitas. Vamos dejando las planchas sobre la mesa con harina de trigo duro o sémola, para que no se peguen a la superficie y que la masa en sí vaya perdiendo humedad.

Llegados a este punto, o bien cortamos los *tagliatelli* con la propia máquina que tiene el dispositivo para cortar o con el cuchillo para hacerlo a mano. Ya me diréis: ¿qué lío saber cuándo hablamos de tallarines o *fetuccini* o *tagliatelli* o *tagliolini*? Hay que medir la anchura, así:

Tagliolini son de uno o dos milímetros; *fettuccini*, de dos a cinco milímetros, *tagliatelli* o tallarines, de cuatro a diez milímetros, y *pappardelli*, dos a tres centímetros.

Nosotros haremos *tagliatelli* o tallarines cortados con la máquina. ¿Alguien quiere ayudarme? Esto se hace siempre mejor de a dos, para ir sosteniendo los tallarines mientras uno le da a la manivela.

Ponemos los tallarines a secar en este sencillo artilugio de madera, que permite colgarlos para que se sequen. El tiempo mínimo es de una hora.

También he avanzado este paso. Tengo en la despensa los tallarines ya secos desde esta mañana.

¡Mirad qué belleza, con ese color amarillo intenso por la cantidad de yemas que tiene nuestra masa! ¿Sabéis que hay masas de tradiciones familiares que tienen hasta cuarenta yemas?

En este punto, podríais conservar la pasta en nevera durante tres días, bien espolvoreada con la sémola, o la podéis congelar un máximo de tres meses.

Ahora empezaremos a hacer la salsa *alla Norma*, que también tiene una buena historia. Por cierto, es un doble tributo a Sicilia, porque es la cuna del trigo con que se hace la pasta, y porque allí nació el creador de la ópera que le da nombre y que tantas veces escuché siendo niña.

La *pasta alla norma* es una combinación divina de berenjenas, tomates, albahaca y *ricotta salata*, típica de Catania, la ciudad siciliana que tanto ama Mikele. Es uno de sus platos más elegantes y de culto.

Podríamos decir que es una pasta con una salsa de tomate y berenjenas, y listo, pero no, la *pasta alla norma* es un símbolo de Sicilia. Un plato de una soberbia simplicidad, enaltecida por lo mejor de la huerta siciliana: los tomates San Marzano, sus voluptuosas berenjenas *doncella violeta*, el ajo de *rosso di Nubia* y aceite de oliva virgen extra de gran calidad.

Tengo la suerte de que mi amigo Óscar, que comercializa productos italianos y que adora Sicilia, cuando viene de allí siempre me trae este aceite espectacular Don Antonio, de Agrigento. Yo cuido esta botella como oro, pero hoy tiene todo el sentido que la usemos para nuestra receta.

El toque final de esta preparación es la *ricotta salata*, otro ingrediente estrella de Sicilia. De leche de oveja, curada en sal, lo que le aporta firmeza, y en algunos casos, el secado se hace al sol de Sicilia, como antaño.

Voy a contaros por qué la bautizaron así. Esta receta, muy popular allá por el siglo XIX, le debe su nombre a la famosa y brillante ópera *Norma* de Vincenzo Bellini. Se cuenta que el director de teatro Nino Martoglio, al probar el plato de pasta, le pareció tan maravilloso que su expresión para definirla fue: *É una Norma*. La comparación del plato con la excelsa ópera le ha dado el nombre que ha llegado hasta nuestros días.

Ya tenemos la pasta hecha, solo nos queda hacer la salsa.

Cortamos las berenjenas en lonchas transversales no muy gruesas. Las aderezamos un poco con sal para que suden su líquido de vegetación.

Mientras tanto haremos la salsa con los tomates cherry. Os preguntaréis, ¿una salsa con tomates cherry? Qué desperdicio... La razón es que queremos una salsa potente con todo el sabor y dulzor de los tomates, por tanto, tiene todo el sentido, esta variedad es una verdadera explosión de sabor y aromas.

Eso sí, la salsa se hará muy rápido. Necesita apenas cocción para que no perdamos la frescura que nos brindan estas perlas de la huerta.

Picamos los ajos en *brunoise* y cortamos los tomatitos en mitades. En una sartén ponemos un buen chorro de aceite de oliva virgen, y cuando esté caliente añadimos los ajos picados. Cuando veáis que empiezan a bailar y a coger color, añadimos los tomates partidos. Movemos la sartén para que se vayan cociendo y bañando con el aceite, y salpimentamos.

A esta salsa casi nunca le hace falta la pizca de azúcar que muchos le agregan a la salsa de tomate, porque esta variedad de tomate contiene un azúcar natural muy concentrado.

Ya es hora del momento mágico, poner la cazuela con abundante agua para la pasta mientras escuchamos la «Casta Diva». Escuchad, sentid y disfrutad.

Cuando rompa el hervor, añadimos la sal en bastante cantidad, recordad que la pasta no llevaba apenas.

La salsa de tomate no la vamos a triturar, porque la velocidad de las cuchillas al triturar el tomate suele dejarlo color anaranjado y queremos que nuestra salsa conserve el intenso color rojo natural.

Pasados cinco o seis minutos en el fuego bajo, ya tenemos nuestra salsa, que se parece más a una confitura en aceite de tomatitos cherry. El aspecto será de unos tomatitos deshechos por el calor. La piel de esta clase de tomate suele ser tierna y le añadirá un punto crujiente al saborearla.

Ahora retiramos el líquido que soltaron las berenjenas y el exceso de sal, y secamos con un papel de cocina o un paño limpio, como la *mamma* de Mikele justo antes de la foto.

En otra sartén, con un chorrito de aceite de oliva, pasaremos las rodajas de berenjenas para cocerlas. Una vez tiernas y doraditas las añadimos a la salsa de los tomates. Mezclamos bien.

Para aderezar la salsa, cogemos albahaca fresca, que rompemos con la mano para conservar todo su color. ¡Es una delicia de aroma, fresco y penetrante! Os aconsejo que no la piquéis con el cuchillo porque se oxida y se vuelve de color oscuro o incluso negra.

Estamos llegando al momento culmen, ponemos

la pasta a hervir. En este caso, al ser pasta fresca, contaremos dos o tres minutos desde que esta sube a la superficie. La pasta, siempre al dente, tiene que tener ese pelín de dureza al morder. No solo por su textura, sino también porque así en la digestión vamos asimilando los hidratos de carbono en más tiempo y es más beneficioso desde el punto de vista nutricional.

Reservad siempre algo del agua de cocción, porque puede ayudarnos a aligerar o ligar nuestra salsa.

Una advertencia: ¡No enfriéis la pasta debajo del grifo como muchos hacen..., esto es *peccato mortale*!

La salsa y la pasta se van haciendo a la vez, así que cuando tengamos cocida la pasta, solo tendremos que aderezar y degustar.

Aderezamos muy bien nuestros tallarines o *tagliatelli* con la salsa y lo servimos, preferiblemente, en una fuente de loza de esas que siempre estaban en nuestras mesas familiares.

Con un rallador grueso, rallamos la *ricotta salata* de forma generosa. Refrescamos con algunas hojas de albahaca más y aderezamos con otro chorrito de aceite de oliva.

Y, como la «Casta Diva», este plato de pasta es intenso, aunque suave a la vez, profundo y con momentos fuertes en el paladar. Esta personalidad se la da la intensidad y astringencia de las berenjenas, seguida de toques de dulzura del sol hecho azúcar de los tomates, que delicadamente invaden tu boca, y los susurros de sal y aromas delicados e inquietantes de la albahaca...

Subamos el volumen y vibremos ante tanta belleza.

La cocina de Mayte se sumerge en una fascinante nebulosa de aromas, notas musicales y sentimientos. Como si el Etna emocional de Mikele la hubiera envuelto en un velo de sensaciones.

Resulta inverosímil que cualquier desconocido que camine cerca de la valla de la casa de los pájaros pueda imaginar lo que sucede al otro lado, en este oasis temporal en el que se concentran tantos sabores.

14

Los alumnos han probado la *pasta alla Norma* de Giuseppina y la valoran con una nota excelente. Mikele, sin embargo, le ha dado el visto bueno, con algún «pero», un *però* con acento italiano.

—Está rica, *però*... le falta un poquito de intensidad. A ver, es la misma receta, obvio, *però*... el resultado no es exactamente igual al de la *mamma* Pinu.

Si desde el principio Mikele ha evidenciado una ofuscada resistencia a reconocer sin ambages los aciertos de Mayte, ahora que parece vislumbrar una posible comparación de la profesora con su tan venerada figura materna, se emplea al máximo en acentuar su actitud.

—A ver, la pasta está buenísima, *però*... claro, la mano de una madre en la cocina es inimitable. En la cocina y en la vida, nadie te acaricia como una madre, nadie te protege como ella, nadie sabe lo que necesitas como lo sabe una madre. Nadie te... —Mayte no le deja terminar la frase.

—¿Sabes una cosa, Mikele? No soy tu madre. —La profesora adopta por primera vez una entonación que no deja lugar a dudas sobre su irritación, lo cual provoca cierta incomodidad en el grupo y una chanza fácil del alumno.

—«¡No soy tu madre!» Eso ha sonado a Darth Vader. ¿Estás en el lado oscuro? —dice entre risas, aunque ninguno de sus compañeros le sigue la broma.

Mayte cuenta hasta diez para sí, tratando de evitar la confrontación, y se emplea en secar la encimera con un paño de rayas de colores, con tanta insistencia y energía que parece que se ha propuesto sacarle brillo.

El resto del grupo colabora en la recogida de bártulos con celeridad, como si la energía que se desprende de la actividad pudiera enmascarar un ambiente repentinamente enrarecido.

Todos se mueven atropelladamente por la cocina menos Mikele, que apoyado en la encimera persigue a la profesora con la mirada mientras mastica con tranquilidad un colín, un *grissino tronesi*.

Lo más recomendable en las situaciones tensas es dejar que el silencio aplaque los ánimos, pero el alumno decide quebrantarlo con una galantería de inicio que acaba rematando con una evidente descortesía.

—¡Profe, claro que no eres mi madre, eres muy joven para tener un hijo de mi edad! En realidad —le dice tras una pausa—, tú no tienes pinta de madre...

Mayte enrojece más por cólera que por rubor y después de guardar unos segundos de silencio, que se hacen eternos para los que presencian la secuencia, le responde, evidentemente enfadada, aunque sin levantar el tono:

—Escucha, Mikele, hasta aquí ha llegado mi paciencia. Si vas a continuar en esta actitud faltona, creo, francamente, que te has equivocado de curso. ¿He sido lo bastante clara?

Mayte tira con cierta violencia el paño de cocina sobre la encimera, desata su delantal y se dirige hacia la puerta.

Desde el umbral, tratando de impostar un tono relativamente reposado, se dirige al grupo:

—Vamos a descansar cuarenta y cinco minutos antes de hacer la última receta, ¿de acuerdo? Os espero aquí en un rato.

Mayte desaparece de la cocina y, unos minutos después, los alumnos abandonan la estancia con gesto atribulado, todos a excepción de Luz y Mikele.

—¿Por qué haces eso, Mikele?

—¿Hacer qué?

—¿Por qué disfrutas creando situaciones tensas?

—¿Yo?

—Sí, tú. ¿Y qué narices te pasa con Mayte?

—¿A mí? A mí con Mayte no me pasa nada.

—Vamos, Mikele, no me tomes por tonta, desde que llegamos no has dejado de lanzarle pullas. ¿Te has empeñado en poner a prueba su capacidad de aguante? Porque creo que ya has rebasado el límite.

—Yo solo le hago bromas, será que ella tiene la piel muy fina... El humor forma parte de mi personalidad, venga, tú me conoces, *amore*.

Mikele trata de besarla, pero Luz se aparta y continúa con el reproche a su conducta.

—No, Mikele, lo de estos días no es humor, a ratos es resquemor.

—¡Qué dices!

—Lo que estás oyendo.

—Te equivocas absolutamente.

—Mira, Mikele, ya sé que te sientes mal, por eso estamos aquí. Los dos necesitábamos un respiro, algo diferente, algo que te saque, que nos saque, de ese pozo en el que estás. Pero, ¿sabes una cosa? Mayte no tiene la culpa de nada de lo que te sucede.

—Pues claro que no. ¿A qué viene eso?

—Viene a que ella es una excelente profesora y

tú no respetas su labor. Viene a que hay más personas en esta cocina y a ratos te pones a boicotear las clases de forma gratuita. No entiendo nada, de verdad...

—Estás exagerando un poquito, ¿no?

—No, al contrario. Llevo dos días quitándole importancia a tus salidas de tono. Y te diré una cosa: estoy harta, cansada de contemporizar, de apagar los fuegos que vas encendiendo, así que si quieres hacemos las maletas y nos vamos ya.

—¿Irnos? Oye, yo creo que estás haciendo una montaña de un grano de arena, *tesorino*. No ha pasado nada grave... *Per favore, no!*

—Mikele, desde que llegamos no has parado de provocar situaciones incómodas, desde el minuto uno, ¿recuerdas?

—¡Ahora voy a tener yo la culpa de que Loreto me golpeara el coche! ¿Es eso lo que quieres decir? Oye, Luz, ¿tú en qué equipo juegas?

—Yo no juego en ningún equipo. Yo te quiero con toda mi alma y por eso no soporto que hagas esto. Que te empeñes en mostrarte ante los demás como alguien que no eres.

—Explícame eso porque me he perdido...

—Mira, Mikele, tú eres una de las mejores personas que he conocido en mi vida, te lo he dicho mil veces. Eres honesto, generoso, comprometido, solidario. Todo eso eres tú. Pero últimamente te empeñas en parecer un insolente, cínico, que nada tiene que ver contigo. Y no tiene gracia.

—*Però*...

—Los dos sabemos todo lo que has tenido que sufrir, lo que estás sufriendo. *Però* —dice, imitando el acento de Mikele—, eso no te da derecho a tratar a algunas personas como si te debieran algo. ¡Deja de proyectar tu rabia en las personas equivocadas!

Esta vez Mikele no replica, solo suspira, mira fugazmente a Luz a los ojos y cambia inesperadamente su actitud desafiante por un gesto entre asustado, preocupado e infantil. Parece un niño que, de pronto, ha tomado conciencia de haberse portado mal y empieza a arrepentirse. Se sienta en una silla frente a la encimera y se toca la barbilla con la mirada en el suelo. Luz se agacha y se pone a su lado, recuperando su actitud compasiva y cariñosa de siempre y, en voz baja, casi susurrante, concluye:

—*Amore*, si me quieres, si te quieres, pídele perdón a Mayte, anda, haz que esto acabe bien, por favor. Necesitamos que esto acabe bien, los dos lo sabemos.

Después le da un beso cariñoso en la cara y se marcha de la cocina con lágrimas en los ojos. Por primera vez, la más luminosa de los alumnos muestra un rostro apagado, lleno de sombra.

Mikele se queda en la cocina, pensativo y, aparentemente, juicioso. Mira por la ventana que da al jardín trasero y a lo lejos ve a Mayte, sentada en un banco, acariciando a Nora.

15

En la sala de estar, Rafa, Loreto, Amina y Arturo, repartidos entre el sofá y las butacas, se miran a los ojos, todavía inquietos por la desagradable escena que ha agriado el sabor del último encuentro.

—Qué movida, ¿no? —declara Rafa—. A mí estas cosas me ponen mal cuerpo, *quillo*.

—No sé muy bien cómo ha podido ocurrir —le comenta Amina—, estábamos tan a gusto hace un momento...

—Muy fácil —sentencia Loreto—. Mikele es un maleducado. Punto.

—Mujer —Arturo trata de suavizar el veredicto—, quizá el chico no tenía mala intención. A veces las bromas se salen de madre...

—Arturo, por favor, desde que llegamos no ha hecho otra cosa que provocar. Yo fui la primera pero, si nos quedáramos aquí más días, iríais cayendo todos como moscas. Hay personas que solo viven felices en el conflicto.

—No sé, yo opino como Arturo, no me parece que Mikele tenga mal fondo, la verdad...

—¿Por qué? ¿Porque te defendió de un supuesto ataque que yo no te había lanzado en ningún momento?

Amina decide no responder a Loreto, consciente, seguramente, de que cualquier cosa que diga puede provocar un enfrentamiento entre ellas, algo que, desde luego, no quiere que llegue a producirse.

—A veces —expone Arturo— las personas reaccionamos de manera desmedida ante un hecho intrascendente porque, en realidad, estamos escondiendo lo que en realidad nos atormenta.

—¿A qué te refieres? —pregunta Loreto.

—A que la propia Mayte, un ejemplo de templanza y de paciencia, ha sido bastante dura en su reacción ante la actitud de Mikele. Me refiero a que todos tenemos una trastienda, alhaja, pero solemos vernos obligados a disimular para poder convivir con el resto del mundo y con nosotros mismos, pero eso no significa que no tengamos dolores ocultos, todos tenemos alguno...

—Estoy de acuerdo, Arturo, todos cargamos con nuestra mochila de dolor —interviene Rafa—.

Y en esta cocina hay tantas emociones borboteando que es natural que exploten los impulsos.

—A mí los borboteos y los impulsos me tocan mucho las narices. Cada uno tiene que saber dónde está en cada momento. Hemos venido a cocinar, ¿verdad? Pues hagamos eso, cocinemos y ya. A mí no me interesan los problemas ajenos, yo tengo los míos y no voy expandiéndolos por ahí, como si fueran ondas radiactivas, para que otros se contagien de mis preocupaciones o de mis frustraciones.

—Compartir lo bueno y lo malo es lo que nos hace humanos, Loreto —alega Arturo—. No somos seres perfectos ni uniformes. No estamos hechos de una sola pieza, todos tenemos aristas, y reconocerlo en nosotros es el primer paso para poder ser comprensivos y compasivos con el prójimo.

Arturo provoca un silencio reflexivo en sus compañeros que Rafa interrumpe con tono angustioso.

—¿Y ahora qué? —pregunta Rafa—. ¿Cómo vamos a volver a meternos en la cocina después de este mal rollo?

—Bueno, no hay que darle mayor importancia, es un roce, nada más que eso —les tranquiliza Amina—. Además, del conflicto a veces surge la solución a un problema enquistado; después de una colisión puede surgir el distanciamiento o una unión más fuerte.

—No me hables de colisiones, que yo me vuelvo a Madrid con un bollo en el coche... ¡Con el trabajo que tengo, solo me faltaba tener que ir al chapista el lunes, joder!

Rafa, Arturo y Amina se miran entre sí, familiarizados con la naturaleza de Loreto, que siempre mira el lado práctico y material de las cosas, incluso en los momentos emocionalmente intensos.

—Vamos, amigos, no llegará la sangre al río. Acordaos de las palabras de este viejo experimentado. ¡Hay buenos ingredientes en este grupo, saldrá una buena salsa!

—Chicos, siento mucho lo que ha pasado. —Luz irrumpe en la sala y, aunque ha tratado de tapar la rojez de sus párpados con corrector antiojeras, la huella del berrinche se impone en su semblante—. Estoy pero que muy disgustada con la actitud de Mikele.

—No pasa nada, Luz, cariño. Ven aquí, que yo te achucho, cacho guapa. —Rafa la invita al sofá y Luz se arrima a él como un gato mimoso—. Mikele es buen tío.

—Buenísimo —murmura Loreto con ironía.

El reproche de Loreto sale de su boca a tan bajo volumen que únicamente lo percibe Arturo, su vecino de butaca. Este, en coherencia con su rol de abuelo pacificador, lanza una broma que le quita hierro al asunto y deja patente su complicidad con la avergonzada Luz.

—Que el italiano es un buen chico está más claro que el agua, ha dado muchas muestras de ello en estas horas. Además, alhaja, si no lo fuera, no estarías con él. ¡Menuda eres tú fugándote de los novios!

Amina, Rafa y Luz ríen la ocurrencia de Arturo, y Loreto opta por no intervenir. Para aislarse de la buena sintonía del trío, enciende su teléfono móvil y chequea compulsivamente el buzón de entrada de su correo electrónico.

Un silencio balsámico se apodera de la sala. Luz apoya la cabeza en el hombro de Rafa, que acaricia su brazo como un hermano comprensivo: Arturo coge una vieja revista de la mesa baja de cristal que está frente a su butaca, y Amina sonríe con bondad, mirando hacia el jardín, que aparece soleado y ajeno al temporal que acaba de sacudir el interior de la casa.

16

Casi todos tenemos un lugar favorito donde refugiarnos cuando deseamos compartir nuestro tiempo con la soledad. El de Mayte es un banco de jardín, de hierro y madera, que reposa debajo del albaricoque. Lo encontró en el mismo contenedor que a Nora, tan solo unas semanas después de rescatarla.

La perrita tiene una especial predilección por ese mueble, no porque ambos provengan del mismo basurero, sino por la extraordinaria sensibilidad del animal para detectar el estado de ánimo de Mayte, que siempre lo elige en momentos difíciles. Cuando su dueña se sienta en él, Nora, esté donde esté, viene corriendo por el jardín, de un salto se acomoda junto a ella y apoya la cabeza en sus piernas.

Este es siempre un instante contradictorio para

Mayte, porque la empuja a navegar en un mar tan gratificante como doloroso. Sentir el calor del animal que le ha devuelto el papel de cuidadora le arrulla el alma, pero también la apuñala.

Nora representa lo más valioso de su nueva vida, pero al tiempo es el recordatorio de lo perdido. «Y si en lugar de esa cabecita que reposa sobre mis piernas estuviera aquella otra, la que perdí por todos mis errores...»

Mayte se tortura sin tregua con esta cuestión, hay algo de regocijo en la provocación de su propio dolor, como cuando nos entregamos al impulso irracional de oprimir la pieza dental dolorida a causa de una infección o de una cirugía reciente. Puede que también busque la redención a través de esa insistencia por infligirse daño.

—¿Por qué se llama Nora, Mayte?, ¿por la pianista estadounidense, Norah Jones?

La trémula voz de Elvira suena de forma inesperada a sus espaldas y le saca bruscamente de su recogimiento. Mayte da un respingo y mira a la recién llegada con expresión de sobresalto.

—¡Siento haberte asustado! —se disculpa Elvira.

—¡No, por favor, no es culpa tuya, no te he oído llegar, estaba tan absorta en mis pensamientos...

Mayte se echa a un lado para hacerle sitio a su

visitante y responde a su pregunta con media sonrisa.

—No, el nombre se lo puse como homenaje a Nora Helmer, uno de mis personajes favoritos de la literatura. Es la protagonista de *Casa de muñecas*, el texto de Ibsen. Lo conoces, ¿verdad?

—Pues... no. —Elvira lo reconoce con cierta vergüenza. Ignorar lo que otros saben ensancha su inseguridad.

—Es una obra de teatro magnífica del gran autor noruego, te la recomiendo encarecidamente. Yo la he visto dos veces en el teatro, una en España y otra en Roma; por cierto, adoro la musicalidad del título en italiano *Casa di Bambola*. El texto lo he leído y releído mil veces, luego te enseñaré el libro, está machacado de tanto manosearlo...

—¿Y de qué trata?

—Cuenta la historia de una mujer que lo tiene aparentemente todo, pero un día descubre que carece de lo más importante: la libertad. Vive en una jaula de presunto amor, construida por su marido, Torvald. Su papel en esa familia se reduce a adornar y alegrar la casita de muñecas de su matrimonio, edificada sobre unos cimientos paternalistas, sobreprotectores y, con la mirada de hoy, claramente machistas.

»Lo curioso es que la obra la escribió un hombre, Henrik Ibsen, y que lo hizo en 1870, nada menos. El autor renegaba de que este fuera un alegato feminista, pero si la lees verás que es casi imposible no apreciar tal reivindicación en sus páginas.

—Suena interesante...

—Lo es.

—Mayte, siento mucho lo que ha pasado en la cocina. —Elvira emplea un tono cálido pero mucho más firme del que suele utilizar. Seguramente, haber asistido a la demostración de la debilidad de la profesora, en su encontronazo con Mikele, la acerca mucho a ella.

—Yo también lo siento, Elvira. No debería haberme mostrado tan irritada por sus provocaciones, no era para tanto. Supongo que me ha pillado con el pie cambiado.

—Bueno, todos tenemos un límite. A veces, los demás no pretenden herirnos, pero lo consiguen. Hay algunos comentarios o actitudes, seguramente inocentes, que me enervan. Lo que ocurre en mi caso es que casi nunca me atrevo a decir lo que se me pasa por la cabeza y casi es mejor, porque te confieso que en estas situaciones se me ocurren auténticas barbaridades...

Mayte reacciona con una leve carcajada y Elvira se sonroja.

—¿Barbaridades tú? —exclama con sorpresa y en tono divertido—. ¿En serio? ¡Daría lo que fuera por saber hasta dónde llega tu imaginación cuando te indignas, eres tan discreta, Elvira! Resulta apasionante jugar a adivinar cómo puede ser tu mundo interior, te lo confieso.

La alumna se crece ante el comentario de su profesora, la ilusiona ser la protagonista de una conversación íntima con una mujer a la que, en tan pocas horas, ha llegado a admirar poderosamente. Elvira nunca hubiera imaginado que alguien como Mayte pudiera albergar el más mínimo interés por sus asuntos, así que decide abrir su corazón y compartir con ella una confidencia.

—Barbaridades, sí. Para que te hagas una idea, la primera vez que hablé con el gran amor de mi vida, el único, en realidad, me cayó muy mal, fatal.

»Lo cierto es que él no había hecho nada grave para ganarse mi ojeriza, pero eso era lo de menos. Su actitud me había parecido intolerable y punto. En absoluto me atreví a decírselo abiertamente, claro, pero en mi cabeza solté una buena retahíla de improperios y acabé diciéndole, en mi interior: "¡Asesino a sueldo, deberías estar en la cárcel por haber acabado con la vida de varias personas!"

—Y no lo era, intuyo...

—¡Por supuesto que no! ¡Pobre Eduardo...

—Pero a ver, Elvira, ¿qué te había dicho él para que le dedicaras esos pensamientos tan horribles?

—Nada. Ese fue el problema, que no me dijo nada en absoluto cuando le di una extensa y profunda explicación sobre el sentido de mis croquetas.

—¿El sentido de tus croquetas...? —pregunta Mayte, completamente desconcertada.

—Sí, a ver, Eduardo era un cliente que venía por primera vez a la panadería en la que trabajo y justo ese día yo había decidido llevar mis croquetas allí sin consultar con mi jefe. Claro, yo estaba muy orgullosa de mi desafío y él no captó la trascendencia del hecho. Pero vamos, que me pasé tres pueblos.... «asesino a sueldo» —rememoró entre dientes—. ¡Qué bruta! Hice bien en callarme. Si se lo llego a decir así, tal y como lo pensé, seguramente nuestra historia de amor nunca habría comenzado!

Mayte estalla en carcajadas ante la confesión de Elvira, jamás hubiera podido imaginar una desenfrenada comezón rencorosa de ese calibre en el interior de un ser tan frágil y pusilánime como ella.

Resulta fascinante la capacidad de los seres humanos para esconder misterios insondables en esa zona del pensamiento en la que no entra más que uno, esos que a veces incluso nos sorprende descubrir a nosotros mismos, si miramos con honestidad y valentía hacia dentro.

El testimonio de Elvira consigue cambiar el humor de Mayte de un plumazo.

—¡Es fantástico, querida! —exclama jocosa—. Te lo voy a copiar. «¡Asesino a sueldo!» Supongo que cuando alcanzaste mayor grado de confianza con él se lo confesarías, ¿no?

—Sí, lo hice una tarde que estábamos de vinos por Toledo. Aquel fue uno de esos días felices que se dan en la vida sin haberlos planificado y estaba yo pletórica y dicharachera, total, que se lo conté.

—Y él se partiría de risa, claro.

—¡Imagínate! Me dijo que lo habían llamado de todo en esta vida, pero que Jackal, Chacal, nunca. Ah, y que iba a probar a teñirse el pelo de rubio platino.

—¡Tu novio tiene sentido del humor, Elvira!

—Bueno, ya no es mi novio...

—Vaya..., ¿rompisteis?

—No exactamente. —Elvira traga saliva, hace una pausa y coge aire para vomitar una frase que le cuesta la vida pronunciar—. Eduardo murió hace ocho meses.

—Lo siento muchísimo. —Mayte le transmite sus condolencias con ese empático sentimiento de culpa que provoca haber puesto un pie sobre la zona de dolor del otro, por puro desconocimiento, como cuando pisa a Nora involuntariamente porque se ha colocado entre sus piernas sin avisar.

—Lo sé, muchas gracias. —Elvira hace una breve pausa, después clava sus ojos en Mayte y continúa—. Por eso no puedo probar las croquetas, no es el gluten lo que me hace daño, es el recuerdo. Ellas representan el sabor de mi amor perdido. La felicidad que apenas me dio tiempo a rozar y que nunca volverá sabe a bechamel.

Mayte aprieta con cariño la mano de la alumna y ambas intercambian una emoción cómplice a través de sus miradas y en silencio. El dolor es un transmisor de calor por conducción, dos espíritus doloridos en contacto no necesitan demasiadas palabras para entenderse.

—Perdón, ¿interrumpo?

—No, Mikele, yo ya me iba, tengo que recoger una cosa de la habitación. —Elvira se seca las lágrimas y se dirige a su confidente—: Leeré ese libro. Gracias... por todo.

La alumna emprende el caminito flanqueado por piedras que conduce a la casa y Mikele ocupa su sitio en el banco. Nora levanta un poco la mirada cuando siente la presencia del italiano y unos segundos después deja caer de nuevo la cabeza sobre las piernas de su dueña.

—Mayte..., yo... —titubea Mikele—, siento que te hayan molestado mis tonterías, no lo pretendía, de verdad.

—Bueno, yo también siento haberme mostrado tan molesta...

—Soy bromista por naturaleza, no puedo evitarlo.

—Tranquilo, ya está olvidado. —La profesora responde con esa falta de convicción que contienen las frases hechas.

—No, no lo está.

—Tienes razón, no lo está —afirma rotunda, cambiando radicalmente de tono—. Para serte sincera, no entiendo algunas de tus reacciones, Mikele. En estas horas tan intensas que parecen días, por lo mucho que hemos compartido en esa cocina, has provocado en mí cierta confusión.

—¿En qué sentido?

—En algunos momentos he visto en ti reacciones infantiles; en otros, impertinentes. Pero también he detectado en tu comportamiento muchos de esos rasgos que trazan la personalidad de un ser humano maduro e íntegro, de una buena persona.

»Y, con franqueza, no sé cuál de todos los Mikeles que he conocido eres tú. ¿El que ataca a Loreto constantemente porque se te metió entre ceja y ceja desde que llegasteis o el que sale en defensa de los débiles, como en la discusión sobre la condición de migrante de Amina? ¿El fanfarrón que alardea de sus múltiples conquistas o el que se ilumina de amor y de admiración al poner sus ojos en Luz? ¿El reventador de ambientes apacibles o el tierno adolescente que encontró un tesoro vital en Catania?

—Seguramente soy todos ellos; los seres humanos somos poliédricos.

—Sí, en eso tienes razón, todos tenemos varios ángulos desde los que nos pueden mirar. Pero en tu caso distan tanto unos de otros que resulta muy complicado adivinarte. A no ser que haya algo que no sepa de ti...

—¿A qué te refieres?

—A veces, cuando tenemos una piedrecita en el zapato, estamos irascibles. Cuando algo nos preocupa o nos duele, nuestro estado de ánimo lo proyecta. Es una manera de somatizar emocionalmente; lo que se ve por fuera suele tener un origen mucho más profundo.

—¿Eres médico?

—¿Eso quiere decir que en verdad hay algo que te preocupa o es una manera irónica de decirme que ando muy despistada? ¿Te pasa algo, Mikele? Quiero decir, ¿algo grave? Y si vas a contestarme con alguna de tus evasivas tipo «a todos nos pasan cosas», lo dejamos aquí, entenderé que no quieres hablar del asunto.

—Sí, Mayte, me pasan cosas. Me pasan cosas desde niño. —Mikele hace un alto en su discurso y continúa con una entonación más grave e inusual en él—. Me pasa que tengo la madre más maravillosa del mundo y el padre más despreciable del planeta.

Me pasa que mi padre nunca la quiso y yo no se lo perdono. Me pasa que me crie en un hogar donde la *mamma* se mataba a trabajar y él se tocaba las narices porque tenía alma de *figlio di papà*, «niño de familia bien».

»Mi madre emigró de Catania a Milán con dieciocho años, sin una lira y con muchos sueños, quería ser actriz, modelo o algo parecido, pero se topó con la realidad. Ella no conocía a nadie allí, era tan solo una chica tan bella como indefensa, sin formación y sin recursos. Su quimera se esfumó cuando gastó los pocos ahorros que tenía y acabó sirviendo en una casa de gente adinerada, en Piazza della Repubblica.

»La matriarca de aquella familia numerosa, Antonella, se encariñó al instante con aquella niña siciliana, dulce, discreta y trabajadora, que cuidaba con afecto de los pequeños de la familia, cocinaba para todos y limpiaba con eficacia.

»Sus hijos también se encariñaron con ella, muy especialmente Stefano, que tenía la misma edad que mamá. En realidad, más que encariñarse, el mayor de los Bianchi se encaprichó de aquella belleza que dormía en la habitación del servicio y no paró hasta conquistar tal golosina. Mamá se enamoró locamente de él y creyó que al atractivo Stefano le había pasado lo mismo...

»Un día, cuando *mamma* Pinu llevaba a los pequeños mellizos Piero y Luka al colegio, se desmayó en el patio de entrada. Una de las profesoras salió a socorrerla y la acompañó de vuelta a casa. Cuando el médico de la familia le dio a la *signora* Antonella el diagnóstico, se abrieron los cielos: la joven Giuseppina estaba embarazada.

»La *mamma* no había comentado con nadie acerca de sus faltas sospechosas en los dos últimos ciclos, por miedo y por ingenua superstición, creía que si no lo decía no se cumpliría tal cataclismo.

»Tras la confirmación de *il dottore* Rinaldi, la verdad era imposible de ocultar y *la mia mamma* decidió contarle a la *signora*, con un llanto inconsolable, que iba a ser abuela...

»Aquello provocó un tsunami en la casa de los Bianchi: mi padre negaba haber puesto la semilla del desastre, mamá lo juraba dando detalles incontestables que confirmaban la verdad de su versión, y al final la *signora* tomó la gran decisión que provocaría la desgracia para todos:

»"Os casaréis como Dios manda. No hay más que hablar. Ese niño es un Bianchi y como tal vivirá."

»La que no vivió mucho más tiempo fue la *signora*, una peritonitis acabó con ella y también con la unión familiar. Su marido, mi abuelo, que nunca había aprobado aquella relación, decidió retirarle a la joven pareja cualquier tipo de ayuda y los echó de la gran casa.

»Ambos se fueron a vivir a un barrio humilde donde empezarían de cero, pero el joven Stefano se resistía a perder la *dolce vita* que creía merecer por su linaje y mamá pagó los platos rotos. Las peleas entre ellos eran continuas, siempre las iniciaba mi padre, empeñado en maltratar psicológicamente a la que consideraba culpable de la pérdida de su estatus y de su libertad.

»Mamá se puso a limpiar por horas en varias casas para sufragar los gastos, mientras él continuaba saliendo con sus amigos de siempre, su pandilla pija de Vespa y ropa de marca.

»Cada noche, cuando Stefano llegaba a casa y se topaba con la realidad de su piso modesto en el barrio de Lambrate, donde lo esperaban una mujer agotada de trabajar y un niño berreando, arrojaba toda su frustración en forma de rabia contra la *mamma*.

»En su esquema de pensamiento, él seguía siendo un Bianchi y ella, la sirvienta siciliana. Y en cuanto a mí, yo era el pequeño carcelero que había encerrado su vida lujosa entre cuatro paredes de papel pintado y la había decorado con flores de plástico y muebles de formica.

»Me crie como un niño sin padre, aunque él vivíera en la misma casa. Mi vida entera giraba en torno a *mamma* Pinu, no existía nada más, habíamos perdido todo contacto con los Bianchi, y la familia materna, a la que yo no conocía, estaba muy lejos, en una isla del sur de Italia.

»Algunas noches, antes de dormir, mamá me contaba una historia que me parecía un cuento, porque describía una realidad que sonaba a pura fantasía:

»"Un día te llevaré a Catania, Mikele, allí nací yo. Hay un enorme gigante que echa humo por la boca cuando se enfada y un elefante que sujeta un palo muy largo, tan largo que casi toca el cielo."

»Y me enseñaba Sicilia en el mapa. Aquella isla me parecía una extraña pelota con forma rectangular. Parecía que en cualquier momento el balón siciliano sería lanzado a la luna, de una patada, desde la punta de la bota.

»Pero la segunda parte de su relato resultaba más inverosímil todavía. Mamá me hablaba y me enseñaba fotos de una enorme familia con abuela, con tíos, con primos..., y yo la miraba boquiabierto.

»"Mikele, en Catania viven *tua nonna, i tuoi zii e le tue zie, i tuoi cugini.*"

»Era la descripción de una familia desconocida a la que, se suponía, yo pertenecía.

»Los años fueron pasando y en casa todo iba a peor. Y cuando cumplí los trece, a tres semanas del fin de curso, a punto de que comenzaran las vacaciones de verano, llegó la noche más triste de mi vida.

»Para celebrar mi cumpleaños, *mamma* Pinu había invitado a merendar a mis mejores amigos del colegio y le había rogado a mi padre que no llegara tarde por una vez. Le pidió que estuviera presente, al menos, cuando partiéramos la tarta. Pero aquello no sucedió.

»A mí, la verdad, me importó un bledo que él no estuviera, su ausencia era mucho más familiar para mí que sus presencias, siempre amargas. Además, yo estaba contentísimo, había pasado la tarde con mis amigos y me habían traído algunos regalos. A mí me había parecido todo perfecto, pero a ella el desplante de papá le rompió un poco más el corazón.

»Nunca olvidaré aquel momento, cuando todos se fueron a sus casas y nos quedamos mamá y yo solos en la sala de estar, frente a la tarta. Ella intentó disimular con escaso éxito su abatimiento y me cantó a media voz:

Tanti auguri a te,
tanti auguri a te,
tanti auguri, Mikele,

e la torta a me!
Perchè è un bravo ragazzo,
nessuno lo può negar.

»Después me dio un beso, me dijo que yo era el tesoro de su vida y yo me fui a mi habitación a leer uno de los libros que me habían regalado: *Il pirati della Malasia*, mientras ella recogía la cocina.

»Los gritos que me despertaron en medio de la noche no se correspondían con ninguna batalla de Sandokan, el Tigre de Malasia, en alta mar. Aquello era una bronca tan real como violenta que tenía lugar en mi propia casa. En la sala de estar, mis padres se arrojaban mutuamente la culpa de tener una vida tan desdichada.

»La *mamma* le pedía explicaciones por descuidarla como esposa y por no ejercer de padre de su único hijo. Él responsabilizaba a mi madre de la situación, todo era culpa de su mala cabeza, por no haber tomado precauciones y haberse quedado embarazada "del primero que pasó".

»Me levanté de la cama con una sensación de nudo en el estómago que nada tenía que ver con los excesos de dulce de mi fiesta. Era el inconfundible dolor agudo y sordo que deriva de la angustia y el miedo...

»Al llegar a la sala vi a mi padre, enfurecido y

lleno de ira, gritándole a la *mamma* al oído; ella lloraba y tenía cara de pánico. Sus rostros estaban cada vez más cerca. Yo temblaba, mis piernas no parecían capaces de soportar el peso de mi cuerpo, sentí que en cualquier momento me iba a caer al suelo, estaba bloqueado, paralizado.

»De pronto, mi padre agarró del brazo a *mamma* Pinu y comenzó a zarandearla, entonces mi temblor se convirtió súbitamente en una fortaleza interior desconocida y mi respiración agitada se transformó en una voz contundente y segura que no parecía pertenecerme:

»"Suéltala o te mato."

»Aquella fue la primera vez que me enfrenté a mi padre y la última en la que los tres estuvimos juntos bajo un mismo techo.

»Cuatro semanas después, *la mia mamma* y yo volamos a Catania..., y el resto ya lo sabes..., bueno, te falta algún detalle... Antes te conté que había aprendido a hacer la *pasta alla Norma* durante mi veraneo *catanese*, pero no te expliqué por qué.

»Después de la escena terrorífica que tuvo lugar en la noche de mi cumpleaños, a la *mamma* Pinu se le amontonaron los acontecimientos emocionales: la rabia, la urgencia por huir, la llamada de su familia apremiándola para que volviera a casa a refugiarse en el calor de los suyos.

»Mi madre se distrajo del dolor porque empleó todo su tiempo en hacer preparativos de viaje y tomar decisiones. Pero al llegar a su isla, al regalarse la distancia y la calma que tanto necesitaba para iniciar el nuevo camino, fue cuando tomó conciencia de la realidad: la relación con el amor de su vida estaba definitivamente rota, y aquello era inasumible para ella. Y lo más duro era enfrentarse a la verdad desnuda: Stefano nunca la había amado.

»El dolor se apoderó de su voluntad y dejó de cocinar, de comer, de dormir... *Mamma* Pinu ya no tenía ganas de vivir, oí cómo se lo confesaba una noche a *zio* Lorenzo en la azotea; ella creía que yo dormía, pero desde mi dormitorio lo estaba escuchando todo.

»De fondo sonaba aquella canción de Umberto Tozzi que yo había escuchado con oídos de amor burbujeante en las noches anteriores, pero ahora la letra, al convertirse en banda sonora de la desesperación de la *mamma*, adquiría un significado muy diferente para mí:

Invisible es el juego de quien no sabe perder,
el escape de la realidad de quien ya no tiene amor.
Cada noche y cada día, cada verano y cada
invierno inmóvil en esta dimensión invisible,
dueño de ser y al mismo tiempo de no ser.

Para quien ya no tiene amor, es mejor nada que la mitad.

»Aquella noche no pude pegar ojo, daba vueltas y vueltas en la cama tratando de encontrar la manera de ayudar a mi madre, la persona más importante de mi vida.

»Tenía que inventar algo para sacarla de aquel hoyo de devastación, para hacerle entender que yo la necesitaba, que mi amor condicional siempre lo tendría. Para dejarle muy claro que le daba las gracias por no haber tomado precauciones, por su mala cabeza, por haberse quedado embarazada del primero que pasó, porque gracias a eso yo estaba en el mundo, porque gracias a eso yo la tenía a ella, el tesoro de mi vida, pero no sabía cómo hacerlo...

»A la mañana siguiente, cuando todos dormían, bajé a por mi bicicleta. Necesitaba dar una vuelta para intentar que el enjambre de pensamientos sin resolver se deshiciera con la suave brisa de la mañana, ese sería el único momento fresco de otro día que apuntaba a sepultarnos en un calor abrasador.

»Al llegar abajo vi a la *nonna* en la puerta de la calle, con la bolsa de ir al mercado. Me contó, en voz baja para no despertar a nadie, que iba muy temprano a la compra porque quería hacer *pasta alla Norma* para comer y eso llevaba su tiempo.

»Entonces, la solución que no había logrado vislumbrar durante mi eterna noche de desvelo apareció como un chispazo clarificador. Renuncié a mi paseo en bici y de la mano de la *nonna* me aventuré a conocer uno de los encantadores mercados de Catania y más tarde a cocinar con ella la pasta familiar.

»*Nonna* Agata y yo nos encerramos en la cocina como dos científicos en su laboratorio. Fueron horas de aprendizaje siguiendo sus sabias indicaciones, pero también de descubrimientos de incalculable valor, la abuela me contó todo lo que yo no sabía de la mujer de mi vida. La infancia y la adolescencia de Giuseppina se abrieron como flores para mí y se mezclaron con aromas de berenjena, tomate y albahaca.

»Este era el detalle que faltaba en la historia, en aquella foto en la azotea, la pasta que coloreaba los platos estaba hecha por mí.

»*Mamma* Pinu volvió a comer aquel día y a sonreír y hasta bailó con mis tíos. No hizo falta que yo le explicara todo aquello que había macerado durante mi noche de insomnio, ella lo entendió al instante cuando la *nonna* anunció que había un nuevo cocinero en la familia y yo aparecí con la bandeja.

»Todos aplaudieron y jalearon mi hazaña, y la *mamma* corrió a abrazarme llorando como una niña. Una segunda vida comenzó para nosotros en aquel instante.

»Comprenderás mejor ahora lo mucho que significa esa foto para mí. Con los años he entendido, además, el significado profundo de un detalle que entonces se me escapó.

»La obsesión de la *mamma* por limpiar los bordes de cada plato, por conseguir un bodegón impoluto y perfecto, no era una manía baladí, *mamma* Pinu llevaba años haciendo eso mismo con su vida, con la nuestra. Mi madre se había empleado en ocultar todas las manchas de su vida para mostrar ante su familia *catanese* y ante el resto del mundo una imagen ideal, para que todo pareciera maravilloso, para que nadie pudiera adivinar el infierno en el que vivía, en el que vivíamos.

Mikele concluye su historia con la voz quebrada y lágrimas en los ojos, y Mayte emite un suspiro hondo antes de dirigirse a él con tanta ternura como respeto.

—Gracias por sincerarte conmigo, Mikele. Te agradezco en el alma que hayas querido compartir conmigo tu historia, tan dura y tan hermosa a la vez.

»Somos poliédricos, me decías hace un rato, y tienes razón, lo somos, la propia vida lo es. Nuestra existencia está llena de luces y de sombras y a veces, cuando la oscuridad lo llena todo, resulta imposible encontrar las razones para continuar. Pero cuando lo luminoso se abre paso ante lo oscuro, como el haz de luz de una linterna, si abrimos bien los ojos, las hallamos.

»¿Y sabes? Tienes mucha luz en tu vida. No solo la de tu pareja, cuyo nombre es una perfecta definición de su interior. No solo la de tu madre, esa mujer entregada y generosa que te sacó adelante con el viento en contra. No solo la de tu verdadera familia, que te sintió suyo desde un primer momento, aunque os faltaran los años perdidos en el mar de la distancia. Tú, Mikele, tienes luz propia, tú brillas con tus principios, con tu integridad, con tu valentía. Ese eres tú. —Mayte hace una pausa antes de concluir—. Un placer conocerte.

La profesora está conmovida por el descubrimiento del verdadero Mikele y de su verdadera historia, pero también siente el hormigueo de la secreta satisfacción por haber acertado en su intuición; tal y como ella había adivinado, existían razones ocultas tras el comportamiento de su alumno.

—Hay algo más, Mayte —añade Mikele—, el verdadero motivo de que yo esté en este curso. Yo no tenía interés alguno en tomar clases de cocina. Luz, en su incansable tarea por buscar el modo de ayudarme inventándose actividades para distraerme, me arrastró hasta aquí para que pusiera distancia con una cuestión que me martiriza en las últimas semanas. Mi padre se muere.

»Le han dado apenas unas semanas de vida, un mes a lo sumo. Me llamó su hermano Luka, uno de los mellizos, el único de los Bianchi con el que recuperé el contacto muchos años después de nuestra separación. Luka me contó que Stefano Bianchi ha pedido verme, que necesita hablar conmigo antes de morir.

—¿Y? —Mayte le pregunta con delicadeza, sin atreverse a añadir nada más.

—Pues... no sé.

—Ya...

—Verás —prosigue Mikele—, la noche de mi cumpleaños yo no pegué a mi padre, evidentemente. Te confieso que muchas veces he fantaseado con la idea de haber protagonizado una escena como la de *El Padrino*, cuando Sonny pega a su cuñado Carlo porque maltrata a su hermana, pero no, no lo hice.

»Sin embargo, lo maté. Aquella noche ese señor murió para mí. Y ahora... reaparece en mi vida y quiere despedirse de mí. ¿Para qué? ¿Para lavar su conciencia? ¿Para marcharse limpio de culpa? ¿Qué quiere de mí aquel que nunca me quiso, que nunca respetó a lo que yo más quiero?

»Debería ignorar la noticia, lo sé, pero desde que Luka me llamó, el peor fantasma de mi pasado ha vuelto y estoy atrapado en un pozo, ahogándome entre dudas...

»No madrugo mucho, como te contaba Luz ayer, es que en realidad no duermo. Y sí, puede que esté bastante insoportable. Y sí, puede que mi rechazo hacia Loreto tenga algo que ver con su estatus, con que me recuerda a la gente bien que tanto mal me ha hecho.

»En cuanto a mis provocaciones hacia ti, no han sido más que una manera errónea y estúpida de llamar tu atención, de pedirte auxilio sin hacerlo explícitamente, porque mi amor propio no me permite pedir nada a los demás, jamás lo hago.

»Cuando ayer saliste a recibirnos al jardín y vi cómo lidiabas con la disputa que manteníamos, con esa sabia mezcla de calma, firmeza y simpatía, me pareciste una persona inteligente y con una intuición especial, no sé, una persona con mucha psicología...

Mayte corta en seco el torrente de halagos de Mikele, intentando evitar que la conversación discurra por una vía que no quiere emprender.

—Mi consejo, Mikele —le sugiere con solidez—, es que si tienes meridianamente claro que no quieres ver a tu padre, no hay nada que pensar. Olvídate de ello, cierra ese capítulo definitivamente y continúa hacia delante.

»Ahora bien, si de alguna manera sientes la necesidad de acudir a su llamada, hazlo. Si crees que algún día vas a arrepentirte de no haberlo hecho, ve. No por él, sino por ti. No lo hagas por compasión, hazlo por protegerte.

»Mikele, no te quedes con una puerta abierta si no estás seguro de poder vivir con esa rendija de incertidumbre a tus espaldas. Te puedo asegurar que eso es devastador...

»Madúralo con tranquilidad pero con determinación, porque no te queda mucho tiempo, como dices, y elige el camino que te produzca menos dolor.

Mikele escucha atentamente las palabras de Mayte con gesto reconfortado, con la ligereza de haber soltado una mochila demasiado pesada, con el alivio de compartir su angustia con otro, de repartir la carga emocional que le supera.

—Ah —añade Mayte con afecto—, me alegro de que no reprodujeras lo que hizo Santino Corleone, *Sonny*, y no porque pudiera sucederte algo similar a lo que a él le ocurrió en la ficción, ya sabes que acabó mal..., sino porque tú no eres ese y no te lo habrías perdonado nunca.

El alumno sonríe con cariño y en sus ojos se refleja el agradecimiento por haber sido escuchado.

—Pensaré en lo que me has dicho, Mayte. *Grazie*.

—Aquí estamos para lo que necesites. ¿Volvemos a la cocina?

—*Andiamo*...

Ambos emprenden en silencio el camino de vuelta a la casa, y justo antes de entrar, el alumno se para un momento, obligando a que su acompañante haga lo mismo, para confesarle:

—*Maestra di cuccina*, debo decirte que he sido un poco mentiroso... La pasta que hiciste estaba buenísima, casi casi tanto como la mía —añade mientras le guiña un ojo.

—Anda ya, no me creo nada... —responde ella con complicidad.

Mayte lo empuja cariñosamente hacia la puerta de la cocina, donde se reunirán de nuevo con el grupo. Dejan atrás el banco de hierro y madera que ha presenciado, junto a Nora, una escena vital que, de haber tenido lugar en el teatro, pondría fin al primer acto.

17

Todos están ya preparados para conocer la última receta de los siete. Junto a ellos, como un integrante más del grupo, habita la tensión que ha provocado el roce entre Mayte y Mikele. La profesora, consciente de su presencia, decide hablar de ese elefante que ha entrado en la habitación para poder continuar sin él, para evitar que presida el clima coral.

—Antes de comenzar, quiero deciros que Mikele y yo hemos hablado y que todo está aclarado entre nosotros. No vamos a entrar en detalles ninguno de los dos, no es necesario, pero sí que sepáis que todo está bien.

Las palabras de Mayte resultan balsámicas para despejar el ambiente viciado por la tirantez. Todo vuelve a fluir; los gestos de alivio de los miembros del grupo lo certifican.

Arturo sonríe y dedica a la profesora una mirada que combina dosis de aprobación y admiración a partes iguales. Ella le devuelve la mirada y asiente, confirmándole que ha dado un paso importante con el alumno italiano. Después pronuncia una frase que a estas alturas suena ya como esas construcciones literarias repetitivas que anuncian el inicio de un cuento.

—Vamos, pues, con esa tarta de chocolate. ¿Por qué es tan especial para ti, Arturo?

—Porque la hacía ella, mi amor, mi compañera, mi amiga, mi maestra —responde concluyente—. Amelina llegó a mi vida para llenarla por completo. Ya sé que no se da con facilidad la suerte de encontrarlo todo en la misma persona; sin embargo, a mí me ocurrió.

HISTORIA DE UNA TARTA DE CHOCOLATE

Empezaré por decir que yo no creía en el amor. Para ser más exactos, yo no sabía muy bien qué era eso ni para qué servía, y mucho menos lo que podría llegar a significar en mi vida.

No, yo no estaba preparado para encontrar el amor, ni lo pretendía. En realidad, yo solo quería un buen trabajo que me permitiera tener lo básico y viajar. Sobre todo, viajar. Necesitaba sentir que el mundo era un espacio diáfano, sin puertas ni fronteras, que yo podía caminar libremente por él conociendo distintos paisajes, diferentes realidades, culturas diversas...

Todo esto lo soñaba a diario en los cincuenta metros de un taller de tapicería de la Ribera de Curtidores, una de las arterias principales del corazón de El Rastro de Madrid. Allí entré a trabajar a los catorce años como aprendiz. Fue en ese taller donde me estrené en un oficio y donde gané mis primeras «perrillas».

Aquel dinero no podía considerarse salario ni de lejos, tenía un valor más simbólico que otra cosa y, desde luego, no era suficiente para sufragarme un viaje que se saliera de los dominios del tranvía. Sin embargo, en aquellas interminables jornadas de trabajo comencé a viajar por un mapamundi irreal...

Durante los dos primeros años en el taller, emprendí varias rutas inventadas hacia lugares que solo existían en mi imaginación. Mientras mis manos manipulaban casi de modo instintivo las tijeras, el martillo, la máquina de coser, el punzón, los alicates, la cinta métrica, la escuadra o la pata de cabra, mi cabeza visitaba territorios lejanos, parajes recónditos y paraísos exóticos.

Viajaba mientras instalaba los muelles de un sofá, y mientras ponía el relleno de espuma de un tresillo, viajaba. Cada tachuela en el cuero era una chincheta que señalaba un punto en un mapa imaginario. Y daba igual si cubría de arpillera una butaca o si forraba de piel el sillín de una motocicleta, viajaba sin cesar, sin descanso, yo era el Marco Polo de la tapicería.

Madrid era entonces una ciudad bien distinta de la que es hoy. Sobre los fríos rescoldos emocionales de la guerra y la posguerra, palpitaba una ciudad a camino entre la urbe y el pueblo. Había escasez, contención, control, miedo, pero también había un espacio para las ilusiones de juventud. Cualquier tiempo difícil se envuelve en esa misteriosa inercia que empuja al ser humano a continuar cuando parece imposible que pueda hacerlo. Debe de ser eso que llaman supervivencia...

En aquel Madrid, a un año de cambiar de década, la de los sesenta, las redes sociales eran los barrios, los mercados, los cines, las fiestas populares y los recados...

Así fue como conocí a Amelina, en un «recao». Yo iba a entregar una descalzadora en la calle de los Donados, cerca de la capilla del Santo Niño del Remedio. Era un encargo de una señora mayor que no podía desplazarse al taller, así que cogí el metro para ir de Embajadores a la Puerta del Sol, porque aunque eran tan solo dos estaciones de suburbano, el trecho resultaba demasiado largo para hacerlo caminando, descalzadora en mano, así que mi jefe le cargó los sesenta céntimos de mi billete a la clienta y yo emprendí mi travesía.

Al entrar en el vagón, vi una imagen inquietante: en uno de los asientos había una caja con piernas. Unos segundos después, cuando pude apoyar la descalzadora en el suelo y recobrar el aliento, el misterio quedó desvelado. Aquella caja con extremidades no era otra cosa que una mujer, muy menuda, escondida tras un objeto grande, embalado, que cargaba encima de ella.

En aquel corto trayecto solo me dio tiempo a hacer una brevísima escapada a París, pero apenas pisé el Campo de Marte camino de la imponente torre Eifel, que había visto en el cine, en *Cara de ángel*, tuve que apearme de mi viaje parisino y del metro, ya habíamos llegado a la estación de Sol.

Fue entonces cuando advertí que Audrey Hepburn estaba en aquel vagón. Ante mí, con un abrigo azul marino, leotardos de lana vino burdeos y bufanda de cuadros blancos y verde botella, la muchacha delgada de cabello corto, grandes ojos castaños y sonrisa deslumbrante, que iba a cambiar mi vida para siempre.

¡Pero cómo no he reparado antes en ella! ¡Pero cómo he podido perderme el placer de contemplarla durante este viaje! —me recriminaba interiormente—. Por un momento, maldije mi obsesiva y absurda aspiración a trotamundos.

Unos segundos antes de que se abrieran las puertas, aquel ser cautivador se acercó a la mujer camuflada tras la caja y la ayudó a levantarse. Juntos abandonaron el vagón y se dispusieron a cargar el armatoste escaleras arriba.

Aquella criatura desconocida que me había subyugado en apenas un instante era Amelina. Ambos ignorábamos que en aquel momento había comenzado nuestra increíble historia de amor, pero a veces juego con la fantasía de que algún ser superior ya tenía en su poder el plano del metro del inicio de nuestra relación, estación por estación.

Estación de la Frustración, cuando vi que se alejaba por la escalera y pensé que nunca volveríamos a encontrarnos. Estación de la Reaparición en el tranvía, el 31, un día negro de lluvia en el que su presencia lo iluminó todo y yo enmudecí. Estación del Reencuentro, fortuito y definitivo, un domingo en el que yo iba con mi amigo Manuel a la tapicería para recoger una gorra que había dejado olvidada en el perchero, y ella estaba de paseo por El Rastro con su amiga Rosario.

No sé cómo logré armarme de valor para dirigirme a la mujer de mis sueños, y aún entiendo menos que Amelina aceptara mi compañía, pero sucedió.

Pasaron unos cuantos domingos desde aquel primer encuentro breve y tímido hasta la tarde en que nos montamos los cuatro en el 31, la línea que había sufrido un terrible accidente en mayo del 52. Manuel y Rosario iban en la parte delantera del vagón, y Amelina y yo, un poco más atrás. Aquel día me atreví a coger su mano por primera vez y decidí que nunca más la soltaría. En el mismo lugar donde terminó la vida de quince personas, cuando aquel otro tranvía se quedó sin frenos y cayó desde el pretil del puente de Toledo al río, siete años después, comenzó la mía.

Amelina me enseñó qué era eso del amor y, de paso, a leer y a escribir. Cuando ella me regaló la posibilidad de descifrar la vida en letras, se abrió un universo para mí. Ya no tenía que inventarme países ni lugares, podía conocerlo todo a través de los libros, de las revistas, de los folletos... Por fin podía caminar por un mundo libre de esa frontera alta e infranqueable que es la ignorancia.

Leía cuando parábamos para tomar el bocadillo en el taller, y cuando viajaba en el metro, leía. Leía en el cuarto de baño y en la cama antes de dormir. Mis ojos repartían su atención entre los de la mujer de mi vida y los párrafos que caían en mis manos. Mi mirada sobre la vida, sobre el mundo, cambió por completo.

Amelina y yo estuvimos «hablando» durante siete años. Era así como se decía en mis tiempos, «hablar», eso significaba ser novios formales. Y cuando yo cumplí los veintitrés y ella los veintiuno, nos casamos.

Dos años después vino al mundo nuestro hijo, Juan Ignacio. Su nombre compuesto era el homenaje que mi mujer quería rendir a sus dos abuelos, el castellano y el vasco, tan distantes geográfica como ideológicamente, tan queridos los dos. Yo no puse objeción porque no tenía manías con los nombres, ni abuelos a los que homenajear.

Antes de la llegada de nuestro hijo, nuestro

matrimonio fue una luna de miel que duró veinticuatro meses en un pisito del barrio de Estrecho. Un hogar modesto, plagado de amor y de libros, con un diminuto balcón donde celebrábamos cenas románticas en verano con una lamparita de la mesilla de noche a modo de candelabro.

Al final del día hacíamos balance de la jornada y nos contábamos las novedades y las anécdotas de nuestros respectivos trabajos. Porque cuando contrajimos matrimonio ella ya era maestra y yo tenía un puesto de cajero en un banco. Ambos habíamos estudiado mucho durante nuestro noviazgo, yo combinaba mis estudios con la tapicería y ella, con su trabajo en una peluquería.

Cuando nos conocimos yo no tenía un duro, y su familia también era muy humilde, no podían permitirse el lujo de pagarle los estudios. Amelina me lo contó una tarde, al principio de conocernos, picando de un cucurucho de castañas. Fue cuando me desveló el misterio de esa enorme caja que un lunes 23 de noviembre había unido nuestros destinos en el metro:

«La última semana de cada mes, mi madre empeña su máquina de coser en el Monte de Piedad para que podamos subsistir hasta que mi padre recibe el jornal. Y a primeros de mes volvemos a recuperarla, ella y mis hermanas mayores cosen para boutiques y aportan dinero a la cuenta familiar. Somos cinco hermanos, demasiadas bocas que alimentar.»

Ambos teníamos muy claro que nuestros sueños no llegarían por azar, que nos tocaba hacer un gran esfuerzo si queríamos alcanzar nuestras metas. Así que cada día, cuando terminábamos en la peluquería y en el taller, acudíamos a una academia nocturna donde nos formábamos cada uno en su aula: ella preparaba el examen de ingreso en la Escuela de Magisterio, y yo aprendía mecanografía, el neto y el bruto, el debe y el haber...

Con un balance de exceso de tesón y falta de sueño, Amelina consiguió cumplir con su vocación por la enseñanza, y yo cambié los asientos tapizados por los asientos contables.

Lo cierto es que ella era ya una buena maestra desde antes de obtener el título. Amelina había enseñado a leer y a escribir a sus hermanos pequeños, a sus vecinos y, lo que era más difícil, a mí.

¿Quién me iba a decir años atrás, cuando veía las letras y los números como símbolos indescifrables de un jeroglífico, que algún día yo podría estudiar? Ahora, gracias al amor de mi vida, cuanto más aprendía, más necesitaba aprender.

«El conocimiento —me dijo un día— es una cuerda que se va alargando progresivamente. Cuando sabes algo, Arturo, estás deseando saber algo más. Cuanto más alimentas tu curiosidad, más insaciable se vuelve esta. Y así vas tejiendo tu cultura, como una cuerda infinita a la que puedes aferrarte para caminar.»

Me fascinaba su increíble capacidad para abrir los ojos de los otros, me fascinaba toda ella, en realidad. No podía imaginar que pudiera existir un ser más extraordinario en la Tierra y no entendía la razón de mi suerte por haber sido su elegido. Temía que en cualquier momento despertaría de mi sueño y volvería a mi vida anterior.

El primer 1 de septiembre que pasamos juntos en nuestro nuevo hogar, al llegar a casa después del trabajo, sucedió algo sensacional. Eran más de las diez de la noche, yo volvía tan tarde porque había conseguido horas extraordinarias en la oficina de un administrador de fincas y necesitábamos recuperar algo de dinero: habíamos invertido todos nuestros ahorros en alquilar y amueblar el piso.

Al entrar en el salón, un silencio inusual y

una oscuridad casi total me hicieron temer que algo terrible había pasado. Amelina estaría enferma y se había acostado o, peor, ¿se habría marchado de casa? ¿Todo mi castillo de naipes se iba a caer en una décima de segundo? ¿Qué había hecho yo mal?

De pronto, unas luces aparecieron por el pasillo y, detrás de ellas, los increíbles ojos de Amelina y su sonrisa, más resplandecientes que nunca al proyectarse iluminados por veinticuatro velas. En su chispeante voz sonaba como un cántico celestial «cumpleaños feliz». Aquella fue la primera tarta de cumpleaños de mi vida. Nunca antes había tenido una.

Amelina ignoraba ese detalle, aunque conociera el grueso de mi historia, que le había contado poco después de conocernos: que me había criado en un orfanato de cuyo nombre no quería acordarme, casi nada de lo que tenía que ver con ese lugar inhóspito al que llamaban hospicio merecía la pena ser recordado; que aquel primer hogar, que no tenía nada de hogareño, estaba en Toledo; que mi apellido, De la Iglesia, era el mismo que el de muchos de mis compañeros de niñez sin infancia; que mi nombre, Arturo, se correspondía con el santo del día en que me abandonó en la puerta de aquel lugar quién sabe quién, o eso me contaron, un 1 de septiembre; que me escapé del orfanato con doce años, aunque escribía y leía con el nivel de un niño de cinco, sin formación alguna pero con la certeza de que prefería morir a pasar un minuto más allí; que me colé con mi amigo Manuel, dos años mayor que yo, en un tren de mercancías y juntos llegamos a Madrid un domingo de primavera; que deambulando por las calles de la gran ciudad desde la estación de Atocha, recalamos en un inmenso y vibrante mercado callejero llamado El Rastro, y que allí comenzó todo.

Manuel y yo nos acercamos a un bar intentando comer algo de lo que algún cliente hubiera dejado en el plato, y un error que hubiera podido costarnos un disgusto nos cambió la vida.

Cuando cogí el único churro que había en un plato y lo mojé en el poco café con leche que quedaba en la taza que estaba al lado, pensando que su dueño ya se habría marchado, no contemplé la posibilidad de que el cliente pudiera estar en el retrete, pero así fue. Un hombre rudo, con mono azul de trabajo, volvió para recuperar su último churro y me pilló con los mofletes llenos. Lejos de enfadarse, se rio con la ocurrencia y mostró hasta un poco de ternura en su rudeza; sin duda, nuestra cara de hambre delataba que no éramos dos ladrones aprovechados, sino dos muchachos necesitados.

Segundo, que así se llamaba la víctima de mi latrocinio churrero, tenía un taller de reparación de coches en la Ronda de Toledo y en esos días andaba buscando un aprendiz. Las características de Manuel, alto y fornido, le dieron la idea de que podía ser un buen refuerzo para su negocio. A mí me desechó en el primer vistazo: «Eres demasiado pequeño y muy enclenque, no me sirves.»

A pesar de su descarte, se apiadó de los dos y nos hizo un hueco en su taller para que pudiéramos dormir en unos jergones hasta que encontráramos algo decente. La estancia temporal duró casi dos años, mientras Manuel se formaba como mecánico, yo me ganaba algunos cuartos ayudando a las señoras a cargar las bolsas de la compra, barriendo las tiendas cuando iban a cerrar y haciendo recados para los anticuarios.

Una mañana, estaba yo limpiando unas herramientas de Manuel por encargo de su jefe, cuando apareció por el taller don Enrique, un tapicero que tenía su negocio cerca de allí. Yo lo había visto otras veces, pero nunca habíamos hablado. Aquella mañana le conté lo mucho que me gustaba viajar, inventándome que había recorrido el mundo entero y nombrando países que no existían. A don Enrique le hicieron gracia mi desparpajo, impropio de la edad, y mi imaginación sin límites.

—Déjate de viajes, muchacho, en este país solo los ricos pueden hacer turismo. Tú lo que tienes que hacer es aprender un oficio. El tiempo vuela, ya tienes catorce años, si te duermes en los laureles te harás viejo sin tener ni para comer.

A mí me pareció que exageraba un poco, catorce años no eran tantos, pero he de reconocer que me provocó cierta angustia su alerta sobre la cercanía de la vejez sin un trabajo con el que pudiera mantenerme, así que accedí a su proposición.

—Yo te enseñaré a tapizar sillas, sillones, sofás... es el oficio más bonito del mundo, es como ser mago, conviertes lo viejo en nuevo. Además, con esas manos tan pequeñas podrás llegar a todos los recovecos de la piel si te esmeras, podrás encargarte de los trabajos más finos.

Cuando le conté a Amelina mi historia, no le impresionó demasiado que yo hubiera vivido en un orfanato, porque ella, que sí tenía padres, contaba con la desgraciada experiencia de haber pasado un verano en el preventorio de Guadarrama y otro en el de Potes. Eran colonias que dependían del Patronato Nacional antituberculoso, creadas, en teoría, para que las niñas de familias pobres tuvieran unas vacaciones en contacto con la naturaleza y lejos de la enfermedad que acuciaba a tantas criaturas. Sus padres la habían enviado junto a dos de sus hermanas cuando tenía diez años, pensando que hacían algo bueno por ellas. Amelina tampoco quería recordar lo vivido allí.

Lo que sí le sobrecogió fue que pudiéramos habernos fugado Manuel y yo del hospicio tranquilamente y, sobre todo, que nadie nos hubiera descubierto.

—Pero ¿quién iba a preguntar por nosotros, alhaja? —le dije—. Nadie nos buscó nunca, Amelina. A nadie le importábamos. —Y me abrazó.

Aquella tarta de cumpleaños, la primera de mi vida, fue mucho más que un regalo, mucho más que un homenaje. Aquella tarta representaba todo lo que tenía y también la compensación por todo lo que me había faltado.

Al soplar aquellas veinticuatro velas apagué los temores y las dudas que, de cuando en cuando, me habían atenazado: el miedo a que mi bellísima historia con Amelina no fuera más que un sueño, la duda de ser merecedor de tanta felicidad, la aprensión a que en cualquier momento se esfumara tanta dicha.

La vida me había golpeado duro desde que nací y ahora me daba algo más que una tregua, me brindaba lo más valioso: el amor. Y no tenía que pedir perdón por ello.

Amelina murió hace tres años, y lo más importante de mi ser se fue con ella. Cuando cerró sus maravillosos ojos de cara de ángel, pensé que los míos también se cerraban, que no valía la pena continuar mirando a la vida si Amelina no estaba en ella, que nada ya tenía sentido, que tenía que haberme ido yo... Sentí, en definitiva, todo lo que siente quien pierde al ser que más ama: que aquello era injusto, incomprensible, intolerable; que aquello era el final, mi final.

Pero la vida es tozuda y casi siempre consigue envolvernos en esa misteriosa inercia que nos empuja a continuar cuando parece imposible que podamos hacerlo. Debe de ser eso que llaman supervivencia...

Después de dos años sin poder hacerlo, el próximo 1 de septiembre, cuando cumpla los setenta y cinco, y si mi insuficiencia cardíaca lo permite..., quiero volver a saborear el dulzor de Amelina en el chocolate de su tarta. El próximo 1 de septiembre quiero volver a soplar las velas y apagar un poquito más el terrible miedo a la soledad, la inconsolable tristeza por la pérdida irreparable, el temor a no ser tan valiente como ella quisiera.

El próximo 1 de septiembre quiero cerrar los ojos mientras le doy las gracias a Amelina por haberme dado la vida, y pedir un deseo: que volvamos a encontrarnos en otro vagón.

Y... por eso estoy aquí, Mayte.

La emoción que inunda la cocina parece capaz de empañar los cristales de las ventanas que dan al jardín.

Arturo, el más carismático de los alumnos, la sonrisa permanente, la apacibilidad hecha ser humano, aquel que otorga la calma, el optimismo, la cordialidad. Arturo, el que parecía el más feliz de todos, ha destapado su historia más íntima con toda la crudeza, la hermosura y el dolor de los grandes relatos de vida. A Mayte le cuesta un triunfo sobreponerse y sacar la voz, atrapada en la tensión de su cuello oprimido por la emotividad.

Le gustaría marcharse, abandonar la cocina y tumbarse sobre la cama a llorar a gusto, como hacía de pequeña, pero es una mujer hecha y derecha, es la profesora de un curso de cocina emocional, la que dirige los pasos de este grupo singular, la encargada de gestionar los ingredientes de todos los sentimientos que se mezclan en esta cazuela de historias. No debe, no puede. Hay que continuar hasta el final.

—Muy bien, Arturo, gracias por contarnos tu historia. —Carraspea, consciente de que el hilo de voz que ha emitido no es suficientemente vigoroso para proyectar entereza, y continúa con más fuerza—: Como te decía, la tarta de chocolate es una de mis favoritas, desde hoy creo que lo será un poco más... Veamos si conseguimos estar a la altura de Amelina ejecutando su receta... Vamos a ello.

Tarta de chocolate

Ingredientes

250 g de chocolate de 70 % de cacao

150 g de mantequilla

150 g de azúcar

4 huevos

1 cucharada de harina

Ganache de chocolate

300 g de chocolate de 85 % de cacao

1 cucharada sopera de miel de flores

150 g de nata

Decoración

100 g de dulce de leche

frutos rojos

hierbabuena

Tarta de chocolate

Para comenzar a hablar de chocolate tenemos que ponernos un poco solemnes, teniendo en cuenta que nació como un alimento de los dioses en tierras mesoamericanas hace casi tres mil años.

Por tanto, aquí tenemos otro tesoro inigualable proveniente de las Américas, de México para ser más exactos. Si escuchamos las palabras que definieron o adjetivaron este producto, fueron de lo más sugerentes ante la magnitud del hallazgo: oro negro, medicina, «almendras pecuniarias», afrodisíaco, reconstituyente, lujuria, «bebida prohibida», euforia, energía, alimento, tentación, suma y sigue. Como veis, el chocolate no dejó a nadie indiferente.

Se cuenta que el dios Quetzalcoatl le regaló a los toltecas el árbol del cacao para que su pueblo estuviera bien nutrido y sus gentes fueran inteligentes, bellas y dotadas de talento artístico. ¡Menudo obsequio! Este dios sí que sabía....

Su consumo estaba reservado solo a la clase alta o para los guerreros, que lo consumían en celebraciones especiales y algunos ritos. Al ser un símbolo de riqueza, se servía usualmente en una vasija o jícara de maderas nobles con cucharas de oro o plata.

No sé si sabréis que lo que ellos llamaban *tchocolatl*, era una bebida fría, espumosa y muy especiada que poco tiene que ver con lo que nosotros conocemos hoy día por chocolate. Lo aromatizaban con maíz, achiote, pimienta y pétalos de flores silvestres.

Cuando Moctezuma recibió a los conquistadores, parece que hasta los más rudos hicieron un verdadero acto de hombría al probarlo. Entre los españoles no triunfó como bebida en principio, pero sí sus semillas, que se usaban como moneda de cambio o curso legal, tradición que se mantuvo en transacciones hasta casi el siglo XIX.

A partir del mestizaje, se empieza a preparar en versión caliente y con aromas más tradicionales para los gustos europeos: anís, canela y azúcar de caña.

Desembarca en España y partir de allí empieza su lenta pero imparable conquista de Europa y el mundo. Hacia 1789 se produce la primera tableta en estado sólido: mezcla de cacao en polvo con azúcar y, en vez de agua, se incorpora manteca de cacao, lo que abre la puerta al mundo del chocolate como alimento nutritivo, placentero, delicado, energizante, lleno de matices..., todo un universo que llega a nosotros como uno de los únicos productos de la tierra capaces de despertar pasiones y embriagar los sentidos sugestivamente.

Trabajar con el chocolate es un asunto delicado, de hecho, dentro de la repostería y pastelería hay un apartado preciso y estanco de técnicas y manejo de este. A medida que ha ido evolucionando la industria del chocolate, se han ido desarrollando equipos cada vez más sofisticados para acompañar la producción altamente refinada de la bombonería y la chocolatería.

Hay trabajos creativos increíbles en bombones y tartas que parecen joyas de diseño. Yo no me paseo por la Rue Montaigne en París viendo los escaparates de Gucci o Chanel, mi paseo imprescindible por la Ciudad de la Luz es el recorrido por las fachadas y las tiendas de Pierre Marcolini, Pierre Hermé, Lenôtre, Arnaud Larher o Jean-Paul Hévin, compitiendo en plena Place Vendôme con diamantes de Cartier o Boucheron.

Para un buen resultado en elaboraciones de chocolate siempre tiene que primar la calidad, así que siempre optaremos por un producto de gama media-alta. El resultado merecerá la inversión.

Elegiremos un chocolate de buena calidad de un alto porcentaje de cacao para que nuestra tarta sea muy untuosa, densa y contundente.

Cuando hablamos de calidades, para vuestra información, los chocolates provenientes del cacao criollo son los más excelsos.

Comenzamos:

El tratamiento térmico del chocolate es fundamental. El calor excesivo es enemigo del chocolate. Para derretirlo o trabajar con él, nunca superaremos los 49 °C para el chocolate negro y los 43 °C para el chocolate con leche o blanco.

Por eso siempre hay que derretirlo al baño maría, teniendo la precaución de que el agua hirviendo no entre en contacto directo con el cazo donde estamos derritiendo el chocolate, ni que lo salpique, ya que el agua tampoco es muy amiga del chocolate.

Otra manera segura de derretirlo es en el microondas a baja potencia, no más de 400 w. Aquí es importante hacer el proceso en varias veces para asegurarnos de que se derrita sin quemarse por dentro, siempre removiendo después de cada minuto en el microondas.

Vamos a colocar en un cuenco el chocolate en trocitos junto con la mantequilla, también en trozos. La materia grasa en este caso nos ayudará a dar protección al chocolate en el momento de derretirlo.

Lo llevamos al microondas, como expliqué anteriormente.

Una vez derretidos ambos ingredientes, incorporaremos el azúcar. Mezclamos bien con la varilla.

Luego añadimos los huevos enteros. No hace falta siquiera batirlos previamente. Basta con incorporarlos bien con la ayuda de la varilla o cuchara que estemos usando.

Para finalizar, y ya vemos qué rápido va esto, añadimos la cucharada de harina. Volvemos a mezclar bien, y fijaos con qué pocas palabras he descrito la preparación casi exprés de nuestra tarta.

Es conveniente siempre cubrir el fondo del recipiente elegido con papel siliconado para impedir que se pegue la tarta durante el momento de desmoldado.

Rellenamos el molde elegido y lo llevamos al horno, precalentado a 165° unos 35 o 45 minutos.

La función de horno que elegimos para repostería si tenemos la opción es la de solo aire.

Otra recomendación es poner la tarta en la rejilla del medio o en la inmediatamente inferior, nunca en la de arriba, y esto es para todas las tartas que crecen durante la cocción. Tampoco debemos abrir el horno hasta que haya pasado al menos más de la mitad del tiempo total de la cocción sugerida.

Normalmente, cuando hacemos un bizcocho nos sugieren hacer el test del cuchillo o palillo para saber si está cocido. Tiene que salir completamente seco, en esta receta queremos que el palillo salga con algo de masa pegada, porque la textura que queremos lograr es de *fondant*, o sea, que se funda en boca, como indica su significado en francés.

Retiramos del horno y dejamos enfriar en la rejilla un par de minutos. Nunca está de más pasar el filo del cuchillo por alrededor de la tarta para ayudar a despegarla del molde.

Después apoyamos el plato o la bandeja elegida para la presentación y con mucho cuidado le damos la vuelta.

Retiramos el papel siliconado del fondo y dejamos que se enfríe.

Mientras tanto, haremos el «ganache» para cubrir esta tarta maravillosa.

Ganache es una mezcla de chocolate con nata que según sus proporciones sirve para una cosa u otra. Se usa principalmente para cobertura de pasteles o tartas o para rellenos de bombones y de postres. Se puede aromatizar con licores, esencias de frutas y hasta frutos secos en pasta. Su versatilidad hace que sea el comodín de la repostería.

Según se cuenta, su invento fue, como otros tantos, por casualidad, y en este caso por torpeza. Antiguamente, la palabra «ganache» se usaba para referirse a una persona poco inteligente... Justamente esa palabra profirió el pastelero cuando su aprendiz derramó sin querer la nata en el bol del chocolate. Pero le dieron una oportunidad a la mezcla y vieron las grandes posibilidades que brindaba.

Se quedó con el nombre, y esta suave y deliciosa crema de chocolate poco a poco fue subiendo al podio de las mejores creaciones de la repostería. ¡Mira el ganache qué listo fue!

Elaborarla es muy fácil, y aquí también es primordial la calidad del chocolate y la temperatura de manejo de este.

Por cierto, cuando antes hablé de la calidad del chocolate no mencioné que a pesar de que proviene de América, hoy por hoy, el continente africano es el principal proveedor de chocolate del mundo. Aunque la variedad que ellos producen es la variedad forastero, que es la más básica. Para encontrar los mejores cacaos en sus variedades criollo e híbrido debemos ir a Venezuela, Ecuador, Belice, Guatemala, Trinidad y Tobago, Bolivia, México o Nicaragua, entre otros.

La demanda de chocolate crece ferozmente a nivel mundial en todas las versiones, pero especialmente en las versiones de más calidad para chocolates de alta gama y *gourmets* que son consumidos en Europa y Norteamérica, principalmente. Esta demanda de cacao de calidad, saludable y con denominación de origen beneficia sobre todo a pequeños productores latinoamericanos que tienen explotaciones familiares, favoreciendo la inclusión de estos. Sigamos apoyando, pues, la función social de esta industria con el consumo de chocolates Premium...

Volvamos a la receta.

La nata debe ser siempre para montar, o sea, la que tiene al menos el 35 % de materia grasa.

Calentamos en una cazuela la nata sin hervir. Añadimos el chocolate troceado. El propio calor de la crema inmediatamente derretirá el chocolate. Mezclamos bien y, en principio, ya tendríamos el ganache.

Nosotros, para acentuar el brillo, añadiremos una cucharada de miel. También puede añadirse una cucharada de mantequilla en pomada.

Con la ayuda de la espátula pastelera, que es la larga y estrecha, comenzaremos a cubrir nuestro *fondant* de chocolate. Sed generosos y usad toda la cobertura.

A continuación, dejamos que se solidifique, con lo que quedará con un atractivo brillo y sensación untuosa. Y ya tenemos nuestra tarta.

Ahora viene el momento fantasía en la decoración más o menos artística que queramos hacer o seamos capaces de hacer. Desde tejas o filigranas de chocolate hasta canutillos, formas cortadas, decoraciones marmoladas, pan de oro, un sinfín de propuestas.

Con permiso de Arturo y Amelina, voy a compartir con vosotros mi toque personal a la presentación. Tengo una verdadera debilidad por el dulce de leche y me encanta el contraste que hace con el chocolate amargo. Cuando degustamos esta mezcla es como una montaña rusa de sensaciones en boca: comienza un subidón increíble por la intensidad del chocolate hasta con aristas picantes. A medida que el paladar funde el chocolate con nuestro calor corporal, van saliendo sus matices, que, según la calidad, pueden ser de cítricos, frutos secos, hierbas, frutos rojos o caramelo, y el dulce de leche le aporta ese final dulce sin complejos que inunda todo como un bálsamo.

Con la ayuda de una manga hacemos pequeños topitos de dulce de leche de manera decorativa y luego culminamos nuestra creación aportándole el toque fresco, ácido y colorido con los frutos rojos frescos. Para completar la paleta de colores un poco de verde siempre realza la creación.

Solo como comentario final, deciros que esta tarta podéis hacerla en versión apta para celíacos quitando la cucharada de harina. Prácticamente no hay diferencia en textura. Como veis, son todo bondades... ¡Una receta diez en todos los sentidos!

El aroma a chocolate sumerge la cocina en un cálido y evocador viaje en el tiempo. El de Amelina y Arturo, el de todos los integrantes de esta intensa experiencia. El chocolate tiene el poder de convertirnos en niños, de ayudarnos a recuperar ese hormigueo en el estómago de los días especiales, de los momentos felices, de la celebración de la vida.

Arturo es el chocolate de este grupo, el que ha conseguido a lo largo de todas las horas elevar los niveles de serotonina de las siete personas que comparten esta cocina peculiar con él. Y hoy, cuando ha aportado un matiz amargo, ha conseguido que todos saborearan su historia como si fuera propia, como esos chocolates magníficos, 70 % de cacao, como la vida, dulce y amarga pero intensa en boca.

18

La preparación para la última cena ha comenzado sin discusión previa. Mikele, aliviado tras su conversación con Mayte, esta vez no ha propuesto la alternativa de ir al pueblo. Todos parecen querer disfrutar de la última noche juntos en la casa que ha unido sus vidas durante dos días, en ese hervidero de emociones que será difícil de olvidar.

Y cada uno ha ocupado espontáneamente su puesto en la cocina y en el ir y venir al jardín. Como en un plano secuencia que estuviera previamente ensayado, han abierto puertas y cajones de armarios y alacenas, desplegado un nuevo mantel, esta vez de mariposas que parecían volar justo antes de posarse sobre la mesa que iban a compartir.

Una danza a compás: cortar, picar, untar, colocar, servir... Un movimiento coral que vibraba con la emoción concentrada de las últimas veces. Un cúmulo de energías, un conjunto de almas individuales que, sin decir palabra, se comunicaban entre sí, conscientes de que lo más probable es que nada de esto vuelva a repetirse y por ello, mostrándose entregados a disfrutar, a exprimir, a vivir intensamente el momento, sin perderse un solo matiz de este sabor a despedida.

Una vez sentados todos a la gran mesa redonda, alrededor de Mayte, en una alegórica estampa final de lideresa rodeada de sus apóstoles y tras un breve silencio, la luminiscente Luz toma la palabra:

—Bueno, qué bien, chicos, qué a gustito estamos, ¿no? Parecemos una familia...

—¡Bien avenida! Acláralo, *quilla* —bromea Rafa—, hay familias que no se sientan a la misma mesa si no lo hacen acompañados de sus abogados...

Todos ríen con la descripción de Rafa, tan irónica como realista. Amina, con su suavidad habitual, inaugura el tiempo de conclusiones finales.

—Ha sido una experiencia increíble, jamás hubiera imaginado que un curso de cocina daría para tanto...

—Yo tampoco —añade Elvira, mirando a la profesora con gesto cómplice—, me alegro mucho de haberte hecho caso, Amina, si no hubieras tirado de mí, nunca habría llegado hasta aquí.

—¿De qué os conocéis vosotras dos, alhajas? —pregunta Arturo, mojando una *crudité* de apio en salsa tzatziki.

—Tenemos una amiga común, Noelia —responde Amina—. Noe es voluntaria en el centro de acogida y vecina de Elvira. Un día organizamos una fiestecilla y nos trajo unas croquetas caseras... Tuvieron tanto éxito que quise conocer a la artista que las había hecho.

—No me extraña que tuvieras interés en saber quién era la «autora» de tal delicia —comenta Mayte, guiñándole un ojo a Elvira, en clara alusión al divertido incidente con Eduardo en su primer encuentro.

—Elvira y yo conectamos nada más conocernos. Ella es una persona muy especial, generosa, sensible y... ¡muy graciosa cuando coge confianza! Dentro de su discreción, esta mujer esconde ingredientes que la hacen deliciosa, es como la masa de sus croquetas, toda una sorpresa —dice, mirando a su amiga, que se pone colorada como un tomate para salsa *alla Norma*.

—¡Qué bonito que te llamen «croqueta», Elvira!

—Era una metáfora, Rafa. —Amina ríe.

—¡No, no, que lo digo de verdad, sin ironía, que en esta casa mágica todo adquiere otro sabor! Mirad, a mí me llegan a llamar «berzas» antes de venir aquí y habría contestado con una buena ristra de insultos, pero ahora, después de esta vivencia, sería todo un halago. ¡Vamos, que me llaman «berzas» o «berzotas» al oído y me enamoro *pa toa la vida, hiha*! —exclama con gracia y exagerando su delicioso acento jerezano.

—¿Tienes pareja, Rafa? —pregunta Luz, con la curiosidad que la caracteriza.

—Ahora no. Me dejaron hace nueve meses —responde, ensombrecido, mientras coge una rebanada del cesto del pan—. Fue muy duro, durísimo. Yo estaba loco por Gonçalo, un profesor lisboeta que conocí en un viaje al Algarve. Durante dos años, un poco abreviados por la distancia, tuve con él una relación tan maravillosa que no parecía real..., y no lo era.

»Yo me enamoré de verdad, pero él nunca compartió tal sentimiento. Para Gonçalo yo fui una aventura, un capítulo bonito y entretenido de su vida, pero sin profundidad ni idea de continuidad.

»Cuando se apagaron los fuegos artificiales del inicio, no le encontró sentido a seguir adelante, porque la historia de compromiso y entrega mutua que yo pretendía escribir junto a él no entraba en sus planes.

»Perdí el amor y la autoestima en el mismo instante. Porque cuando te abandonan, te hacen dos heridas por el mismo precio: la de dejarte solo y la de hacerte creer que no eres lo suficientemente valioso como para que te quieran...

—Pero tú sabes que eso no es cierto, ¿verdad, Rafita? —sentencia Arturo con aire de maestro cariñoso—. El valor de un ser humano no se mide en comparación con los demás, sino con uno mismo.

—Ya, eso lo reaprendes cuando superas el duelo. Pero mientras estás en el agujero, abuelo, crees que tú no eres nada, del mismo modo que cuando te sientes amado te multiplicas por cien y te creces incluso por encima de tus posibilidades...

»El amor correspondido es un superpoder que nos transforma, que nos hace sentirnos capaces de lograr lo imposible, de conseguir hacer todo lo que antes y después de tenerlo no podríamos.

Elvira asiente, evidenciando que Rafa ha descrito exactamente la realidad en la que ella se siente sumergida, esa sensación de que sin la lente de aumento del ser amado ha vuelto a ser pequeña y gris, como antes de conocerlo.

Loreto interviene para dar su punto de vista, una opinión kilométricamente alejada de la reflexión del jerezano.

—Pues yo nunca he sentido eso que dices, Rafa —sentencia tras dar un ligero sorbo a la *vichysoisse*—. A lo largo de la vida me ha pasado de todo con mis parejas: me han dejado, he dejado, o... nos hemos dejado de mutuo acuerdo. Y sí, vale, fastidia y duele lo suyo, pero yo siempre he sido la misma. El amor de pareja es un complemento muy importante, por supuesto, pero no es la esencia de mi vida...

Loreto deja sobre la mesa un punto de frialdad que viene a templar un instante cálido. Todos callan para reflexionar sobre cuál de las dos posturas se acercan más a lo que sienten, a lo que han vivido. Tras una brevísima pausa, Rafa salta con agilidad a otro asunto.

—¿Y cómo os conocisteis vosotros? —pregunta, mirando a Mikele y a Luz—. ¿Te tiró los trastos en un restaurante italovegano el Nanni Moretti este?

—¡Ja, ja, ja! No, no. Nos conocimos paseando al perro, bueno, a los perros. Yo paseaba a Lucas y él, a Norma. De todos los italianos con los que coincidía, él era sin duda el más divertido. Bueno, es que en mi barrio hay una importante comunidad de paisanos del Moretti, como tú lo llamas, al estar cerca de la Scuola Italiana...

»Mikele y yo coincidíamos cada mañana antes de ir a trabajar. Él siempre hacía alguna broma, conociéndolo no os extrañará; la verdad es que me reía mucho con sus ocurrencias. En aquel tiempo yo tenía pareja estable y ni por asomo veía al "italiano ocurrente" con alguna connotación amorosa, ni siquiera sexual...

—*Ma cosa dici!* ¡Estabas loquita por mí, era evidente! —asegura, gesticulando una vez más a la italiana: con los dedos juntos apuntando hacia arriba y oscilando.

—Calla, tonto —lo silencia Luz con ternura—. No, en serio, os cuento: Mikele era una persona ingeniosa y divertida que me ayudaba a comenzar la jornada de manera positiva, nada más. Yo tenía pareja, Alejandro..., y estaba profundamente enamorada, llevábamos cinco años viviendo juntos.

»Un día cualquiera, el italiano de la golden retriever que solía robarle la pelota a mi Lucas dejó de coincidir conmigo. Durante meses, Mikele desapareció del escenario de mi circuito perruno.

»Esto suele ser habitual —aclara Luz mientras pica una aceituna negra de un bol con variantes—, los perros y las personas que los acompañamos... aparecemos y desaparecemos como por arte de magia. A veces cambiamos la rutina del recorrido para no aburrirnos o desplazamos un poco nuestros horarios por exigencias de trabajo, por razones climáticas o por el motivo que sea, y entonces dejamos de coincidir con los habituales.

»Es cierto que hay personas que llegan a formar auténticas pandillas en torno a los perros, ¡con grupo de WhatsApp y todo! —exclama muy expresiva—. Y nunca faltan a su cita diaria, conocen la vida de unos y otros, se lo cuentan todo. El parque es para ellos algo parecido a una cumbre de mandatarios internacionales, con nuevas incorporaciones o bajas ocasionales, pero con un núcleo duro y fijo a lo largo de años. Estas relaciones que rozan la obligación no van mucho con mi personalidad, he de reconocer...

»Yo soy amable con todo el mundo, por supuesto, lo haya visto por primera vez o no, y como Lucas también lo es, sociabilizamos ambos sin problema, pero hasta ahí llega la cosa. Tengo mi vida, mi trabajo, mi familia, mis amigos, mis aficiones y poco tiempo libre, así que no suelo profundizar demasiado en los paseos con mi "fiera" de cinco kilos.

»A lo que iba, Mikele dejó de coincidir conmigo repentinamente, pero un día, después de algún tiempo, me lo encontré por el barrio cuando iba de paseo con *Lucas*. Fue él quien me saludó, porque sucede que soy muy despistada, como ya sabéis, y un poquito prosopagnósica..., tengo dificultades para reconocer los rostros.

»Total, que si no veo a la persona con perro incluido, no caigo, y si a eso le sumáis que en aquellos días yo estaba totalmente hecha polvo, porque hacía tres meses que Alejandro me había dejado y me movía como un caminante blanco de *Juego de Tronos* por la vida, pues ya podéis imaginar...

»Cuando Mikele me saludó y, al cabo de unos segundos, caí en la cuenta de que era el dueño de Norma, le pregunté por la *top model*, es así como yo me refería siempre cariñosamente a su perra.

»Y entonces, al italiano chistoso se le llenaron los ojos de lágrimas. A Norma le había picado un mosquito que le transmitió la leishmaniosis y los veterinarios no pudieron hacer nada para salvarla.

»La perrita de Mikele murió un 5 de febrero, el día de Santa Ágata de Catania, ¿verdad, *amore*? —Mikele asiente con cara de suma tristeza—. Por cierto, el mismo día en que Alejandro se fue de casa. Para consolarlo y, de paso, desahogarme un poco, le conté lo mío...

»Ante tal coincidencia en la desgracia, los dos nos pusimos a llorar en plena calle y después acabamos muertos de risa por nuestra escena melodramática improvisada. Por cierto, este podría ser un buen resumen de nuestra relación, una mezcla perfecta de sonrisas y lágrimas —dice Luz, acariciando con ternura la mano de su pareja.

»Aquel encuentro casual coincidió con que Lucas había puesto su semilla canina en una shih tzu bellísima, llamada Bella en plan redundante y, como progenitor, le correspondía un cachorrito.

»A mí me pareció buena idea que Mikele se hiciera con otro compañero de viaje para mitigar cuanto antes el dolor por la pérdida de Norma y se lo propuse allí mismo. Con tal excusa, nos intercambiamos los teléfonos y yo quedé en avisarlo el día del alumbramiento perruno.

»Finalmente, la adopción no se llevó a cabo, el cachorrito fue a parar a las manos de mi madre, que está loca con su saltarina Betty, y yo me quedé con Mikele que, como sabéis, es ladrador pero poco mordedor —bromea Luz con ojos rebosantes de amor.

—¡Qué historia tan curiosa, Luz, Mikele! —dice Amina, entusiasmada—. ¡Me encanta, nunca hubiera podido imaginar el inicio de vuestra relación así, entre perros, es de comedia romántica americana, como... de Richard Gere, ja, ja, ja!

—Ya ves, Amina, recoger cacas juntos une mucho —dice Mikele con tono divertido—, perdón, que estamos comiendo...

—Oye, y Lucas, ¿qué tal se tomó que el paseador de Norma fuera su nuevo dueño? Porque vivís juntos, ¿verdad? —pregunta Elvira, intrigada.

—Sí, hija, sí, Mikele no tardó mucho en plantar su cepillo de dientes en mi cuarto de baño, cual astronauta que pisa la Luna.

—¡Mi cepillo de color *azurro*! Recuerda, *tesorino*, que yo vine a España a triunfar, como Rossi...

—La verdad es que el inicio de la relación entre ambos, me refiero a Mikele y mi perro, fue un poco tormentoso... Lucas le ladraba en casa constantemente, algo que jamás había hecho en la calle, donde siempre se le había acercado moviendo el rabito en señal de amistad.

—Cuéntalo todo, el pequeño bicho territorial ladraba especialmente cuando me iba al dormitorio con su pelirroja...

—Sí, fueron tres días de tensión entre ambos, yo lo pasé mal, en serio... Pero al final Mikele se lo metió en el bolsillo, Lucas no solo ha terminado por aceptarlo como nuevo habitante de la casa, yo diría que lo adora.

—Es que le doy trozos de salchicha a escondidas y todo aquello que le prohíbe la Morgana vegana, que lo tiene aburrido con tanto pienso equilibrado —dice en voz baja, como si Luz no le pudiera oír—. Lucas y yo tenemos nuestro pacto de caballeros...

El grupo entero, a excepción de Loreto, reacciona con risas ante la intervención de Mikele. El resto de la velada discurre por caminos variados de conversación agradable y distendida sobre perros, amigos, vecinos, viajes, aficiones, vinos... Todo ello mientras degustan *focaccia*, ensaladas variadas, quesos deliciosos, canapés de ahumados, *vichysoisse* y otras delicias que Mayte pensó para la última cena de esta cuadrilla heterogénea.

El final del menú tiene como postre la tarta de Amelina, la única de las recetas que no han degustado justo al término de su elaboración.

Mayte la sirve ante la mirada atenta del grupo, que, después de observar el manjar, dirige sus ojos a Arturo. Este está claramente emocionado ante un símbolo tan trascendente para él y, desde hace un rato, para todos sus compañeros de aventura.

La profesora le acerca una pala de servir para que corte las porciones y él la recibe con solemnidad, como si fuera *Excálibur*, la espada de su homónimo. Aunque el único rey de esta casa desde el día anterior es el abuelo de los ojos azules y la blanca caballera.

El rey Arturo dibuja los triángulos en la tarta y corta con sumo cuidado. Después, ayudado por Amina y Elvira, va repartiendo las porciones hasta poner la última en su plato. Cuando la prueba, observado atentamente por los siete, dos lágrimas asoman por su rostro y la emoción vuelve a tomar el jardín de la casa de los pájaros.

—Es esta. Es el sabor de Amelina. Gracias, Mayte. Gracias a todos. Empezad, por favor.

Todos prueban la tarta y se deshacen en elogios hacia ese manjar, que en su chocolate encierra, como si fueran pepitas de cacao, latidos de vida. Mayte se siente superada por la emotividad del momento y abandona repentinamente la mesa.

El grupo se siente desconcertado de nuevo por la inesperada reacción de Mayte. Todos menos Elvira y Mikele, que, en sus respectivos encuentros en el jardín, han intuido que había dolor propio en la empatía que la profesora ha mostrado por ambos.

Arturo tampoco se muestra sorprendido y, como esos padres que saben lo que sucede y tranquilizan a los hijos pequeños ante un hecho inexplicable, se dirige a ellos:

—Chicos, tranquilos. Seguid saboreando la tarta, por favor. Yo voy a ver a Mayte...

La autoridad de gran jefe indio que se ha ganado con su carisma, en menos de cuarenta y ocho horas, no deja resquicio para una respuesta que lo contradiga. Y mucho menos para el menor comentario improcedente o desafortunado acerca de la actitud de la profesora.

Todos continúan comiendo, tal y como les ha pedido Arturo, y el abuelo sabio entra en la casa, dispuesto a resolver algo pendiente...

19

En el suelo, un delantal de mariposas de colores con las cintas de la espalda arrugadas, la huella de un nudo recién desatado. Así, tal y como cayó, desplomado, como una persona rota.

En la cama, sobre la colcha blanca de piqué, tumbada boca abajo, con el recogido del pelo medio deshecho y llorando desconsoladamente, una mujer destrozada.

Él entra con tanto sigilo que ella no percibe su presencia hasta que se sienta en la cama. Es una sensación reconocible, ella era tan menuda y él, tan grande, que cuando se colocaba a su lado notaba cómo se hundía un poco el colchón y su cuerpecillo se balanceaba ligeramente. Por un momento llega a pensar que es el fantasma de papá, que viene hoy a consolarla como entonces, como siempre hacía.

—Mayte...

La voz inconfundible de Arturo deshace la ensoñación irracional que ha acariciado durante unas décimas de segundo. Y, como entonces, calla. Nunca respondía a la primera, esta vez tampoco.

—Mayte, alhaja...

Estos silencios se viven siempre desde los dos lados de una frágil pared de hielo construida sobre el ritual del «no quiero hablar, pero me muero por hacerlo». Los dos lo saben.

Con su padre la representación era larga, aunque la duración fue disminuyendo según iba creciendo ella y envejeciendo él. Pero con Arturo, ese desconocido que ha aparecido en su cocina, en su casa, en su vida, como por arte de magia, como metáfora de la luz que Mayte andaba buscando a tientas en el túnel emocional que atraviesa..., ¿cuánto tiempo debería durar ese fingido «no quiero hablar»?

—Ya sé que no quieres hablar —dice él, como si acabara de hacer una ecografía de su pensamiento—, pero debes hacerlo.

Mayte consigue estirar un poco más el momento y cambia el llanto por una respiración tan contenida como la de aquellas noches de adolescente, en las que se hacía la dormida cuando entraba su madre en la habitación, justo un minuto después de que ella escondiera la linterna y la novela bajo las sábanas al oír el tableteo de sus zapatillas de cuña por el pasillo.

—Vamos, alhaja, sé que me estás escuchando...

Cuántas veces su pequeña le reprochó esto mismo.

—Mayte, no hablar puede silenciar la realidad, pero no la cambia.

Es la misma frase que le dijo tantas veces su marido cuando las cosas empezaron a ir mal entre los dos.

—Todos tenemos zonas ocultas y somos dueños de preservarlas, pero si los silencios se enquistan, cada vez son más difíciles de romper.

Algo parecido le había explicado ella a la primera persona que acudió a pedirle ayuda.

—Mayte, ya sé que te sientes más segura escondiendo el dolor, pero tienes que sacarlo, hace tiempo que deberías haberlo hecho...

Esta frase, como la gota que colma el vaso, es la que consigue provocar su reacción. Enérgica, casi encolerizada, se da la vuelta en la cama.

—¿Y qué sabes tú de mi dolor?

El tono es demasiado arisco, nunca hubiera deseado emplearlo con alguien como Arturo, pero cuando una herida se abre, la respuesta de un organismo cerrado a presión es difícil de controlar. Una vez abierta la espita ya no puede parar.

—No sabes nada de mí, nada en absoluto. Voy a hablar, sí, voy a contártelo todo para que te quedes a gusto. Aquí donde me ves, jugando a las cocinitas en una casa con jardín, perra juguetona y árboles frutales, no tengo nada. Nada. Y ¿sabes?, yo lo tuve todo.

Yo tenía una familia. Tenía un marido que me quería más de lo que yo merecía, tenía una hija que me necesitaba más de lo que yo nunca entendí. Yo tenía todos los ingredientes para ser feliz, ¿y sabes qué hice? Dejar que mi mundo familiar se evaporara, como cuando olvidas que has puesto un caldo en el fuego y al volver de tu distracción, no queda ni rastro.

En estos dos días, conociéndoos, cocinando vuestras recetas, descubriendo vuestras historias, he sido más consciente, si cabe, de mi vida vacía.

Amina, la que no dejó de ser nunca quien fue, tal y como le pidió su abuela, Rachida; y Rafa, a pesar de su insultante juventud, volcado en cuidar de la suya, su Dolores, la que siempre había cuidado de él; Mikele, el amor por Luz, la veneración por su *mamma* y su valentía; Luz, su amor tierno y solidario por Mikele, pendiente de todo lo que le preocupa; la propia Loreto, entregada a su profesión y a su éxito, pero sin mentir a nadie, coherente en su pragmatismo.

Mayte hace una pausa y piensa en Elvira, en su amor inmenso, su duelo inconsolable, su dolor tan puro... No lo dice en voz alta porque jamás desvelaría lo que alguien le contó en privado, lleva esta premisa grabada a fuego.

Y tú..., Arturo. Tú y el Amor con mayúsculas, el chico que se crio sin infancia, sin mimos, sin amor, amando a toda vela. Nadie te había enseñado cómo se hacía y sin embargo lo aprendiste, como aprendiste a leer y a escribir, con más años que casi todos, pero tan bien aprendido... Tú, Arturo, un hombre tan luminoso como la luz de veinticuatro velas.

¿Y yo? Yo no soy nada de lo que sois. Fallé a mi pareja, a mi hija, me he fallado a mí misma. Tiré los pilares maestros de mi vida y mi vida se desplomó sobre mí. Yo soy un fiasco, una mentira, una persona que finge ser otra.

Ayer me preguntaste por la extraña transformación que ejercía la cocina en mí, ¿recuerdas? Y dijiste que no te parecía que fuera algo que, simplemente, me gustara, tal y como yo me empeñé en hacerte creer, que percibías un sentimiento más fuerte, de enamoramiento, de amor... Y, como siempre, tenías razón. Es amor.

Yo no soy cocinera profesional, nunca lo fui,

os he mentido a todos. Yo soy psicóloga, Arturo. Psicóloga de vocación, de carrera y de profesión.

El estudio del alma me atrajo desde la adolescencia, terminé la carrera con un expediente académico brillante y realicé másteres en dos grandes universidades, uno en California y otro en Milán. Di mis primeros pasos profesionales en una consulta de psicología donde aprendí de un gran maestro, el doctor Barnechea. A partir de aquella experiencia se fueron abriendo, una tras otra, las puertas de otras aventuras profesionales apasionantes.

En paralelo a mi brillante carrera profesional, construí una familia, una pequeña pero hermosa familia que componíamos Nacho, Ángela y yo. Y éramos felices, eso creía yo.

Mi familia me daba el amor y mi trabajo, la pasión. La tarea en la consulta me entusiasmaba, me implicaba a fondo en los problemas de mis pacientes, estudiaba, investigaba, llegué incluso a publicar en dos prestigiosas revistas científicas. Pero estaba tan inmersa en el estudio de las almas ajenas que no percibí lo que les estaba pasando a las almas de los míos hasta que ya fue demasiado tarde...

Un día, recién llegada de un congreso internacional de psicobiología en Oviedo, mi vida entera se fue por el desagüe. En el desayuno, después de que le contara a Nacho todos los detalles y las anécdotas de mi viaje profesional, cuando le cedí el turno de palabra con el típico: «¿Y tú qué tal? ¿Todo bien por aquí?», me pidió el divorcio.

Sin reproches, sin balance a su favor, sin rencor. Con la misma serenidad, el respeto y la ternura con que siempre me había amado, Nacho me comunicó que había dejado de hacerlo.

Es cierto que no tomó su decisión de un día para otro, nuestra relación ya estaba herida desde hacía tiempo. Durante los periodos de trabajo intenso, la urgencia por resolver lo inminente no dejaba tiempo suficiente para la reflexión profunda que nuestra situación requería, pero cuando llegaban las vacaciones, al contacto con el mar, salía a flote, como espuma grisácea y contaminada, todo lo que no iba bien en nuestra pareja.

Pasamos por varios veranos así. Recuerdo tres con nitidez, el de Huelva, el de las Rías Altas, el de Croacia, quizá fueron más...

Pero a pesar de que habíamos hablado de una presunta separación en alguna de nuestras más fuertes discusiones, aquella mañana su decisión firme e irrevocable me pareció tan inesperada como aterradora. Supongo que es como cuando alertan de un tsunami tras un terremoto, la predicción no le resta pavor a una ola inmensa que arrasa con todo.

En la naturaleza, cuando cesa la tormenta llega la calma, pero en la vida las cosas no funcionan siempre así, aunque nos consolemos acudiendo a esa metáfora para no desfallecer. En la vida puede ocurrir que cuando acabas de recibir un golpe y todavía no has conseguido levantarte del suelo del ring, recibas otro más fuerte todavía. Y así fue, dos días después de la conversación con Nacho, Ángela, que entonces tenía dieciséis años, me dijo que quería irse a vivir con su padre tras el divorcio.

—Total, tú nunca estás en casa... Total, para lo que nos vemos... Total, tendremos los fines de semana alternos, siempre que no viajes... Total, no cambia tanto el cuento... Mira, mamá, yo sin papá no puedo vivir, sin ti sí, ya lo he probado.

Aquel impacto casi acabó conmigo, pero no fue el último. Seis años después, la maldita enfermedad, la que nos asola, esa que parece una epidemia, se llevó a mi exmarido, el padre de mi hija.

A pesar de nuestra separación, estuve muy cerca de él durante su corta e implacable enfermedad. A este hecho ayudaba mucho que ninguno de los dos tuviéramos pareja estable en aquel momento; en realidad, después de nuestra historia, ninguna relación con terceros llegó a cuajar...

En aquellos meses, a Nacho, siempre tan organizado, le dio tiempo a decirme que, a pesar del final de nuestra relación, había sido muy feliz conmigo durante muchos años, que yo era lo más bonito que le había pasado en la vida y que era la mejor madre del mundo.

Yo, en cambio, atolondrada por la angustia, sentí que no tenía horas, días, meses suficientes para contarle todo lo que lo había amado, todo lo que lo quería todavía, todo aquello, en definitiva, que necesitaba decirle... Tenía tanto de que disculparme, tanta entrega que devolverle, tanto que darle antes de que se marchara, que me quedé a medias, sin poder cerrar el círculo de amor que yo había dejado inacabado por culpa de mis errores.

Él se fue como siempre había sido, sereno y generoso, pensando en los que nos quedábamos. Todos los demás dejamos de ser quienes éramos.

Desde que Nacho se fue, mis días se transformaron en noches sin luz y mis noches, en días encendidos por el insomnio.

Pero la muerte de Nacho no consiguió unirnos a Ángela y a mí en el dolor, al contrario, a los seis meses mi hija se fue a vivir a Canadá con su pareja y nuestra relación se enfrió más aún. En el fondo, mi hija nunca me había perdonado la ruptura con su padre, de la que me consideraba culpable, y proyectó toda la rabia por su pérdida en mí, castigándome con una distancia mucho más insalvable que la geográfica...

—Estos son los tres grandes golpes seguidos que acabaron conmigo, Arturo —dice Mayte, articulando a duras penas, entre sollozos—. Y cuando algo así sucede, cuando se encadenan uno tras otro, eres como un boxeador noqueado, duele tanto que lo único que desearías es perder el conocimiento. Eso es lo que yo deseé profundamente, con todas mis fuerzas; perder la consciencia, perder la vida, desaparecer; aunque en cierto modo, ya lo había hecho. Yo ya no era yo, mi historia ya no era mi historia, todo lo importante se había esfumado.

»Pero como tú dices "cualquier tiempo difícil se envuelve en esa misteriosa inercia que empuja al ser humano a continuar cuando parece imposible que pueda hacerlo. Debe de ser eso que llaman supervivencia...". Así que después de atravesar el desierto del duelo volcada en mi trabajo, sentí que ya no tenía sentido curar almas teniendo la mía destrozada. Colgué mis tratados de psicóloga y me vestí el delantal, la cocina pasó a representar todo el amor que había tenido y había perdido.

»Entrar en ese espacio acogedor, ligado a los sentimientos primarios, a los más profundos, a los que crean vínculos inquebrantables entre las personas, me hace recuperar, en cierto modo, los amores de mi vida y volver a ser la que era.

»En la cocina recupero a la Mayte que contemplaba absorta a la abuela Patricia manejar los pucheros con pulso tembloroso y hacer deliciosa magia dentro de ellos; la que, cuando entraba en casa al llegar del colegio y olía el cálido cocido de mamá, se sentía a salvo; la que, al volver del trabajo, saborear el beso de mi marido y sentir el olor a gratinado del horno en el que había hecho para mí uno de mis platos favoritos, espinacas con queso y bechamel, era consciente de cuán querida era; la que, al preparar el puré de verduras frescas, con pollo y un chorro de amor, y acercar la cuchara a la diminuta boca de cereza de mi pequeña Ángela, se sentía madre.

Mayte rompe de nuevo a llorar. En su discurso había ido aminorando la intensa desesperación inicial teñida de rabia para convertirla en profundo desamparo, en inconsolable aflicción, y ahora, al nombrar a su hija, se desmorona.

—Lo he perdido todo, Arturo, absolutamente todo, y me lo merezco. —Mayte encadena las palabras respirando a duras penas entre hipidos llorosos—. No es una desgracia sin más, es un castigo y vivo con él o, mejor dicho, muero por él...

»Y no, no me gusta hablar de ello porque hace mucho tiempo que dejé de existir, porque a nadie le importan mis miserias, porque yo ya no soy importante para nadie.

Mayte se tapa la cara y llora sin control, desinhibida por completo, ante un extraño que es lo más familiar que tiene en este momento de su vida.

Arturo, que ha escuchado en respetuoso silencio el torrente de dolor de la mujer que representaba la calma, decide hablar.

—Más de lo que imaginas, alhaja. Tú eres muy importante para muchas personas. Y te diré algo, no me has contado nada que yo no supiera ya, yo sé mucho de ti...

Después de un silencio congelado y tras una respiración a modo de pausa dramática antes de un desenlace, Mayte se incorpora aturdida, apoya la espalda en los cojines que reposan sobre la almohada y se enjuga las lágrimas para intentar ver con nitidez una escena incomprensible.

Jadeando todavía por el llanto, le pide a Arturo con una mirada que aclare lo que acaba de decir. Él cumple con tal encargo. Para eso ha llegado hasta aquí.

—¿Recuerdas a la señora Ríos, Mayte? Fue una de tus primeras pacientes en la consulta. Acababa de perder a su hijo de treinta y cinco años, el joven ejecutivo que lo tenía todo: el éxito, el dinero, el futuro, y decidió fundirlo con polvo de cocaína.

»¿Te acuerdas de aquella mujer destruida que había hecho lo imposible por recuperarlo? Que le había perdonado los primeros engaños, los primeros robos, los primeros sustos... Que siguió perdonándole las nuevas mentiras después de cada arrepentimiento, el gasto inagotable en los centros de rehabilitación, las falsas promesas de no recaer, ¿la recuerdas?

»¿Recuerdas sus grandes ojos castaños empañados por ese velo de tristeza y frustración y su sentimiento de culpa por no haber sabido hacerlo mejor? ¿Recuerdas que cuando fue a verte no quería vivir, que no podía dormir y ni siquiera el amor de su marido era suficiente razón para continuar?

Mayte escucha sin respiración, esta vez no la contiene adrede, es que el aire no sabe en qué dirección salir porque está tan desorientado como ella, que no entiende nada de lo que le está relatando Arturo...

—¿La recuerdas, Mayte? ¿Recuerdas su foto de boda? Llevaba un vestido blanco con manga larga de encaje, un velo de tul que salía de un tocado que cubría su pelo corto, guantes de raso, un ramo de flores de azahar y una sonrisa deslumbrante. Junto a ella su marido, un tipo alto y delgado con traje negro, camisa blanca, corbata gris, un clavel blanco prendido en la solapa y cara de asustado. La novia era tu paciente, Amelia Ríos, Amelina, y el novio era yo.

—Pero...

—Sí, Mayte. Tú fuiste la persona que hizo posible que nuestra vida continuara después del trance más terrible que pueden sufrir unos padres: la pérdida de un hijo.

»Cuando murió Juan Ignacio, Amelina dejó de ser quien era. Yo también, es cierto, nadie sale indemne cuando el tranvía de su vida cae desde un puente..., pero logramos continuar avanzando juntos sobre los rieles del destino gracias a tu ayuda, gracias a ti.

»Ella te adoraba, me hablaba tanto de ti, "mi psicóloga", decía, y se le iluminaba la mirada de afecto y de orgullo. Me dijo tantas veces que le habías salvado la vida, que habías salvado nuestra pareja...

»Esto ya lo sabes, ella te lo contó, estuvimos a punto de separarnos. Amelina no podía entender que yo no perdonara a nuestro hijo. Le parecía impropio de un padre la frialdad que mostré a partir de un determinado momento, cuando me harté de las decepciones sucesivas, cuando dejé de creerle y cerré la puerta definitivamente.

»Ella, la madre protectora, entregada, volcada en su único hijo, no podía comprender que fuera superior mi amor de pareja al paternal, le parecía antinatural y, no lo sé, puede que lo fuera... Pero yo no podía tolerar el daño que Juan Ignacio le estaba haciendo al amor de mi vida.

»¿Recuerdas que, en algún momento de las clases de cocina, dije que todos tenemos una zona de oscuridad? Esta es la mía, Mayte. Seguramente no he sido un buen padre, tal vez tendría que haberme dejado arrastrar por la debilidad de mi hijo y dejar que arrasara conmigo, con su madre, con nuestra vida. Y no, no se lo permití.

»Yo corté toda relación con él, dejé de darle dinero, de escucharlo, de hacer el mínimo esfuerzo por intentar comprender, le prohibí aparecer por casa... Sus propias tías, las hermanas de Mayte, estuvieron más cerca de él que su propio padre, con Amelina al pie del cañón hasta el final. Yo no, yo me aparté de él, así fue.

»Juan Ignacio había crecido rodeado de todo lo que yo no había tenido: el amor, la protección, la comodidad. Él era afortunado, tenía una gran familia, unos buenos padres, creo... Desde luego tenía una madre excepcional, eso puedo asegurarlo, una mujer experta en abrir los ojos de los demás que, sin embargo, no logró hacerlo con los de su propio hijo, cuando este todavía estaba a tiempo de no tirar su vida por la borda.

»¿Sabes? El día en que nos llamaron para comunicarnos el desenlace fatal, muerte por sobredosis de cocaína mezclada con opiáceos sintéticos, sentí alivio, lo reconozco. Muchas veces he llorado y me he sentido culpable por aquella reacción, pero, honestamente, es lo que sentí en aquel momento.

»Amelina, en cambio, no pudo con ello. Pasó de la desesperación a la rabia, de la rabia a la tristeza profunda. Y empezó a desarrollar cierto sentimiento de rechazo por mí.

»Mi cara de ángel cayó en las garras de un duelo patológico y yo no podía hacer nada por ayudarla, hasta que llegaste tú. Arrastrada por su hermana mayor, Carmen, que siempre había sido su faro, Amelina acudió a tu consulta, y el resto lo conoces bien...

»Tres años después, cuando ya no iba a terapia, una tarde Amelina llegó muy triste y preocupada a casa. Había pedido cita contigo para una sesión de "mantenimiento", como ella llamaba a las consultas ocasionales, una vez que hubo recibido el alta por tu parte, y se encontró con la desagradable sorpresa de que ya no estabas.

»La recepcionista del centro, que la apreciaba mucho y sabía del amor y la admiración que Amelina te profesaba, faltó por una vez a la discreción deontológica de la que siempre hacía gala, pensando que el objetivo era loable. Ángeles le dio detalles de los motivos de tu abandono de la psicología y una tarjetita con tu número de teléfono personal.

»Amelina marcó tu número muchas veces, pero nunca respondiste al teléfono. Durante años, continuaste saliendo en las conversaciones como una de las personas claves de su vida, y en sus últimas horas, bajo los efectos de la sedación, pronunció tu nombre: "Mayte."

»Cuando Amelina murió, yo quedé devastado. Un año y medio después, tras haber parado en varias estaciones del vía crucis del duelo con escasos resultados, cayó en mis manos un ensayo sobre psicología, también a mí me interesa, como aficionado, el estudio de las almas —aclara con complicidad— y me hizo pensar...

»El ensayo aquel hablaba del beneficio emocional para quien ha sufrido la pérdida irreparable de un ser querido que puede aportar el hecho de hacer algo que la persona fallecida hubiera deseado hacer, de hacerlo por ella, de llevarlo a cabo en su lugar.

»Aquella noche no pude dormir, como el resto de las noches, pero la mañana siguiente fue distinta.

Una energía especial y olvidada me acompañó cuando decidí que, antes de que me tocara marcharme de este mundo, tenía que cumplir con una misión, tenía que encontrarte, hacerlo por Amelina.

»Durante más de un año, como un detective, he seguido tus pasos. He hablado con el portero del edificio en el que vivías en Madrid, con varios compañeros de tu trabajo, con los camareros del bar en el que solías desayunar, con Gema, la dueña de la peluquería a la que ibas a cortarte el pelo; con Claire, la joven libanesa que te hacía la manicura. He peinado tu entorno buscando pistas. He dedicado días y noches a dar contigo, Mayte. Y tu búsqueda se ha convertido en un motivo para levantarme cada mañana, para echarme a la calle, para cumplir mi objetivo, mi último regalo para Amelina.

»Y siguiendo un hilo que en el inicio parecía no llevar a ninguna parte, mira por dónde, acabé frente a la pantalla de mi ordenador contemplando un anuncio en Internet que decía: "'Curso de cocina emocional', por Mayte Preciado." Y aquí estoy, alhaja.

Mayte abre los ojos como platos, no da crédito a lo que le está contando Arturo.

—Yo he venido a darte las gracias en nombre de Amelina y en el mío. He venido para decirte que eres una persona extraordinaria. Para recordarte que nadie es perfecto, que todos fallamos en algún plano de la vida, pero eso no invalida todo lo demás, y tú has hecho mucho bien a personas que necesitaban tu ayuda, puedes estar segura. Bueno y, de paso, he venido a recuperar mi tarta —añade con su irresistible encanto.

Mayte sonríe y llora al tiempo, completamente perpleja.

—En cuanto a tu relación con Nacho, yo no voy a juzgarla, líbreme Dios, no me corresponde hacerlo. Además, tampoco podría, un juez necesita escuchar a todas las partes, y de vuestra historia solo conozco tu versión, profundamente cruel contigo, por cierto.

»Mayte, alhaja, como psicóloga que tú eres y como viejo que yo soy... los dos sabemos que en las parejas, como en la cocina, todos los ingredientes tienen su importancia, y quizá estés siendo injusta al pensar que eres la única responsable de que vuestra receta de convivencia se echara a perder. Y vuestro plato de amor no se estropeó, durante su enfermedad pudisteis comprobar que quedaba mucho y bueno de lo que habíais cocinado juntos.

Mayte se tapa los ojos de nuevo y llora con ganas ante la observación de Arturo.

—Y por lo que respecta a Ángela, tu hija, deberías llamarla. Y hacerlo ya. Lo está esperando.

Mayte despega sus manos de la cara y pregunta atónita:

—¿Cómo?

—El detective más pesado de España ha hablado con ella y tiene una noticia importante que darte...

Mayte está desbordada del todo por la emoción y la perplejidad, le parece totalmente inverosímil lo que está sucediendo en esta habitación. Y como no sabe qué decir, opta por lo único que le pide el cuerpo, abrazarse a Arturo y llorar a gusto, como hacía con su padre de pequeña.

En esta ocasión las lágrimas de la cocinera estudiosa de las almas contienen agitación, sorpresa, dolor y alegría, una extraña mezcla, un plato fuerte.

20

Mayte apenas ha dormido, pero esta vez no ha sido a causa del insomnio; todos trasnocharon, pero ella se ha levantado temprano para hacer lo que les prometió: su receta. Es la única de los ocho que no había aportado su plato elegido y decidió ofrecerlo para desayunar. Ella lo prepararía antes de que los demás se despertaran para que pudieran probarlo en el desayuno y después les explicaría la receta. Ha cumplido.

Mayte hizo esta propuesta, que no estaba prevista en el plan del curso, en el tercer brindis, o en el cuarto, cree recordar... No está segura del todo, fueron tantos, había tantos motivos para entrechocar las copas...

Después del episodio vivido con Arturo en su habitación, tras un lavado intenso de cara con agua fría de la sierra de Madrid y un poco de maquillaje para atenuar los efectos del tornado emocional, Mayte salió al jardín, donde lo esperaban los siete charlando tranquilamente.

No sintió ese pudor teñido de vergüenza que uno padece cuando ha protagonizado un episodio en el que ha perdido la compostura. Seguramente, sus sollozos se oyeron desde el jardín, «Todos estarán al corriente de lo que le he contado a él», pensó, pero tal posibilidad no le causaba ninguna desazón. A estas alturas de la convivencia intensa y concentrada del grupo era lo menos que podía regalarles, abrir su cofre de secretos tal y como todos habían hecho empujados por ella.

Mayte les pidió que retrasaran un poco la hora de partida, quería darles su receta y contarles una historia... Todos aceptaron la oferta de buen grado, Mayte había sido el enigma mejor guardado de esta experiencia, les fascinaba la idea de conocer más detalles sobre ella.

Por lo demás, el resto de la velada nocturna fue subiendo de tono y volumen a fuerza de bromas, chupitos de licor casero y música. La siempre silenciosa casa de los pájaros estaba anoche llena de ruido de vida. No parecía la misma casa en la que Mayte suele poner la radio mientras se ducha porque es en ese instante, bajo el agua, cuando experimenta la más muda soledad, cuando se siente más eremita y aislada que nunca.

Cuando el grupo comenzó a manifestar que faltaba música en la reunión, la profesora encendió su ordenador y Rafa le acopló al equipo dos altavoces que había en el dormitorio que ocupaba Arturo. Mayte abrió su cuenta de Spotify y la puso a disposición de los alumnos. Así cada uno podría elegir sus canciones favoritas y, de paso, eliminaba el riesgo de que, en el fragor de la batalla festiva, alguno de sus adorados vinilos antiguos resultara herido...

Entre todos confeccionaron una lista de peticiones musicales que Amina, con encomiable paciencia, fue cargando en la pantalla. Lo más emocionante llegó cuando casi estaban terminando de cerrarla para comenzar a bailar y Luz hizo una proposición:

—Chicos, ¿qué os parece si, tal y como hemos hecho con las recetas, elegimos «nuestra canción» y la conectamos con un momento vital? Tiene que ser una canción «bailable», por supuesto, pero además ha de tener un significado especial para cada uno...

Luz no tuvo que insistir, había tal clima de juerga que todos se habrían apuntado a lanzarse a nadar en el embalse cercano si alguien lo hubiera propuesto, le compraron la idea encantados.

—¿Quién se atreve a empezar? —dijo animosa.

—¡Venga, empiezo yo! —Elvira lo hizo con una

energía desbordante que sorprendió a todos—. Así no perdemos la tradición de que la tímida del grupo rompa el hielo...

Mayte rio ante la pullita de Elvira por complicidad pero también por satisfacción, su cambio de actitud en estas pocas horas había sido el más notable de todos.

—Voy a elegir una canción de la primera película que vi en el cine con mi único amor, Eduardo. La película es *La la land* y la canción «Another day of sun». La escojo porque es «bailable», como dice Luz, y, sobre todo, porque cuando acabó de sonar en la pantalla, Eduardo me susurró al oído que yo representaba en su vida justo lo que decía el estribillo:

> *Y cuando te decepcionen*
> *tú te levantarás*
> *porque la mañana avanza*
> *y llega otro día soleado,*
> *otro día soleado.*

»Eduardo lo había perdido todo, y cuando yo llegué a su vida, le pareció que había vuelto a salir el sol, así me lo justificó...

—¡Qué bonito, Elvira! —exclama Luz con entusiasmo, todos aplauden y la pelirroja continúa repartiendo juego—. ¡Te toca, Rafa!

—Vale, yo quiero que bailemos una de los Aslandticos, un grupo cordobés que me chifla. La canción se llama «De momento», es muy andaluza, como yo, y encierra mucha filosofía...

Fíhate tú,
tanto y tanto como ando yo de aquí pallá,
casi siempre tonteando y sin adivinar
que esto dura lo que dura
y hay que aprovechar.
De momento,
la vida pasa de momento,
de momento,
aquí todo es de momento.

—¡Vale, compramos «De momento»! Suena deliciosa en tu voz, a ver si nos seducen igual los Aslandticos. ¿Amina?

—Pues yo os regalo «Volando voy», de Kiko Veneno, una de las primeras canciones que aprendí en español. Me llena de energía esa canción y me emociona especialmente una frase, a ver si sabéis cuál es...

Enamorao de la vida, aunque a veces duela
si tengo frío busco a mi abuela...

Todos aplauden la coincidencia de la letra con la vida de Amina, y esta remata el tarareo:

... si tengo frío, busco candela.
Volando voy, volando vengo...

—¡Bravo, Amina, preciosa elección! —aplaude Luz y todos jalean—. ¿Loreto?

—Pues como estoy en capilla para el bodorrio, Mihai y yo andamos negociando la lista de canciones que sonarán. Él está encaprichado con algunas melodías rumanas que a mí no me entusiasman, ahora que no nos oye..., pero he cedido.

»A cambio él tendrá que darme gusto con mis deseos.

»En mi boda sonará una canción italiana "Sola una volta", aunque la versión que he elegido para bailarla con mi chico, olvidándonos de todos los demás, es la que cantó el compositor, el romano Alex Britti con Sergio Dalma.

Y mientras duermen todos
puede que estén pensando en ti y en mí,
y mientras va aclarando el alba
contemplaremos la noche que se acaba.
El tiempo va, pasarán las horas,
vendrá el amor y lo haremos a solas

solo una vez o toda la vida.
Démonos prisa que el verano se termina.

»Sí, Mikele, yo adoro tu país, su idioma y su gente. Tenemos mucho en común vosotros y nosotros... —afirma Loreto en un sorprendente guiño a su tormento, que asombra a todos y al aludido especialmente.

—Por alusiones, Mikele —dice Luz con picardía...

—*Per favore!* ¿Lo dudas? «¡Azurro!», la canción que compuso el gran Paolo Conte y que hizo famosa un ídolo, Adriano Celentano. Hasta la selección italiana la entonó en un vídeo, esa canción es todo un símbolo, la cantábamos mis primos y yo a todo pulmón en las bicis durante las tardes turísticas, y empieza así:

Busco el verano todo el año
y de repente ya está aquí.
Ella se ha marchado a la playa
y estoy solo en la ciudad.
Oigo silbar en los tejados
un avión que se va...
Azurro...

»Es un himno en Italia, así que espero que la cantes conmigo, Loreto; podemos hacer un dúo tipo Mina y Celentano —dice, devolviéndole el guante de darse la mano para sellar la paz.

—¡Yo pago por ver eso! —responde Luz, y todos la secundan con palmas y silbidos—. ¡Arturo, tu turno!

—Yo quisiera —dice Arturo, guiñando un ojo por utilizar tal tiempo verbal— una de mis tiempos: «Quisiera ser», del Dúo Dinámico. ¡Me la aprendí de memoria para cantársela a mi Amelina...!

> *Quisiera ser un águila real*
> *para volar cerca del sol*
> *y conseguirte las estrellas y la luna*
> *y ponerlas a tus pies, con mi amor...*

»Aquella canción me definía absolutamente. Yo solo pretendía esforzarme para estar a su altura, para hacerla feliz. Y... "quisiera" pedirle a la profesora que la baile conmigo, así que apúntame en el carné, Mayte...

—¡Eso está hecho, «alhaja»! —responde la profesora con todo su cariño.

—Vale, por deferencia a la anfitriona dejaré que sea ella quien cierre la lista, así que me toca. Yo elijo «You can't hurry love», de Las Supremes. Es una de las canciones favoritas de mi madre y siempre me la dedicaba, porque decía que yo tenía que aplicarme el cuento...

Yo necesito amor, amor,
para tranquilizar mi mente,
necesito encontrar a alguien a quien poder llamar
Pero mamá me dijo: *["mío".*
No puedes apresurar al amor,
no, tienes que esperar.
Me dijo que el amor no llega fácilmente,
es un juego de dar y recibir.

»¡Va por ti, mamá! —dice, levantando el chupito de licor de cerezas—. ¡Ah..., y por ti, Richard! Esta canción sale en la peli *Novia a la fuga*, en la versión de Dixie Chicks —aclara con sorna.

Todos ríen con la broma de Luz y Mikele reacciona sobreactuando con humor:

—¡Si no lo dice, revienta! *Ché pesante!*

—Bueno, llega el gran momento —concluye Luz—. Maestra de cocina, tu canción...

—Pues yo voy a compartir con vosotros una que tiene un enorme significado para mí. Era la canción que Nacho, mi marido, y yo considerábamos la canción de nuestra familia, porque a nuestra hija la llamábamos «mariposa».

»La razón es que Ángela nació muy fea, tenía cara de gusanito —dice, riéndose—, pero después se convirtió en un ser bellísimo por fuera y, sobre todo, por dentro.

»Recuerdo que llevábamos el *compact disc* en el coche y que siempre la cantábamos los tres, es de Fito Páez y se llama "Mariposa Technicolor".

Todos yiran y yiran,
todos bajo el sol,
se proyecta la vida,
Mariposa Technicolor.
Cada vez que me miras,
cada sensación
se proyecta la vida,
Mariposa technicolor.

»De ahí mi afición por las mariposas que habréis encontrado en muchos rincones de la casa, en la decoración, en los manteles, en mis delantales... Mi hija está en todo. —Mayte se ensombrece durante un segundo, pero rápidamente recupera el ánimo para alegría de todos—. Bueno, ¿qué, bailamos?

Y bailaron hasta las tantas. Todas las tensiones, las pasiones y las emociones explotaron al ritmo de la música, con ese encanto especial de alegría y melancolía anticipada que tienen las clausuras de los grandes acontecimientos.

Mayte, con pocas horas de descanso en su cuerpo, pero un suplemento energético fruto de haber disfrutado de una sensación olvidada, ha elaborado con meticulosidad extrema su tarta de zanahoria, una receta que también llevaba demasiado tiempo sin elaborar.

La mesa puesta espera a los alumnos, que pronto aparecerán para disfrutar del último bocado antes de abandonar la casa.

21

Todos han saboreado el delicioso dulce de Mayte, una inyección de alegría y energía que los ha repuesto, casi milagrosamente, de la resaca de una noche de licor, baile y emociones.

Cuando han acabado de desayunar y están degustando tranquilamente sus cafés e infusiones, Mayte decide que ha llegado el momento de abrir el cofre.

—Os voy a contar una historia, una historia que os debo. Es la historia de esta receta, la historia de una tarta de zanahoria, mi *carrot cake.*

HISTORIA DE UN
CARROT CAKE

Cuando soñaba con ser madre, uno de mis «grandes propósitos» —entona con ironía— consistía en que, en el periodo del embarazo, si mi cuerpo no me comunicaba la necesidad de comer algo concreto, eso que llaman antojo, yo lo fingiría. El bombo me parecía la excusa perfecta para poder atiborrarme de algo sin cargo de conciencia y sin que los demás me pusieran la cabeza como un ídem...

En mis absurdos planes de futuro fingido, hacía una lista imaginaria de todas esas comidas que me enloquecen, para no olvidarme de ninguna importante llegado el momento.

Del territorio dulce apunté bambas de nata, bombones rellenos de licor, napolitanas con crema de almendra, helado de limón, trufas heladas... Del planeta del picante y el vinagre elegí los pepinillos, las cebolletas, las guindillas o piparras, las berenjenas... Y del mundo marino escogí las anchoas, los berberechos, las nécoras, el pulpo, los mejillones y los ahumados de bacalao y sardina. Tampoco quería olvidarme de esos platos cotidianos que siempre me apetecen, así que apunté las patatas asadas, las espinacas con bechamel, los filetes rusos con tomate casero, los pimientos fritos...

Estos últimos, por cierto, fueron el antojo de Amparo, la vecina de mis padres, en su segundo embarazo. Cuando yo llegaba de la universidad, muerta de hambre, y toda la escalera olía a pimientos fritos, subía hipnotizada siguiendo el rastro y me daban ganas de cambiarme de familia...

Sin embargo, cuando por fin me quedé embarazada de Ángela, ninguna de aquellas perdiciones culinarias tan sabrosas se convirtió en antojo, y tampoco lo fingí, porque tenía uno real que satisfacer. Curiosamente, lo que me apetecía de verdad era algo que jamás había estado en ninguna de mis listas, ni por asomo. En mi primer y único embarazo yo solo quería comer algo tan simple como... zanahorias.

Siempre me habían gustado, sí, pero, honestamente, las zanahorias nunca habían alcanzado la categoría de alimento enloquecedor. En cambio, durante una determinada parte de mi preñez, me apetecían tanto que hasta soñaba con ellas.

Comía zanahorias a todas horas, las comía crudas, cocidas, a la plancha, asadas, al vapor, en vinagreta... Las ponía en la ensalada, en la sopa, como guarnición para la carne y el pescado. Pensaba tanto en las zanahorias que incluso las dibujaba en un folio, en mi mesa de la consulta, mientras algún paciente me contaba sus preocupaciones.

En aquella fase de apetito intenso y compulsivo por las zanahorias busqué obsesivamente en todos los libros de cocina y aprendí a cocinarlas de mil maneras posibles. Las hice en crema, como chips al horno, hice buñuelos, croquetas, las preparé aliñadas o en ensalada...

Cuando cesó mi fiebre por la *Daucus carota*, volví a relacionarme de un modo lógico y dosificado con ellas. Sin embargo, una receta se quedó para siempre entre mis favoritas, el *carrot cake*.

Y con el tiempo comprobé que a mi pequeña, Ángela, también la enloquecía ese pastel. ¡Quién sabe si tal afición estaba provocada porque había vivido desde el útero mi pasión por esta delicia de la familia de las umbelíferas o apiáceas! El caso es que mi mariposita me la pedía incluso cuando todavía no sabía pronunciar bien el nombre: «Tazta de chalahoria», decía, y yo me la quería comer a ella así, cruda.

A Ángela le gustaba tanto que yo le hiciera su tarta favorita que con cinco años ya se ofrecía a hacer de pinche. Y su presencia en la cocina era inenarrable, tan pequeña, con su gorrito, su delantal y aquellas reflexiones increíbles formuladas con lengua de trapo:

—Pues la *pischina* de Olivia *shí* que tiene suelo...

Tardé un rato en entender a qué se refería. Claro, desde que era un bebé, Nacho y yo siempre la habíamos bañado con nosotros en piscinas de adultos, en casa de sus tíos y tías, o en las de urbanizaciones de amigos. Resulta que todas aquellas eran piscinas que cubrían y ella, con toda la lógica empírica del mundo, pensó que el fondo de las piscinas no existía, porque nunca lo había pisado. Hasta que conoció la urbanización de su amiga Olivia y allí sí había una pileta infantil donde pudo por fin plantar sus pies.

Yo, en cambio, era tan poco científica en las teorías que trataba de enseñarle... Me gustaba que Ángela cultivara la fantasía y que jugara con los elementos simples con los que yo había jugado, así que le decía las mismas cosas que me había dicho a mí su abuela.

—Ángela, tienes que comer mucha zanahoria, es muy buena para la vista. Tú sabes que los conejitos comen muchas zanahorias, ¿verdad?

—Sí, el de mi amiga Oli come muchas. Y también come lechuga.

—¿Y tú has visto alguna vez un conejo con gafas?

—No.

—¡Claro, porque comen muchas zanahorias!

Ella me miraba con dos ojos grandes y brillantes como soles, y, después de mi revelación, se quedaba pensativa con un gesto que nunca supe si significaba: «¡Cuánto sabes, mamá!», o: «¡Mi madre está turulata, cómo va a llevar gafas un conejo...!»

Ángela encaraba la tarea de ayudarme en la cocina tan concentrada y tan dispuesta que parecía que estuviésemos construyendo la capilla Sixtina a cuatro manos... Muchas tardes me animé a hacer la tarta de zanahoria solo para poder disfrutar del placer de vivir ese tiempo junto a mi hija. Mi pequeña mariposa y yo jugando con zanahorias, mantequilla, azúcar y vainilla, era imposible ser más feliz.

Hace mucho tiempo que Ángela y yo no compartimos una tarde de cocina, que no compartimos nada. Me preguntasteis dónde vivía ella y os dije que muy lejos; me quedé corta. Mi hija vive en Canadá, pero, sobre todo, vive a años luz de mí.

El padre de Ángela y yo nos divorciamos cuando ella tenía dieciséis, y unos años después,

Nacho falleció. Nuestra relación de madre e hija se fue con él. Mi teoría, efectivamente, no funcionó; comer muchas zanahorias no me había dado la vista suficiente para darme cuenta de que estaba perdiendo lo más importante de mi vida, y me quedé sin suelo, como sus primeras piscinas.

En aquel momento mi mundo desapareció, también el profesional. Os he mentido a todos y debéis saberlo. No soy cocinera, aunque cocinar fue siempre una de mis pasiones. Soy, o mejor dicho fui, psicóloga.

Cuando mi vida se derrumbó, continué como por inercia atendiendo a mis pacientes, pero un tiempo después decidí dejar la consulta y refugiarme en los fogones; era lo más parecido a un hogar que podía encontrar para mi tan merecida soledad... Me apunté a cursos, trabajé con varios cocineros, cociné para eventos, para fiestas, para particulares...

Hace unos meses, presa de la nostalgia por haberme desligado de mi inclinación natural por ayudar a las personas que tienen que resolver conflictos de mente y ánimo, me inventé este curso, un curso de «cocina emocional». La idea de tirar del hilo que conduce al alma a través de los sabores ligados a nuestras vivencias emocionales me pareció una interesante vía que nunca había explorado...

Habéis sido mis primeros alumnos y seréis los últimos. Os pido perdón por no haber sido sincera. Por supuesto, os devolveré el dinero del curso, el tiempo ya no puedo devolvéroslo... Lo lamento desde lo más profundo de mi corazón. Os doy las gracias por todo lo que me habéis entregado en estos días. Lo siento.

Los siete escuchan a Mayte con evidente emoción, aunque en realidad lo que les ha contado la profesora ya lo sabían. Tal y como ella sospechaba, desde el jardín habían escuchado buena parte de su relato durante la intensa conversación con Arturo.

Elvira toma la palabra y todos la siguen.

—¿Devolvernos el dinero? A mí desde luego no. Querida Mayte, tú has hecho por mí más en estos dos días que muchas de las personas de mi entorno más cercano en toda una vida. Yo te doy las gracias por este curso.

—Yo estoy con Elvira —afirma Amina—. Han sido dos días inolvidables que me llevo para siempre en el corazón. Has sido un hallazgo. Y... Mayte, todos nos equivocamos en el viaje, la vida se construye aprendiendo, de errores y aciertos, tú nos lo dijiste, ¿recuerdas? Estoy segura de que estás a tiempo de enmendar alguno... Te regalo las palabas de Rachida con mis mejores deseos:

الله يقودك على الطريق الصحيح

«Que dios te lleve por el buen camino.»

—¿Pero qué dices, Mayte? ¿Estás turulata o qué? Estos dos días han sido un regalo. Ojalá me hubiera encontrado con una persona como tú en todos los momentos difíciles de mi vida. Yo solo espero que la vida te devuelva todo lo que tú das, *hiha*. Ah, y, desde luego, yo no quiero perderte, espero que esto sea el comienzo de una gran amistad y que compartamos muchas berzas y mucho vino oloroso...

—Yo también estoy muy contenta de haber venido —interviene Loreto—. Este curso no cambiará lo que soy, porque no es ese mi deseo, pero desde luego he aprendido algo más valioso que hacer un *sarmale* para ganar a «la suegra grande». Aunque, dicho esto, me da que con tus clases la voy a dejar KO... No, en serio, muchas gracias, Mayte.

—Ay, mi querida profe —dice Luz al borde de las lágrimas—. Si tú supieras lo que ha hecho este curso por mí... Bueno, algo sabes, pues eso...

»Hay personas que jamás aportan nada bueno a las vidas ajenas, tú no eres una de ellas, así que te ruego, por favor, que vayas pensando ya en la próxima edición de tu curso emocional. Tengo amigas y amigos a los que les haces tanta falta...

—Mmm, yo no soy muy bueno haciendo discursos —exclama Mikele—, soy bastante mejor comportándome de manera incomprensible, como tú bien sabes... Ya te lo dije a solas, pero lo repito aquí para que todos lo oigan. Gracias por tu paciencia con mis tonterías, por tu comprensión y por tu generosidad sin límites. Muchas gracias por escucharme a pesar de todo y por iluminar un momento realmente oscuro y difícil de mi vida.

»Ah, y si quieres mejorar tu *pasta Alla Norma*, aunque no estuvo mal, te presento a *mamma* Pinu, para que te dé una clase... gratis.

Mikele cierra su frase con un guiño cariñoso y Mayte ya no puede contener las lágrimas ante el cariño y el reconocimiento de sus alumnos. Solo falta Arturo.

—Alhaja, yo ya te lo dije todo anoche, poco más puedo añadir. Tan solo «quisiera» dejarte, dejaros, una impresión. Este grupo es una deliciosa sinfonía de almas diversas que encierra una extraña armonía. Es uno de esos casos que a veces se dan en la vida, en los que la combinación de la diferencia consigue una melodía única, compacta e inolvidable. ¿Y sabes, sabéis, cuándo sucede algo así? Cuando la directora de la orquesta tiene corazón. Así que siéntete culpable, Mayte, de esto sí.

Mayte rompe a llorar y después, para sobreponerse, recurre al ingrediente que siempre la ayuda a salvar los guisos amargos: el humor...

—¡Madre del amor, en veinticinco años ejerciendo la psicología no había soltado una lágrima en consulta, y aquí en veinticuatro horas he batido el récord! ¡Queda claro que no puedo presentarme a ningún concurso de peladores de cebolla! Gracias a todos. No puedo decir más.

—Un momento... Y la receta de esta delicia, ¿no nos la vas a dar? —pregunta Luz.

—¡Ah, claro! Por supuesto, tomad nota, allá va.

Carrot cake

Ingredientes

150 g de harina

100 g de harina de almendras

125 g de mantequilla

5 huevos

170 g de azúcar de caña

500 g de zanahorias ralladas

una pizca de sal

½ cucharadita de té de jengibre rallado

1 cucharadita de té de canela

½ cucharadita de moka de nuez moscada

½ cucharadita de moka de clavo de olor
en polvo

1 cucharadita de té de levadura química

½ cucharadita de té de bicarbonato

Para la cobertura:

90 g de mantequilla
155 g de azúcar glas
500 g de queso crema
vainilla en polvo al gusto

Para decorar:

6 cucharadas de azúcar glas
gotas de limón
colorante naranja y verde
opcional: nueces picadas

Carrot cake

Lo primero que tenemos que hacer cada vez que vamos a elaborar algo de repostería es encender el horno, en este caso a 160° y en la función de aire, que nos ayuda a repartir este de una manera uniforme. Es importante que cuando vayáis a empezar la cocción de cualquier receta dulce, el horno esté en la temperatura sugerida para evitar que tengáis resultados negativos en vuestras preparaciones, como los típicos bizcochos crudos con costra quemada, que a muchos nos ha pasado alguna vez... ¡Ay, qué frustrantes fueron mis comienzos!

Otra cosa que nunca está de más repetir es que la repostería es lo más parecido a una ciencia exacta, es química pura, esa que yo odiaba en el cole. El éxito está asegurado si seguís estrictamente las fórmulas, en este caso, las cantidades y temperatura indicadas. La fantasía es mejor que la dejéis a la hora de la decoración o degustación...

Lo que me faltaba por aclarar es que esta es «mi versión» de mi adorada tarta de zanahoria. Después de probar muchas recetas clásicas y más modernas y hacer un largo peregrinaje por Estados Unidos, probándola en cada pastelería o restaurante que encontraba a mi paso, llegué a esta versión que creo capta todo lo que quiero vivir en mi paladar cuando como una *carrot cake*: un bizcocho húmedo que se desmorona en la boca, pleno de aromas a especias y con un dulzor correcto que se complementa con la untuosa cubierta de queso crema.

Y antes de nada hay que presentar a nuestra protagonista: la zanahoria. Seguro que la tratamos hasta con desdén, allí omnipresente todo el año en nuestro cajón de las verduras, aburrida, económica, fácil de trabajar y comer... Yo reconozco que me pone, su color naranja me infunde muy buen humor nada más verla. Podemos encontrarlas en una enorme gama de colores: ¡blancas, amarillas, negras, moradas, rojas y hasta rosas!

Por cierto, ¿sabíais que el color naranja está asociado a la creatividad, el cambio y la transformación? Es el color de los artistas.

La zanahoria es tan versátil que la usamos en preparaciones dulces y saladas. Podemos encontrarlas en aperitivos, primeros, segundos y postres. Podríamos hacer un menú degustación con ellas en elaboraciones crudas y cocidas con mil técnicas diferentes.

Y en el plano nutricional y de salud son las que nos ayudan a mantener el equilibro ácido y alcalino de nuestro organismo. Es un tónico natural para nuestros ojos, piel, huesos, corazón y músculos. Es un purificador de nuestra sangre y diurético. Con poder carminativo, digestivo, antiflatulento y antipirético... ¡Un dechado de virtudes!

Y ahora sí, antes de que me llaméis pesante, vamos a ello:

Para esta receta elegimos unas zanahorias muy frescas, llenas de jugo. Las pelamos y las pasamos por un rallador fino. Prefiero que no uses la batidora o la Thermomix porque las tritura demasiado y el jugo se pierde. Necesitamos que todo el jugo de las zanahorias aporte la humedad y todo su poder dulce a nuestra preparación. Reservamos las zanahorias ralladas.

En la batidora ponemos la mantequilla en pomada, es decir, que esté con esa textura tan blanda como para untar una tostada sin esfuerzo. Comenzamos a batir a velocidad media, añadimos el azúcar y la harina de almendra. Continuamos batiendo hasta que el azúcar se deshaga en la mantequilla por la fricción del batido y cambie de color. Este paso, en el glosario técnico, se llama «blanquear». En nuestro caso, como el azúcar es moreno, se irá aclarando a medida que vayamos agregando el aire.

En este punto introducimos los huevos uno a uno y siempre batiendo tras cada adición. Después lo añadimos a la zanahoria rallada junto con el jengibre, rallado también, y batimos un minuto más.

En un bol colocamos los ingredientes secos que faltan: la harina, la levadura química, el bicarbonato, las especias y la sal, mezclamos para que toda la harina tenga el mismo sabor.

Retiramos el bol de la batidora y con una lengua vamos incorporando de forma envolvente los ingredientes secos a la masa batida. Todo de una manera muy suave para evitar que se baje la preparación.

En el molde elegido, que está cubierto con papel de horno para que se no pegue, colocamos la masa de la tarta. Damos unos pequeños golpecitos a la mesa de trabajo para que quede completamente uniforme.

Llevamos la masa a hornear durante treinta y cinco

o cuarenta minutos, sin abrir el horno. Recordad que al hacer esa tentadora e inocente acción de abrirlo a cada rato para ver tu supercreación, el calor se pierde y vuestra tarta puede sufrir indeseables hundimientos en el centro o cocinarse sin uniformidad. Luz sabe de esto...

Retiramos la tarta y la colocamos sobre una rejilla para enfriar.

Yo nunca me privo de oler ese bizcocho recién horneado lleno de aromas exquisitos... ¡Animaos, disfrutad de este momento único!

Y así, medio embriagados por los perfumes, nos toca empezar a hacer la cobertura de queso crema batido.

En un bol de la batidora ponemos el queso crema y mantequilla, y batimos a media potencia. Reducimos la velocidad para ir añadiendo el azúcar glas y seguimos batiendo hasta que esté todo bien amalgamado. Luego le damos el toque final de sabor con un poco de vainilla en polvo.

MONTAJE DE LA TARTA:

Cortamos el bizcocho de manera transversal. Colocamos una base en el plato que hayamos elegido para presentar la tarta y allí haremos el montaje. Encima ponemos dos o tres cucharadas suculentas de crema de queso y con la ayuda de una espátula cubrimos bien el círculo. Colocamos encima la otra parte del bizcocho.

Con el resto de la crema de queso id cubriendo toda la tarta y alisáis con la espátula para que quede uniforme. Como es una tarta de presentación un tanto rústica, no hace falta empeñarse en dejar una pátina perfecta.

Ahora llega la hora de dibujar. Haremos unas zanahorias con sus hojitas en azúcar, para decorar la *carrot cake*.

En un bol pequeño colocamos el azúcar glas y lo mojamos con unas gotas de limón. Ojo, hay que ir poco a poco, necesita muy poco líquido. Con la ayuda de una cuchara batimos y nos quedará lo que llamamos una glasa.

Queremos que sea consistente.

Ahora la dividimos en tres tercios: dos tercios los teñís de naranja y el tercio restante, de verde.

En una manga pequeña o cornete de papel colocamos los dos colores. Con el naranja hacemos un pequeño círculo y luego estiramos, y veréis cómo tendréis una pequeña zanahoria. Luego la adornamos con algo de verde arriba para que parezcan las hojas...

Hacemos un círculo de zanahorias, que nos servirán también para hacer las porciones de la tarta a la hora de servirla.

Y para rematar la preparación podemos pegarle en toda la parte exterior nueces picadas... Eso ya es para virtuosos...

¡Ahora a disfrutar de una de las pocas tartas que tiene día propio! Sí, como lo oís, fijaos si tiene adeptos y fans que en Estados Unidos, el día 3 de febrero es el día nacional de la *carrot cake*, es que esta tarta despierta pasiones allí a donde va.

HISTORIA DE TARTAS Y ZANAHORIAS, *CARROT CAKE*:

Una de mis pasiones cuando tomo contacto con una receta es investigar sus orígenes o historia.

Esta preparación tiene una larga historia, con menos certezas de las que cabría esperar, pero tiene gran encanto. Es algo así como una historia de superación.

Los primeros en idear las elaboraciones primigenias de tartas y pasteles fueron los egipcios, que demostraron ser grandes en el arte de hornear. Lo que hacían ellos eran más bien panes endulzados con miel y especias.

El uso de la palabra *cake* en inglés se rastrea a principios del siglo XIII y deriva del vocablo *kaka* en alguna lengua nórdica. Menos mal que evolucionó un poquito...

Pero si queremos remontarnos a las primeras preparaciones con zanahorias, hay que viajar en el tiempo hasta el año 950 a. C., cuando se encontró la primera receta árabe que consistía en cocinar zanahorias con miel y se le añadía aceite de pistachos. Yo me lo imagino como un pudding o pasta de fruta firme y dulce.

Más tarde, ya en la Edad Media, las zanahorias que todavía ni siquiera eran naranjas como hoy en día, sino amarillas y hasta blancas, comenzaron a usarse como endulzante natural junto a la remolacha. En aquel tiempo los endulzantes eran escasos y costosos.

Los puddings y tartas de zanahoria empiezan a popularizarse y encontramos decenas de recetas desde 1591 en adelante. Algunas se combinaban con dátiles, clavo, macís, pimienta y hasta con un perfume muy nuestro: naranjas de Sevilla.

Ante la llegada de la caña de azúcar y tiempos más abundantes, las recetas dulces con zanahoria cayeron en desuso. Se asociaban al prejuicio de la pobreza o escasez.

Muchos años después le llega una segunda y definitiva oportunidad a la tarta de zanahoria. La Segunda Guerra Mundial nos trae el racionamiento, amén de ingentes pérdidas humanas...

Es entonces cuando resurge como receta dulce en Gran Bretaña, y a partir de allí desembarca en Estados Unidos, que la hace suya.

En la segunda mitad del siglo XX vive su gran *boom* y esplendor. Acompañada por opiniones que la veían como la alternativa más saludable en el ámbito del mundo dulce. Esto es discutible, por todo lo que suele añadirse, que no es muy *healthy*...

Sea como sea, la tarta de zanahoria hoy es una de las reinas indiscutidas de la repostería. No hay pastelería top o *gourmet* que no tenga una versión de esta elaboración venerada allá a donde vayas.

Nunca dejan de inspirarme historias como esta, donde el o la protagonista es un alimento corriente o barato, sin ningún *charme*, y cual cisne se convierte a través de nuestras manos en algo delicioso, único y hasta pecaminoso...

Después de haber tomado buena nota de la receta de la deliciosa tarta de zanahoria, los alumnos se van a sus habitaciones para recoger el equipaje y Mayte se queda sola en la cocina.

La profesora da un sorbo a su tisana tibia y tiene un pensamiento especial para Nacho, como siempre que va a suceder algo importante. Acaricia el corazón de plata de Tiffany&Co que él le regaló en Manhattan, desanuda su delantal blanco y respira hondo. La aventura está a punto de finalizar.

22

Hoy el jardín de Mayte está salpicado de colores rojo, azul, plata, morado, rosa, naranja y negro... Colores tan variados como efímeros, son las maletas de Elvira, Mikele, Loreto, Amina, Luz, Rafa y Arturo, que esperan con paciencia a sus dueños plantadas en la hierba. Dentro de poco, los siete las arrancarán de este lugar para devolverlas a su vivienda habitual.

Nora ha salido a despedir a los miembros de esa familia recién encontrada, que perderá en apenas unos minutos y quién sabe si volverá a ver algún día... Los animales intuyen estas situaciones y la perrita, sensible por naturaleza, se muestra tristona y ansiosa de últimos afectos. Corre incansable de uno a otro, con un juguete en la boca, pidiéndoles todas las caricias posibles antes de su marcha.

Los primeros en irse ser son Elvira, Amina y Rafa. Él llegó al pueblo en el autobús de línea, pero Amina se ha ofrecido a llevarlo en su coche y dejarlo cerca de alguna boca de metro en Madrid. Después de acoplar las maletas, la conductora se acerca a la anfitriona con las llaves en la mano.

—Ha sido un placer, Mayte. Hay días que parecen vidas enteras, y estos dos últimos han sido de esos...

—Para mí serán inolvidables... Gracias por venir.

—Me gustaría mucho que te pasaras algún día por el centro, creo que harías mucho bien a las personas que recurren a nosotros. Podríamos organizar unas jornadas de cocina emocional y conectar a toda esa gente con sus recetas familiares.

—¡Buena idea!

—Sí, creo que sería bonito que pudieran recuperar sus sabores, han dejado tanto atrás...

—Iré encantada, ya sabes dónde estoy. ¿Cómo era... «higadito»?

—Ja, ja, ja, sí. Higadito mío, *Kbida dyali*.

—Pues cuídate mucho, *Kbida dyali*, tienes que estar fuerte para poder cuidar de otros...

Las dos se funden en un abrazo. Cuando se separan y Amina se dirige a despedirse del resto de sus compañeros, Rafa toma el relevo.

—Mayte, encantadísimo de haberte conocido, eres jamón pata negra, nena.

—¡Pues anda que tú! —responde Mayte mientras le pellizca la cara cariñosamente, como a un hijo.

—Lo dicho, no quiero que perdamos el contacto. ¡Soy el más *jartible* del mundo, así que no te vas a librar de mí fácilmente!

—¡A ver si es verdad! Ah, el día que hagas la berza para llevársela a tu abuela a la residencia, si tienes dudas, me llamas.

—Sí, sí. ¡Tiene que salirme perfecta!

—Seguro que sí, hay mucho amor en esas manos cocineras...

Rafa se abraza a Mayte y, tras unos segundos, deja su sitio a Elvira, que aguardaba unos pasos por detrás su turno para despedirse.

—Mayte...

—Elvira...

Las dos mujeres se abrazan sin decir nada más, ambas saben lo que siente la otra. Están unidas en el duelo, pero también en la esperanza. Después de todo lo vivido en estos dos días, su abrazo representa un propósito: intentarlo al menos, aunque duela, tratar de seguir hacia delante.

Antes de que Elvira se encamine a saludar al resto del grupo, Mayte le da una bolsa de tela que tenía apoyada en el suelo, junto a sus piernas.

—El recipiente te lo puedes quedar, y la bolsa también, de recuerdo. Lo que va dentro me gustaría que te lo cenaras esta noche, cuando estés sola. Creo que ya estás lista para saborear una de tus deliciosas croquetas...

A Elvira se le llenan los ojos de lágrimas por la emoción y también por la sorpresa. «Mayte, tan sabia —piensa—, había guardado este regalo para dármelo en el momento adecuado...»

Cuando se aleja para colocar la bolsa en el asiento del coche, la profesora le lanza un último mensaje.

—¡Elvira, ten a mano el móvil para llamar al 112! —Y vocalizando exageradamente para no gritar, añade—: Por el gluten..., ya sabes.

Ambas ríen con complicidad y Loreto se cuela entre su cruce de miradas.

—Bueno, Mayte, muchas gracias de nuevo, ha sido toda una experiencia.

—Gracias a ti, y que tu boda sea maravillosa, pero menos que tu historia de amor con...

—Mihai...

—Eso, Mihai.

—Gracias, ya te mandaré fotos del evento, eso va a ser...

—¿Puedo preguntarte algo que me intriga?

—Dispara.

—¿Tu madre es buena cocinera?

—Ja, ja, ja. ¿Mi madre? Ja, ja, ja. ¿Tú me ves a mí? Pues yo, al lado de mi madre, soy una *mamma* italiana como la de Mikele. No, mi madre nunca ha cocinado, jamás.

—¿Y tu padre?

—¡Mi padre! No, no. En casa la cocina siempre estaba impecable, era de exposición, pero apenas se utilizaba. Ellos solían comer fuera, trabajaban mucho y viajaban más. Mi hermano y yo comíamos en el colegio y los fines de semana nos llevaban a restaurantes finos...

—Ya... Intuía algo así.

—¿Tienes alguna teoría psicológica al respecto? —pregunta con cierto sarcasmo.

—Bueno, no hace falta saber demasiado, creo que nunca sentiste ese vínculo familiar con la cocina, seguramente por eso consideras que comer es un trámite. Es una lástima...

—Bah, no creas, yo estoy bien así. Me alimento de otras cosas... Cada uno tiene su propia mirada sobre la vida.

—Sí, eso es cierto. En fin, Loreto, me alegro de haberte conocido.

—Yo también. Ah, si alguna vez decides ampliar tu espectro profesional y montar una gran empresa, llámame, soy la mejor en eso. ¡Una tiburona despiadada!

Mayte y Loreto se despiden cariñosamente, y

desde el coche de Amina suenan las tres vocecitas de sus ocupantes: «¡Hasta la vista!» «¡Adiós, *people*!» «¡Adiós, familia!»

—¡Adiós, chicos! ¡Buen viaje! —les responde Luz mientras se acerca a la profesora, que la recibe con una sonrisa llena de ternura.

—Luz, bonita, ha sido un gusto tenerte en mi casa.

—¡Gusto el mío! Y mil gracias por tu ayuda, no sé qué has hecho con Mikele, pero esta noche ha dormido por fin...

—Mmm. ¿Serán los licores? —se pregunta en tono divertido—. ¡La cereza es rica en triptófano!

—No, ya sabes a qué me refiero. Ayudando a Mikele me ayudas a mí, lo quiero tanto...

—No hace falta que lo digas, linda, es evidente. Y el tuyo es amor del bueno. ¡Lo que se ha perdido Richard...!

—Ja, ja, ja. Guapísima, dame un abrazo, y estamos en contacto, ¿sí?

—¡Claro que sí!

Un claxon interrumpe el abrazo de las dos mujeres, es Loreto a punto de abandonar la casa.

—¡Loreto! —grita Mikele—. ¡Ten cuidado con la verja, no le vayas a dar un golpecito sin querer...!

Loreto hace una mueca y se coloca con estilo sus gafas de sol. El coche metalizado se pierde en dirección a la puerta de la casa.

El italiano se acerca a la profesora sonriendo con cara de niño tocanarices. Al llegar a su altura, cambia el gesto por uno mucho más tierno y se dirige a ella con voz cálida.

—*Maestra di cucina, piaccere...*

—*Il piaccere è mio* —responde ella en un italiano casi perfecto.

—¡Eh! ¡Qué bien hablas mi idioma!

—Hice un máster en el Centro di Terapia Strategica de Italia, en Milán, pero ya se me ha olvidado todo.

—No, el conocimiento de las almas no se te ha olvidado... Gracias por tus consejos, te mantendré informada cuando tome una decisión. Sea cual sea, tu ayuda ha sido de gran valor.

—Salúdame a tu madre, Mikele. Y le dices de mi parte que tiene un hijo estupendo, salvo alguna cosa...

—Ja, ja, ja. Lo haré. *Dammi un abbraccio.*

Luz da unos toquecitos divertidos en el claxon desde el coche y grita sacando la cabeza por la ventanilla:

—¡Basta! ¡Que corra el aire! ¡No me fío ni un pelo del *Italian gigolo*!

Mikele se separa de Mayte y se dirige al coche, desde allí le lanza un beso que sopla en la palma de la mano y ella lo recoge en el aire entre risas.

—Arturo, cariño. ¿Te llevamos? —le ofrece Luz

al abuelo, que está sentado en el porche—. ¡Yo te dejo donde tú me digas!

—¡No, gracias, alhaja, ahora viene mi «taxista de confianza»! No es que no me fíe de ti, contigo me iría al fin del mundo, pero él siempre me trae y me lleva. Somos como los protagonistas de *Green Book*, solo que ni yo toco el piano ni él lleva pistola. ¡Buen viaje!

El coche de Luz y Mikele abandona finalmente la casa y Mayte y Arturo se quedan a solas. Mayte se acomoda junto a él en una silla del porche.

—Arturo..., gracias, de verdad. No sabes lo importante que ha sido conocerte..., gracias por buscarme..., por tu presencia aquí..., por tu talante tan conciliador, tan generoso... Y todo ello en la situación vital en la que estás y sabiendo todo lo que sabías de mí. En fin..., no sé qué decir.

—Pues no digas nada, alhaja, ya nos lo hemos dicho todo. La vida es extraña, nos separa de aquellos a los que más unidos debiéramos estar, fíjate en nuestros hijos... Y, al tiempo, nos empuja a estrechar lazos con desconocidos. Es uno de los misterios de la existencia humana. Y yo creo que me voy a morir sin descifrarlo...

—Anda, déjate de muertes, estás estupendo y tienes mucho que hacer todavía aquí.

Los ojos azulados de Arturo se oscurecen de nostalgia y tristeza.

—Bueno «tendrá que ser así» —afirma resignado—. Eso decía siempre Amelina.

—Sí... —responde Mayte, que alarga su respuesta lacónica con un hondo suspiro.

Los dos guardan silencio y miran en distintas direcciones. El sonido de un motor diésel anuncia que se acerca un coche por la calle lateral, seguramente es el taxi que esperaban.

Mayte, apremiada por la proximidad de la marcha de Arturo, decide preguntarlo por la incertidumbre que ha centrifugado dentro de su cabeza desde la conversación en la habitación.

—Arturo.

—Dime, alhaja.

—Ya sé que tiene que contármelo ella, pero necesito una pista, un titular al menos... ¿Qué es eso que tiene que decirme mi hija?

—Ay...

—Por favor, cualquier duda hace mi angustia insoportable. Te prometo que me haré de nuevas cuando me lo cuente ella, pero, te lo ruego, no me dejes así... Necesito estar preparada psicológicamente para lo que pueda venir, voy a llamarla hoy mismo, pero tengo que esperar a la tarde por la diferencia horaria.

—Puedes llamarla ahora mismo, Ángela está en Madrid.

—¿Cómo?

El taxi aparca en el jardín y la voz del conductor interrumpe la conversación.

—Llego unos minutos tarde, perdón, he tenido que echar gasolina. Buenos días, don Arturo; buenos días, señora.

El hombre echa el freno de mano y sale al encuentro de su cliente para ayudarlo con el equipaje. Mientras lo introduce en el maletero, profesora y alumno se despiden con un efusivo abrazo. Antes de entrar en el coche, Arturo decide aliviar a Mayte de su desazón.

—Alhaja... Me temo que vas a tener que volver a preparar purés de verduras frescas con pollo y un chorro de amor...

Cuando el taxi sale de la casa, Mayte cierra rápidamente la verja y vuelve corriendo, sin respiración, por el caminito de piedra hasta su banco de hierro y madera, bajo el albaricoque... Con la cabecita de Nora apoyada en sus piernas, temblando y conteniendo las lágrimas, hace la llamada más importante de su vida. Al tercer tono, descuelgan.

—¿Ángela? ¡Hola, cariño, soy mamá...!

La escritora cocinera
Raquel Martos

Estoy segura de que mi amor por la cocina es congénito y que a través del cordón umbilical, además de las sustancias nutritivas, me llegó el olor de la cocina de la casa de mis padres... Porque la mía es una «familia de pucheros», una de esas familias en las que comer bien es importante y cocinar también.

Recuerdo cómo se emocionaba papá al probar la pipirrana o las habas con jamón, sabores de sus padres jienenses, Lola y Pepe. Y mi madre siempre recuerda a la suya en la cocina, controlando el gasto para complacer el gusto. Mi abuela Isidora tenía el don de hacer gloria en el puchero desde la sencillez; Isi era la diosa del guisito.

Mis sabores culinarios están tan ligados a los emocionales que puedo recordar a cada uno de los míos pensando en un plato. Las fabadas invernales de mi hermano Manuel me llevan a su casa, siempre de puertas abiertas. Y su gazpacho veraniego, intenso y bien fuertecito de comino, ese que nuestro sobrino Mario considera imprescindible cuando viene desde Tenerife a que lo abrace su familia de Madrid.

Las exquisiteces de mi hermana Luz, sus verdinas con rape, gambones y galeras, su pastel de puerros o esa tarta de violetas que va y estrena un día para sorprendernos son parte del abrigo hogareño con el que ella siempre te arropa. Y acompaña sus platos con una guarnición de: «¿Está bueno...? ¿Seguro? Es que no sé ni cómo me ha salido», que respondemos con un «¡buenísimo!» coral, o por turnos: «¡delicioso!», «¡impresionante!», «¡cojonudo!», en función del estilo adjetivador de cada comensal...

Esta inseguridad sobre la indudable perfección culinaria de mi hermana, que lo mismo te borda un plato de alta cocina que un guisito de toda la vida, debe de venirle de fábrica, porque nuestra madre también tira a menudo piedras contra sus propios guisos, y eso que es una eminencia del fogón.

Nuestra madre, Ángela, que aprendió a la fuerza, con clases de cocina impuestas por mi abuela, porque a ella no le gustaba nada eso de cocinar, anda que si llega a gustarle... Sus callos, su arroz, sus croquetas, sus albóndigas en salsa, su tortilla de patata, su pisto de calabacín, su carne estofada..., todo lo hace exquisito.

Y cocina cada día, aunque esté sola, eso que a muchos nos da una pereza insoportable... Pero lo que a ella le gusta es llenar táperes para otros, doy fe. Y siempre hay un juicio al respecto: «Esta vez el arroz me ha quedado demasiado caldoso», «estas judías no valen nada», «hoy la tarta de manzana me ha salido especial, para que lo diga yo...».

Exacto, para que lo diga ella, que en *Masterchef* sería el juez hueso para sus platos y los de los demás. Porque a nosotros también nos da su veredicto a favor o en contra, sin paños calientes y sin filtros, como hablan ciertas madres a ciertas edades...

Yo también practico el estilo negativo en la presentación de mis presuntos manjares. «Y eso que hoy no me ha salido como otras veces» es mi frase habitual al servir. «Pesante», me llamaría Pinu, mi ángel italiano, si no fuera tan dulce como es.

Sí, suelo castigarme, y eso que la cocina, modestamente, no se me da mal. Aunque en los últimos tiempos ejerzo menos de lo que yo quisiera, el tiempo es limitado y la dedicación culinaria inversamente proporcional a la literaria: si escribo más, cocino menos, y viceversa. Pero me encanta hacerlo y no suelo conformarme con interpretar las recetas, me divierte hacer variaciones, inventar, dar eso que llaman «mi toque personal».

Lo básico lo aprendí en la cocina de la casa de mis padres, aquel era un territorio abierto para los hijos, bueno, más bien para las hijas... Y allí me formé como pinche: mis primeras misiones consistieron en machacar ajo y perejil —lo odiaba—, batir huevos, picar verduras para sofrito, pelar judías verdes o patatas, hacer mayonesa... Observando desde dentro del laboratorio, como Mikele con su *nonna*, aprendí la base de la cocina y también a autoflagelarme con el fantasma aterrador de la imperfección.

Esta afición por la autocrítica de mi hermana, mi madre, en ocasiones mi hermano, y yo, cuando tenemos invitados, quizá se deba a la importancia que le damos al hecho de cocinar para otros porque, como dice la narradora de la novela: «Cocinar para los demás es más que un regalo, más que una atención; es conectar con una zona íntima de quien se sienta a la mesa».

Y cocinar para otro es una muestra de amor a la altura de un beso o un abrazo. Cada cena que Kike prepara para mí, cuando llego al final del día más desestructurada que un plato de Adrià, es un modo de recordarme que me quiere, que me cuida, que se preocupa por mí.

Porque dar de comer es dar cariño..., los champiñones con nata de mi Charo, que la conectan con sus años felices en Suiza; la alboronía calentita de mi cálida Pepa; el tataki de atún de Ana, mi amorosa flamenca por partida doble...

Y las muestras de afecto no se limitan al hecho mismo de cocinar, también dejan su aroma en el ritual previo..., esa patata frita con anchoa y el zurito de cerveza que me sirve mi koinatu Juan Ignacio mientras estamos preparando la comida en familia no me sabe igual si no lo hace él. Y están en los gestos..., ese agradecimiento de mi adorable Segundo, que repite tres veces, y alaba cualquier insignificancia como si fuera digna de estrella Michelín. Y están en los detalles..., las pipas y las gominolas que Patricia nunca olvida sacar en el mejor momento, cuando estamos de cháchara y gintónics en el jardín al atardecer; los zumos de naranja de Juan en su cocina de Jerez, esa manera tan generosa y vitaminada de darnos los buenos días; los pequeños canapés de mi pequeña y gran amiga Rebeca en sus cumpleaños, en los que comparte con mi familia lo más valioso que tiene, la suya.

El sabor del amor son también los mofletes de mis sobrinos Adriana, Mario, Alex, Carlotta, Daniela, Valentina cuando los beso y me impregnan de sabor a caramelo, a futuro, a toda una historia por delante...

La vida es un conjunto de sabores variados: dulces, agrios, amargos, salados; de texturas: tiernas, ásperas, duras, suaves. Y nos la vamos comiendo poco a poco, sin darnos cuenta de que es finita.

Y si aprender a comer no consiste únicamente en buscar lo saludable y nutritivo, sino también en saborear lo que nos llevamos a la boca, con la vida pasa lo mismo. Aprender a vivir no es solo caminar haciendo «lo que podemos», como dice Mikele; es exprimir la existencia, sacarle el jugo. Es, sobre todo, saborear lo que la vida nos ofrece. Y deberíamos aprender a masticarla con ritmos e intensidades diferentes, lo bueno con lentitud, acariciándolo casi, para que perdure. Lo malo, sin piedad y triturándolo, para que se desvanezca cuanto antes.

Deberíamos deleitarnos, degustar la vida, sin angustia por la consciencia de que en algún momento nos comeremos el último bocado; pero con la certeza de que es pasajera o, mejor dicho, que nosotros lo somos, como todos los que nos rodean, aquellos a los que queremos y necesitamos, también. Que antes o después nos iremos, que se irán.

HISTORIA DE UNA CREMA
DE GUISANTES

Mientras escribía esta novela, perdí a una de las personas más importantes de mi vida, una hermana, una parte de mí. Con ella descubrí a los siete años el sabor de la amistad, de la fraternidad elegida, del amor entre dos niñas que se convirtieron por voluntad propia en mellizas no biológicas, pero vitales la una para la otra.

La historia de «Merche y yo» es una historia de ensaladilla rusa, la que hacía mi madre y que a ella la enloquecía; una historia del pollo asado en la bandeja vieja de metal, el favorito de nuestra hermana mayor, Luz, que tuvo que ceder más de una vez el muslo porque había entrado una nueva integrante en el reparto. Dos muslos para tres hermanas eran una complicada ecuación, pero la despejamos y el resultado fue más amor.

La nuestra es una historia de puré de patata con choricito, frito en lonchas diminutas, que mi hermano Manuel, su hermano también, preparaba con esmero a la vuelta de una noche de copas. Entonces, Merche y yo le decíamos que estaba loco, que no eran horas, y después acabábamos pidiéndole un poquito y chupándonos los dedos.

Benditos cuerpos veinteañeros que no conocían el ardor de estómago; todo el ardor lo guardábamos para la pasión por vivir, por bailar, para divertirnos y para reírnos.

¡Cuánto nos hemos reído! Mi madre nos separaba para comer porque no soportaba nuestros ataques de risa, tan repentinos como cómplices, en la hora sagrada de la comida. «A quien come y canta un sentidito le falta», decía, y más risa nos daba.

La nuestra es una historia de ColaCao frío con magdalenas del horno de La Moderna, en la terraza del apartamento de El Escorial, el primer verano juntas. Teníamos diez años. Una historia de pimientos del piquillo rellenos de atún y bechamel, que ella preparaba en los días de las fiestas patronales en el pueblo de su padre, Almorox, y que tomábamos para desayunar porque nos habíamos acostado de día. Fuimos las inventoras del brunch toledano. Teníamos quince años.

La nuestra es una historia de sándwiches mixtos en noches de universidad y escapadas nocturnas sin permiso. Habíamos cumplido los veinte.

La nuestra es una historia que maduró con el sabor a pasta italiana de su amor, su compañero, su vida. Mi nuevo hermano milanés. Su Alberto, nuestro Alberto.

Recuerdo con especial nostalgia las primeras veces, qué felicidad cuando aguardábamos juntas alguna de las pastas que preparaba de mil amores y de mil maneras, y lo hacíamos en remojo, en la piscina de su primer apartamentito, porque él no quería vernos en la cocina hasta tener preparado uno de esos regalos deliciosos. Ay, aquella *crosta de parmigiano* como un tesoro escondido entre la salsa...

La nuestra es una historia de mil sabores de amor, de amistad, de risa, de aventura, de enfados, de vida. Una historia que dio lugar a mi primera novela, *Los besos no se gastan*. Cuántos besos nos dimos, cuántos nos quedaban por darnos... Una historia que se cierra con una crema de guisantes, lo último que preparé para ella en mi casa de Madrid, lo único que aquella noche ella quería saborear.

Perderla es perderme, perdernos todos los que la queremos, todos los que la necesitamos. Pero sucede en la vida, como contaba el sabio Arturo, que «cualquier tiempo difícil se envuelve en esa misteriosa inercia que empuja al ser humano a continuar cuando parece imposible que pueda hacerlo. Debe de ser lo que llaman supervivencia», y en eso andamos todos nosotros, en aprender a vivir sin ella pero con ella dentro...

Los sabores perdidos nos desconectan de lo importante de la vida, de quienes somos en realidad, de nuestros amores, de nuestra infancia, de los tiempos en los que todo era posible, de nuestras ilusiones, de nuestros deseos... Será por eso que a los sentimientos de dolor o pesar, los llamamos «sinsabores», será por eso que deberíamos construir nuestra propia casa de los pájaros con cocina, con calor y aroma de horno. Y rodear la encimera de nuestros afectos con personas luminosas a las que vincularnos desde lo más profundo.

Seguro que tú, lectora o lector, tienes también tu receta añorada. Seguro que cuando algún plato determinado roza tu paladar, te roza el alma, porque ese sabor es tu madre, o tu padre, o tu abuela, o tu hermana, o tu hermano, o tu amiga, o el amor de tu vida, o aquel momento tan feliz.

Es altamente probable que hayas perdido algo o a alguien en este juego tan cruel como apasionante y maravilloso que es vivir, pero quizá haya un modo de volver a rozar al menos aquella sensación. Ponte el delantal y cocina o deja que cocinen para ti, cierra los ojos y recupera tus sabores perdidos.

Crema de guisantes y algo más...

Ingredientes

4 raciones

---

3 cucharadas de AOVE

2 cebolletas

2 puerros (solo lo blanco)

600 g de guisantes congelados
(si es temporada y son de calidad,
elegiremos los guisantes frescos,
pero, ante la duda, una buena selección
de congelados extrafinos es la opción
más segura)

¾ de l de caldo casero de pollo y verduras

una pizca de sal

una pizca de nuez moscada para espolvorear

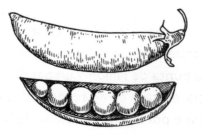

Crema de guisantes y algo más...

Tengo debilidad por las cremas de verduras. Suelo hacerlas de calabacín, calabaza, zanahorias, espárragos o de «todo lo verde que pillo y una patata», pero nunca se me había ocurrido hacerla de guisantes.
Un día la probé en casa de mi adorada Susana, elaborada con Thermomix y, cuando el robot cayó en mis garras o, mejor dicho, yo caí en las suyas..., este fue uno de los primeros platos que preparé.
Aquí os doy la receta para hacerla al modo tradicional, tengáis robot o no, pero utilizando estos mismos ingredientes podéis hacerla con Thermomix, el resultado es casi el mismo, en lo que se luce especialmente el robot es en la textura.

Antes de comenzar habremos elaborado un caldo casero con esqueletos de pollo, zanahoria, apio, judías verdes, una punta de jamón y un par de huesos. (Para una urgencia, en caso de no tener caldo casero, podemos sustituirlo por alguno envasado de buena calidad, aunque siempre es mejor hacerlo nosotros mismos.)

Con el caldo listo esperando su turno de intervención, comenzamos la preparación:

En una sartén, o en la propia cazuela en la que vamos a elaborar la crema, ponemos el aceite a calentar. Ojo, solo cubrimos la base.

Pelamos y picamos los puerros y las cebolletas en *brunoise*. Y lo echamos en el aceite para que pochen durante cinco minutos, aproximadamente. Pochar significa que suden en su propio jugo sin quemarse, ni siquiera han de llegar a dorarse.

Cuando tienen esa textura transparente del pochado, incorporamos los guisantes (sin descongelar) y rehogamos poco a poco durante otros tres o cuatro minutos.

Añadimos el caldo y ponemos a fuego fuerte durante cinco minutos, aproximadamente.

Pasado ese tiempo trituramos con la túrmix y si somos muy exigentes con las texturas, o tenemos bebés en casa, podemos pasarlo por el pasapurés o por el chino. (En la receta de la Thermomix, el último paso a velocidad progresiva de 5 a 10, consigue un acabado maravilloso.)

Antes de servir a cada comensal, espolvoreamos con nuez moscada (siempre es mejor comprarla en grano y molerla en el momento) y con un chorrito fino de aceite de oliva hacemos un dibujo decorativo.

OPCIONAL: El último toque de la presentación admite múltiples variaciones. Podéis decorarlo con yogur griego o kéfir y sustituir la nuez moscada por sésamo tostado. También podéis espolvorear virutas de jamón serrano y huevo cocido picado, como en el salmorejo.

Esta crema es tan sencilla y rápida de hacer como deliciosa, y admite casi todo tipo de complementos.

Un algo más de pescado con puerros y nata

Ingredientes

4 raciones

4 rodajas de merluza, pescadilla o salmón

2 puerros (solo lo blanco)

1 cebolla pequeña o media grande

1 cucharada de mantequilla

2 patatas

2 vasos de caldo de pescado,
preferiblemente casero

1 vaso de leche

125 g de nata liquida

una pizca de sal

pimienta

Un algo más de pescado con puerros y nata

*Y, de regalo, os propongo esta otra receta
que resume eso que ya os he confesado que me
gusta tanto hacer: partir de lo que conozco
y tirar de intuición para elaborar un plato nuevo
desde la sencillez.
La* vichyssoise *es una de mis cremas favoritas,
y un día se me ocurrió partir del paso inicial
de esta crema para elaborar una receta con
pescado. El resultado me encantó,
y a mis invitados cobayas también,
así que lo incorporé a mis guisos habituales.*

Como en la receta anterior, antes de comenzar la preparación tendremos preparado el caldo. Lo ideal para esta receta es utilizar caldo de pescado casero o hacer un *fumet* (un concentrado hecho, por ejemplo, con cabezas de gambas, raspas y cabeza de rape o merluza y una cebollita), pero si no lo tenemos podemos sustituirlo por caldo de pescado envasado o por un caldo casero de pollo y verduras. Con este último el sabor pierde intensidad marina, pero no es un drama...

Y comenzamos con la preparación:

Picamos la cebolla y los puerros en *brunoise*.

En una cacerola, a fuego medio, ponemos a de-

— 465 —

rretir la mantequilla, y sobre ella colocamos primero la cebolla y después el puerro, bajando un poco la intensidad del fuego.

Después incorporamos las patatas cortadas en láminas finas, como para la tortilla española, y las rehogamos junto con la cebolla y los puerros unos minutos más, con mucho cuidado de que estos últimos solo lleguen a dorarse ligeramente.

Añadimos el caldo y dejamos que cueza lentamente durante 45 minutos, aproximadamente.

Retiramos del fuego y dejamos enfriar un poco. Cuando se haya templado, colamos con delicadeza el caldo y apartamos las patatas, la cebolla y los puerros. Mezclamos el caldo con la nata agregándola poco a poco y rectificamos de sal.

En la cazuela, hacemos una cama vegetal con la cebolla, los puerros y las patatas, y sobre ella colocamos las rodajas de pescado, lo cubrimos con la salsa y dejamos que cueza a fuego medio durante unos minutos.

Con el pescado hay que tener mucho cuidado a la hora de encontrar el punto exacto del fuego, tiene que estar lo suficiente alto (60°) como para cargarse el anisakis, pero sin pasarnos, porque su carne se reseca con facilidad si nos excedemos en la temperatura o el tiempo. De todos modos, ya sabéis que la primera precaución ante la duda de que el bicho quiera entrar en nuestra vida es el congelado previo.

Antes de servir, espolvoreamos con un toquecito de pimienta. Y el mejor modo de emplatarlo es cubrir cada rodaja con una montañita de cebolla y puerro y colocar con arte las patatas alrededor. Ser detallista en la decoración dice mucho de vuestros deseos por agradar a vuestros invitados.

Aunque sea un «pescadito con verdura» esta receta no es muy recomendable si os habéis propuesto perder unos gramos..., no tanto por la mantequilla (que podemos sustituir por AOVE) ni por la nata líquida (que podemos sustituir por leche evaporada o yogur), sino porque la salsa está de «toma pan y moja» y puede caer una barra sin que os despeinéis... Luego no digáis que no os avisé.

La combinación de estas dos recetas, sencillísimas y muy resultonas, puede componer un menú completo para una celebración, yo lo he probado y siempre he quedado muy bien, o eso me han dicho...

En ambos casos y en todas las recetas que elaboréis, ya sabéis que el remate que no puede faltar es un buen chorro de amor.

La cocinera escritora
Gabriela Tassile

Aquí me toca contar un poco mi historia. Hablar de mi pasión por la cocina y de todo lo que ella significa para mí.

Me he criado en cocinas. Primero porque en Argentina, donde me he criado, es el ambiente natural de la familia, y segundo porque es allí donde nació mi hobby. En la cocina pasas la mayor parte de tu tiempo. Si cierro los ojos puedo recordar todas las cocinas de las casas de mi familia y de todos mis amigos.

Tener una madre como mi querida Ivonne, que siempre le encantó cocinar, hace que empieces a colaborar con ella y a encontrar interés en ese mundo tan apasionante. Mi *nonna* Paolina y mi abuela Paca eran verdaderas magas de los fogones cada una en lo suyo. También mi querido padrino Chachi era puro talento para hacer pizzas y un gran aficionado de la elaboración del vino, incluso llegó a hacer en casa un vino tinto Malbec muy respetable.

Desde pequeñaja empecé a hacer mis pinitos en la cocina. Las celebraciones y las tardes de lluvia eran un verdadero placer porque era cuando mi mamá nos dejaba hacer dulces para agasajar a nuestra familia o amigos.

Por esos entonces mi interés principal eran los dulces. Repasaba todos los libros de cocina que tenía mi madre y las recetas que coleccionaba de los dominicales o que apuntaba en pequeños papelitos, mientras devoraba los programas de *Utilísima* o *Nuestra señora de Siemienczuck.*

Para mis cumpleaños preparaba mentalmente con días de antelación lo que iba a elaborar: alfajorcitos de maicena, *Lemon pie*, todo tipo de galletas, bizcochuelos con dulce de leche, pasta frola...; fantaseaba hasta con el aspecto que tendrían..., y más de una vez he de reconocer que no tenía ni conocimiento ni técnica para preparar mis soñadas viandas y eran verdaderos fiascos, pero la mayor parte de lo que cocinaba era comestible y todos me felicitaban. Los dulces son tan agradecidos que se transformaron para mí en una forma de querer a los demás, de brindarles mi tiempo y dedicación.

Otra cosa que siempre me cautivó es lo que genera la comida como alimento del alma. El alimento como emociones que se nos graban y transportan en el tiempo. Una de las cosas que aprendí a disfrutar era lo de comer en familia. Todos reunidos alrededor de la mesa, comiendo seguro algo rico, pero sobre todo compartiendo momentos irrepetibles.

Mis domingos eran maravillosos, en casa de mis abuelos o mis *nonnos*. Si tocaba ir a la casa de mi *nonna* Paolina, seguro tocaba pasta o polenta, empanadas de manzana de postre, y con las cáscaras de la manzana mi *nonna* hacía un jugo delicioso para los más pequeños. Si tocaba en la de Paca, mi abuela española, tenía más repertorio culinario, podían ser empanadas criollas, ravioles, fideos, pescado de río frito, locro, carnes asadas o canelones con «tuco». Me encantaba estar correteando por ahí cuando hacía la salsa de tomate y meter cuscurritos de pan para probar la salsa mientras se hacía. ¡Qué delicia!

El mejor plan del viernes por la noche era irme a dormir a su casa para que me hiciera una tortilla de patatas. La mejor que he comido hasta ahora sin duda. Ese sabor lo tengo grabado en el paladar y es mi referencia a la hora de catar una buena tortilla.

Una de las anécdotas que siempre recuerdo era el «pique» que había entre mis dos abuelas por ver quién cocinaba mejor. En el tema de los canelones había una competencia clara pero bien maquillada de piropos educados. Mi *nonna* los hacía con masa de pasta fresca y mi abuela, con creps o panqueques. Ambas hacían su versión, que compartíamos en la mesa, y después de comer venían los comentarios halagadores... «Paolina, ¡qué ricos sus canelones! Son deliciosos.» Y Paca respondía: «Los que hizo usted están mejores». «Qué va», respondía la *nonna*, y así se tiraban un buen rato. Luego, en *petit comité* Paolina me decía: «Los canelones de tu abuela están buenos, pero con creps, ¡qué pena!»

Paca me decía que «con la masa de pasta quedan duros los canelones, a mí así no me terminan de convencer». Yo me reía a más no poder recordando lo que se habían esforzado en halagar a la contraria....

Todo lo que pasaba en la mesa era puro deleite para mí. Desde los preparativos hasta las largas tertulias de los mayores con polémicas discusiones políticas eran entretenidas, siempre acompañadas de aromas de café, té con limón y pastas caseras.

Ese culto por las cosas del comer y la magia que generan puedo asegurar que las hemos heredado tanto yo como mis amados hermanos Marcela y Leo. Mi hermana, un torbellino de energía y amor incondicional, que tan pronto hace kilos y kilos de salsa de tomate casera como melocotones en almíbar, dulces de zarzamora o unos panes de semillas

increíbles; aprovechando al máximo todo los regalos del paraje natural donde vive. Leonardo, un ser
extraordinario con una capacidad de generar risas y
buena energía como en nadie he encontrado. A todos enamora con sus comentarios cariñosos, y ya
cuando cocina te desarma.

De mi admirado papá, Alberto, heredé los secretos del asado: a elegir la leña y a hacer un buen fuego; a estar siempre alerta a lo que necesita el parri-
llero, que en Argentina es el alma de cualquier
reunión; a que el ritual del asado siempre empiece
por una «buena picadita», acompañada de un Gan-
cia, Campari o Cynar y muchas risas, porque donde
hay asado hay alegría, hay familia y amigos.

Otra referencia para mí en el arte de cocinar era
la mamá de dos de mis mejores amigas: Gabriela y
Verónica. Olga, que era como mi segunda mamá,
era un ser extraordinario que iluminaba todo a su
paso. Mujer orquesta que se atrevía con todo y con
una energía desbordante. Cariñosa, divertida, compañera y una gran repostera. Ayudaba a la economía familiar haciendo tartas y huevos de pascua.
Y a pesar de que sus herramientas eran muy caseras
y básicas, los resultados de sus creaciones eran francamente buenísimos. Todo lo suplía con doble ración de amor y ahínco. La estampa de su casa llena
de huevos de chocolate decorados a gusto de cada

cliente la tengo grabada y siempre me saca una sonrisa. Durante Semana Santa su casa emanaba un aroma inigualable y cautivador, eso sí, había algunos pequeños inconvenientes: podía ser que cogieras el teléfono o la agarradera de la nevera y te quedaras pegada con el chocolate que fluía por doquier... Ja, ja...

Si así fue creciendo mi pasión por la cocina, cualquier motivo era bueno para lanzarme a hacer alguna receta. Hasta cuando salíamos por la noche con mis amigas Gaby, Vero, Daniela, Ariadna y Mariana y veíamos que la cosa estaba aburrida o que los chicos no eran muy atractivos, yo les proponía: chicas, ¿vamos a casa y hago unos "besitos"» (masa dulce con agua de azahar, frita y luego bañada en caramelo)? Más tarde, ya siendo cocinera, descubrí que era una receta parecida a la típica de Sicilia que se llama *pignuccata*.

Así que siendo las dos o tres de la mañana yo me ponía a amasar con esmero mientras charlábamos de ves a saber qué... De más está decir que cogimos unos cuantos kilos con esta costumbre mía por aquella época, pero ¡qué felices éramos!... Con 23 años tuve la fortuna de embarcarme en lo que cambiaría mi vida para siempre viajar a España. Lo que empezó siendo un viaje para conocer mundo, se transformó en un verdadero afán por hacer de Madrid mi hogar.

Empecé a trabajar en el mundo de la hostelería y pronto descubrí que aquí se estaba cociendo algo muy gordo en el tema gastronómico. Llegó a mí el primer libro de Ferran Adrià y me dije: «¿Por qué no transformar mi hobby en una profesión?».

Hice todas las cuentas que pude y descarté ir a Francia a estudiar cocina. Decidí ir a Hoffmann en Barcelona y fue un gran acierto. Fue muy duro porque durante un año, trabajaba de camarera en Madrid y el viernes tomaba el autobús para irme a la Ciudad Condal. Dormía en el autobús y a las ocho de la mañana empezaban las clases. Todo el día estudiando y practicando, para salir corriendo a tomar otro autobús de regreso y derecho a trabajar... El esfuerzo valió mil veces la pena.

Por ese entonces ya había conocido a José María y quería compartir con él mi vida desde el primer minuto. Yo quería para mí algo mejor que ser camarera y ofrecerle a él también algo que lo enorgulleciera. Estoy segura de que al ser una decisión generosa, el universo me bendijo sobradamente.

Con muchas ganas, valentía, trabajo, tesón y a veces, audacia logré convertir mi pasión en mi modo de vida. Puedo echarle las horas que quiera, pero nunca estoy cansada. Físicamente sí, pero por lo demás siempre tengo algo que estudiar, curiosear, practicar, aprender...

Esa búsqueda permanente me embarca hoy en esta aventura literaria que me ha permitido estrenarme en la escritura. Los ocho platos de los personajes que componen *Los sabores perdidos* son algo más que «mis recetas»... son historias, sensaciones, curiosidades, aromas, técnicas, personas, lugares y momentos que están grabados como hitos en mi memoria gustativa y que solo sé compartirlas de manera apasionada por mi amor incondicional por el arte culinario en toda su dimensión.

Siempre amaré esta ciudad porque me dio un hogar, un amor, una hija extraordinaria, una profesión... y, por cierto, unos amigos de «fierro» como Mila, Gabi, Alejandro y Pato, los mejores compañeros en esta aventura. Yo sí que cumpliré el dicho «de Madrid al cielo»... Aunque mi corazoncito siempre será azul y blanco porque jamás me despegaré de mis raíces, a las que tanto les debo y amo.

Empanadas criollas

Ingredientes

1 kg de carne ternera picada

1 paquete de cebolleta o cebolla de verdeo picada

¾ kg de cebolla picada

2 cucharadas soperas de pimentón dulce

1 cucharada de postre de pimentón picante

1 cucharada de postre de comino molido

sal al gusto

1 cucharadita moka de pimienta molida

½ cucharadita de moka de ají molido

Aceitunas verdes sin hueso

2 cucharadas soperas de azúcar

1 paquete de pasas de uvas tipo sultanas

2 o 3 huevos duros

125 g de mantequilla

125 g de aceite de oliva

24 discos de empanadas, aproximadamente

huevo batido para pintar

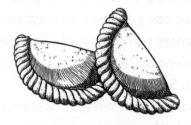

Empanadas criollas

Esta receta es para mí, sin duda, una de las más importantes de mi vida.

Es una de las recetas con la cual empecé a amar la cocina y la de mayor presencia en mi vida. Creo que llevo cuarenta años haciéndola. Es la receta de mi abuela Paca, española que dejó su Lérida natal a los nueve añitos, cuando se declaró la guerra civil, buscando con su familia una vida mejor en Argentina.

Mis abuelos regentaban un bar como muchos españoles en mi país. Paca hacía todas las viandas que se vendían en el negocio familiar. Su producto estrella eran las empanadas, siendo muy famosas en el barrio. Sabrosas, jugosas, con masa casera, dulces y con pasas, como manda la costumbre en Rosario.

En Argentina debe de haber tantas recetas de empanadas como habitantes viven en ella, pero podríamos decir que hay un mapa de sabores: en Santa Fe, dulces; en Salta, de carne picada a cuchillo picantes y/o con papas; en Jujuy, con guisantes o arvejas; en la zona de Cuyo, bien jugosas con mucha cebolla y grasa de pella; en el sur, el relleno de la empanada puede ser de carne de cordero; en Santiago del Estero son muy típicas las llamadas empanadas árabes, y en Buenos Aires hay de todo como en botica...

La empanada es un símbolo nacional junto con el asado y no puede faltar en ninguna celebración patria. Es el comienzo perfecto para cualquier reunión familiar.

De herencia española, que a su vez la recibieron de los moros. Una receta muy versátil porque en cada región fue adaptándose a gustos y productos disponibles tanto en España como en toda Latinoamérica.

La palabra «empanada» es de origen español y, obviamente, proviene de pan. Seguramente las primeras empanadas serían simples panes vaciados y rellenos de alguna elaboración. La siguiente etapa en su evolución es muy probable que haya sido el elaborar panes corrientes pero ya con su relleno dentro, cociéndolos de este modo en el horno y adquiriendo así en esta etapa la empanada el arrope de una masa propia.

Parece ser que ya se hace referencia a las empanadas allá por 1525 en *El libro de los Guisados* de Ruperto de Nola en Toledo.

En Galicia en el siglo XII serían tan populares que en el Pórtico de la Gloria de Santiago de Compostela hay figuras que hacen alusión a personas comiendo empanadas y hasta se habla de las delicias de esta preparación en el Quijote de la Mancha. Parece ser que Sancho Panza se *jartaba* con ellas.

En Argentina son tan populares que hay una potente industria en la elaboración de empanadas, no solo de carne, que son las más típicas, sino que puede llegar a haber un listado de treinta o cuarenta rellenos diferentes: de choclo o maíz, de espinacas, de atún, de beicon con ciruelas, caprese, jamón y queso, pollo, pescado, hasta de vizcacha o mariscos, etc.

Volviendo a mi historia, los fines de semana en el bar de mi abuelo Agustín había mucho trabajo y Paca no paraba de elaborar delicias. Mi mamá por, supuesto, iba a echarle una mano. A los 10 años empecé a pedirle a mi abuela que enseñara hacer el repulgue o cierre de la empanada, que hacerlo es un verdadero arte, y así comenzó mi historia de amor con esta receta. El repulgue es como la huella digital, es propio y único, cada persona tiene el suyo.

Las empanadas de mi abuela eran tan bonitas, daba gusto ver la mesa llena de empanadas recién hechas. Seguro que en estos días tendrían muchos *likes* en Instagram.

Al principio solo ayudaba a poner el relleno en el disco o ponía las aceitunas o huevo picado, y solo cuando la abuela me vio ducha en el cierre me dejó hacerlo. Me acuerdo de lo orgullosa que estaba yo cuando lo logré.

Cada fin de semana íbamos a ayudar a la abuela, que estaba con su delantal bordado a mano inmaculado, esperándonos para la faena.

Ya siendo adolescente y a punto de terminar la secundaria mi padre me dijo: «yo te pago el viaje de estudios pero tú tienes que trabajar para ahorrar dinero para tus compras y caprichitos».

Se me ocurrió una buena idea, yo iría casa por casa en mi barrio ofreciendo empanadas criollas caseras a domicilio. Mi madre y mi abuela me ayudaron en semejante trabajo. ¡Fue un éxito de ventas!

Con esta larga introducción rindo reverencia a esta elaboración y a Francisca María Leonor, mi abuela más tierna. Ella tenía una capacidad de trabajo y abnegación, que han sido ejemplos para mí. No le puedo tener más cariño a esta receta en muchas anécdotas y momentos de mi familia siempre había empanadas.

Empezamos picando la cebolla y la cebolleta con la parte verde. Es muy importante hacer el picado a cuchillo porque si usamos robot de cocina, la cebolla queda como molida y se pierde toda la jugosidad que esta hortaliza aporta a la preparación.

Normalmente, en Argentina para fondear la cebolla picada se utiliza grasa de pella (grasa que recubre los órganos de vaca y cerdo, fundida y colada), pero aquí este producto no se conoce. Por tanto, utilizo tanto por tanto de mantequilla y aceite de oliva de 0,4° para que no tenga tanto sabor.

A fuego bajo pochamos muy bien la cebolla sin que coja color. Cuando está totalmente transparente, añadimos la carne picada de ternera.

Aquí hay todo un tema de discusión. Están los fans de cortar la carne a cuchillo para que también sea más jugosa y otros la prefieren molida en trituradora. Yo soy de estas últimas. Eso sí, solo una pasada, para que no se pierda tanto jugo.

Cocemos la carne con la cebolla y cebolleta. Cuando vemos que la carne está cocida, añadimos los condimentos: los pimentones, la pimienta molida, el comino, la sal, el azúcar y el ají molido. Dejamos cocer unos minutos más la carne y apagamos el fuego.

Retiramos el relleno de carne de olla y lo dejamos enfriar. Mientras tanto picamos los huevos de manera grosera para que luego en la empanada se vea el tropezón. También picamos las aceitunas o partimos por el medio.

Ahora llega el momento del armado. Hoy por hoy, en España se consiguen los discos de empanadas de marcas argentinas en los establecimientos de productos de importación. Hay masas específicas para hornear o para freír con composiciones que aseguran su mayor punto de crujiente.

Antaño se hacía la masa casera, ¡qué laboriosa era su preparación! Recuerdo el rodillo de madera de quebracho que mi abuela usaba para estirarla. Era muy pesado pero ella a pesar de los años y los achaques lo usaba porque decía que era el único con el cual ella lograba el grosor deseado de la masa. Cuando ella falleció me dejó el rodillo para mí y yo lo guardo con un tesoro.

En una mesa ponemos varios discos o masa, en cada uno ponemos una cucharada suculenta de relleno. Tenemos que medir bien la cantidad para que podamos cerrarlas sin dificultad y que luego no se exploten por exceso de relleno. Coronamos con huevo en trozos y aceitunas.

Ahora viene un momento delicado del armado que es el cierre. Es importante mojar el borde de la masa con agua fría, solo por la mitad del círculo. Luego cerramos y pegamos bien la masa, haciendo un poquito de fuerza, pero no tanto como para que se quede marcado. Tenemos que tratar de que no se escape nada de relleno o jugo y nos manche las empanadas.

Empieza el momento artístico del «repulgue», vamos doblando el borde sobre sí mismo. Tenemos que lograr que quede con aspecto como si fuera una cuerda retorcida armoniosa y uniforme. Al terminar hay que cerrar el repulgue sobre sí mismo en una pequeña pestaña.

El repulgue es fundamental para saber distinguir las empanadas. Cada relleno se asocia a un modo particular de cerrarlas, por tanto, es más fácil recorrer Argentina y saber qué empanada estás degustando. Hay bastante coincidencia en todas las provincias.

Algunos no se complican y las cierran con la ayuda del tenedor, como las típicas empanadillas de aquí en España.

Para terminar llega el horneado. Ponemos las empanadas en una bandeja de horno sobre papel siliconado. Pintamos con huevo batido para asegurarnos de que nos quede una cubierta de un dorado uniforme.

Llevamos al horno precalentado a 180° durante quince o veinte minutos y ya quedan listas para consumir.

En mi empresa de catering siempre están omnipresentes en muchos de los menús que ofrezco. Son muy celebradas por mis clientes, cosa que me llena de satisfacción. Seguro que Paca estará feliz sabiendo que las vueltas de la vida llevaron a su nieta a su querida España y que yo aquí me gano el jornal haciendo lo que ella me transmitió con tanto cariño.

Con cada bocado de esta preparación yo revivo muchos de los momentos más entrañables de mi historia familiar y de mi adorada Argentina.

Agradecimientos
de Raquel Martos

A toda mi familia y a todos los amigos a los que tantas veces tuve que decirles «no puedo ir, no puedo llamarte, tengo que escribir». A mi hermana Luz y a Alberto por tanto amor en un año de dolor compartido. A mi madre, por sus tápers llenos de amor y sabiduría. A Juan Gómez-Jurado, por empujarme a volver a escribir y no solo dándome ánimos. A Julia Otero y a Carmen Juan, por el apoyo en tiempos duros. A Juan y a Pepa, por estar ahí siempre.

A Pinu, a Claire y a Aura, por ayudarme a traducir expresiones y sentimientos. A Oumaima, por abrir para mí una puerta desde su historia. A Gabriela, semilla inspiradora y compañera de esta aventura literaria y emocional y a sus recetas, escritas con tanto arte como el que despliega en la cocina.

A mi editora, Carmen Romero, por su empatía, por comprenderme, por esperarme, por animarme, por aconsejarme y, sobre todo, por creer en mí. A mis sobrinos Adriana, Mario, Alex, Carlotta, Daniela y Valentina, por ser el motor de mi alegría. A mi Betty, por su amor perruno incondicional. A Kike, por no soltar mi mano.

Agradecimientos
de Gabriela Tassile

A cada uno de mis clientes porque no solo me han depositado la confianza de sus momentos más entrañables o significativos, sino porque han sido un acicate fundamental en mi progreso como profesional.

A mi hija Carla porque es el «umami» de mi vida, el sabor perfecto que me faltaba experimentar para completar mi mapa de delicias.

A Raquel Martos por hacer realidad mi sueño. Por ser mi maestra en este arte de escribir y una compañera de una generosidad inusitada. También por regalarme la oportunidad de conocer la energía contagiosa y positiva de Carmen Romero, nuestra editora, que confió desde el primer momento en la búsqueda de nuestros «Sabores Perdidos».

A toda mi familia y amigos de acá y de allá, porque ellos son la «sal» de mi vida. Especialmente a Mila porque sin su dedicación plena no hubiera podido aceptar muchos de los retos que mi profesión me planteó en estos últimos años.

A José Mari porque con amor y paciencia infinita saca lo mejor de mí.

Índice de recetas